수선경

허담 新무협 판타지 소설

FANTASTIC ORIENTAL HEROES

수선경 5

허담 新무협 판타지 소설

초판 1쇄 찍은 날 § 2013년 10월 28일
초판 1쇄 펴낸 날 § 2013년 11월 4일

지은이 § 허담
펴낸이 § 서경석

편집부장 § 권태완
편집책임 § 어정원

펴낸곳 § 도서출판 청어람
등록번호 § 제1081-1-89호
등록일자 § 1999. 5. 31
어람번호 § 제2-2419호

주소 § 경기도 부천시 원미구 심곡2동 163-2 서경B/D 3F (우) 420-822
전화 § 032-656-4452 팩스 § 032-656-4453
http://www.chungeoram.com
E-mail § chungeorambook@daum.net

ISBN 978-89-251-2538-0 04810
ISBN 978-89-251-3391-1 (세트)

허담 新무협 판타지 소설
FANTASTIC ORIENTAL HEROES

水仙經

수선경

5

[피의 역사]

청람
도서출판

第一章 뿌리

수선경

　모가장의 천무당주 위릉은 자신의 눈을 믿을 수 없었다. 자신이 보고 있는 것이 사실이라고 생각하기에는 그가 감당해야 할 충격이 너무 컸다.

　"당, 당주님!"

　그의 곁에서 천무당의 무사 한 명의 혼이 빠진 목소리로 위릉을 불렀다. 그러자 위릉이 흠칫하며 머리를 한 번 흔들어 어지러운 생각들을 털어버리려 애썼다. 그러면서 다시 그의 눈이 눈앞의 광경을 노려봤다.

　그러나 변한 것은 없다. 눈은 실수를 하지 않는다. 보이는 것을 그대로 주인에게 전달할 뿐이다. 장주 모혼이 죽었다.

　위릉이 주춤거리며 걸음을 옮겼다. 그의 뒤에서 천무당의 무사들이 지옥에라도 끌려가듯 모흔의 뒤를 따른다.

반쯤 달을 가리고 있던 구름이 북쪽으로 흘러갔다. 그러자 귀기서린 달빛이 장내를 환하게 비춘다. 상황이 좀 더 묘연해졌다. 모가장주 모흔과 사풍객 종여득이 서로를 찌른 상태에서 죽어 있었다. 양패구상, 누가 보아도 의심할 바 없는 양패구상이다.

"이이⋯⋯!"

갑자기 노기가 치솟는다. 왜 자신이 이런 일을 감당해야 하는가. 죽은 두 사람에 대한 원망이 머리끝까지 치밀어 올랐다. 그중에서도 이 모든 일의 원흉이랄 수 있는 사풍객 종여득에 대한 원망은 참을 수가 없다.

쾅!

위릉이 분노를 참지 못하고 발을 들어 모흔의 가슴에 칼을 꽂고 있는 종여득의 시신을 걷어찼다.

쿵!

종여득의 시신이 삼사 장 날아가 땅에 나뒹굴었다.

"씹어 먹을 놈!"

위릉이 분을 삭이지 못하고 종여득의 시신을 향해 검을 내려쳤다. 그러자 종여득이 시신이 둘로 잘린다. 잔혹한 손속이지만 아무도 위릉을 말리는 사람은 없었다.

"후욱, 후욱!"

위릉이 크게 숨을 쉬었다. 찬 공기가 가슴을 가라앉혀 준다.

"어찌할까요?"

그의 뒤에서 천무당의 무사가 우물거리며 묻는다. 마치 아비 잃은 아이 같은 표정들이다. 그 순간 위릉이 정신을 차렸다. 이럴 때일수록 침착해야 한다. 일은 이미 벌어졌고 이제는 이 일을 어떻게 수습하느냐가 중요했다.

"장주님의 시신을 배로 옮긴다. 그리고… 이 일은 다른 명이 있을 때까지 함구한다. 누구라도 장주의 죽음을 입에 올리는 자는 목을 베겠다. 알겠느냐?"

위릉의 호령에 얼이 빠져 있던 천무당의 무사들이 그나마 겨우 정신을 차린다.

"알겠습니다."

"서둘러라."

다시 위릉의 명이 떨어졌다. 그러자 천무당의 무사들이 급히 모가장주 모흔의 시신을 수습하기 시작했다.

*   *   *

"지, 지금 뭐라고 했소?"

모잠이 아직 잠이 덜 깬 얼굴로 타유가 하는 말을 이해하지 못하겠다는 듯 되물었다. 그러자 타유가 무거운 목소리로 말했다.

"장주께서… 돌아가셨소이다."

"어, 어떻게 그런……?"

"일에 착오가 있었소이다. 내 실수요."

"그, 그게 무슨 소리요? 좌호법의 실수라니?"

모잠이 자리를 박차고 일어났다.

"처음에는 일이 제대로 진행되었소이다. 장주님을 만난 후 장주님과 함께 종여득을 살수의 배후로 지목하여 사람들이 종여득을 의심하게 되었소이다. 그러자 종여득은 자신의 무죄를 증명하기 위해 절 추격했소이다. 물론 장주님과 모가장의 형제들도 우리를 추격했지만 다른 사람들은 이 아이가 엉뚱한 방향으로 유인을 했소. 거기까지는 우리의 계획대로 모든 것이 진행되었소."

"그런데 뭐가 잘못된 거요?"

모잠이 다그치듯 물었다.

"난 종요득이 도저히 도주할 수 없는 지형까지 그를 끌어들였소이다. 그런 후 그를 베어버리려 할 때 마침 장주께서 도착하셨소. 그런데 거기서 내가 실수를 한 거요. 그때 내 손으로 종여득을 베어버렸어야 하는데… 장주께서는 자신의 손으로 직접 종여득을 베고 싶어 하셨소이다. 위험한 일이라고 말렸지만 장주께선 그래도 평생 자신을 보필한 사람이니 자신의 검으로 마지막을 보내주고 싶다고 하셨소. 나로서는 막을 수가 없었소이다. 마침 종여득도 많이 지친 상태라 장주께서 충분히 그를 벨 수 있을 거라 생각했소. 그런데… 종여득에는 최후의 일초가 숨어 있었소. 아! 마지막 그의 검은… 천하의 그 누구도 피할 수 없었을 것이오. 자신의 심장을 주며 상대의 목숨을 취하는 양패구상의 그 일초는……."

타유가 짐짓 눈을 질끈 감으며 탄식을 흘렸다. 그의 말은 한 치의 허점도 없었다. 누구도 그의 말을 의심할 수 없었다. 모잠 역시 그러했다. 모혼이 종여득의 목숨을 직접 거두려 했다는 말은 평소 모혼의 성정을 보면 당연한 일처럼 느껴졌다.

모혼은 모든 일에 있어서 마지막 마무리는 꼭 자신의 손으로 지으려는 경향이 있었다. 아마도 그것은 한 무리의 우두머리어서 자연스레 가지게 되는 우월감 같은 것이었는지도 모른다.

"일이… 그리된 것이구려. 그렇다면 그건 좌호법의 잘못이 아니오."

곁에서 듣고 있던 모불승이 슬쩍 대화에 끼어든다. 그러자 모잠도 얼떨결에 고개를 끄덕였다.

"지왕당주의 말이 옳소. 그건… 좌호법의 잘못이 아니오."

"그리 말씀해 주시니 고맙기는 하지만 나로서는 죄책감을 떨쳐 버릴 수가 없소이다. 좀 더 일찍 종여득을 베었다면……."

"세상 일이 어찌 될 줄 누가 알겠소이까? 너무 자책하지 마시오. 그나저나 그럼 앞으로는 어찌해야 할까요?"

모불승이 모잠에게 물었다. 그러자 모잠이 혼란스런 표정으로 고개를 저었다.

"나도, 나도 이 일을 어찌해야 할지 모르겠소. 좌호법 어떻게 해야 하오?"

모잠이 어린애가 부모에게 매달리듯 물었다. 지금까지 모잠에게 가장 큰 의지 처는 누가 뭐래도 모혼이었다. 그런 그가 사라지자 마치 갓 세상에 나온 어린애처럼 불안해하는 모잠이다.

모잠의 질문에 타유가 곰곰이 생각에 잠겼다가 입을 열었다.

"이 일이 세간에 알려지면 모가장은 단번에 위기에 빠질 수 있소이다. 누가 뭐래도 모가장은 장주님의 힘이 절대적었으니 말이오."

"그래서 문제가 아니오."

모잠이 답답하다는 듯 말했다. 그러자 타유가 침착하게 말을 이었다.

"급선무는 분란 없이 빠르게 대공자께서 모가장의 장주가 되시는 것이오. 그러나 그 일에는 무척 많은 난관이 있소이다. 가장 먼저는 성도에 남아 있는 둘째 공자와 대부인이 어떤 행동을 할지 알 수 없고, 둘째는 천상사가에 든 지 얼마 되지 않은 상황에서 상원의 다른 가문들이 장주님의 죽음에 어찌 반응할지 알 수 없다는 것이오."

"음……. 그 두 가지가 확실히 문제지요."

모불승이 고개를 끄덕인다. 그러자 모잠이 급히 물었다.

"좋은 수가 없겠소? 사천에서 광이 움직이면 이곳에서 어찌 그 아이를 통제할 수 있겠소?"

"일은 몹시 복잡하지만 결국 이 모든 문제의 해결책은 한 사람의 입에 달려 있다고 할 수 있습니다."

"그가 누구요?"

다시 모잠이 묻는다. 그러자 타유가 대답했다.

"그는 바로 천무당주 위룽이오. 지금 장주님의 시신을 보호하고 있는 사람이 위룽이니 말이오. 만약 그가 장주님의 시신을 모시고 성도로 돌아간다면 둘째 공자에게 유리할 것이오. 성도에서 장주님의 장례를 주관하며 자연스레 모가장을 장악할 기회가 생길 테니 말이오. 반면 그가 성도로 가지 않고 대공자를 찾아온다면 그땐 대공자께서 모든 일을 의도하신 대로 풀어갈 수 있을 것이오. 장주님의 시신을 모시고 성도로 돌아가 종여득의 죄를 문도들에게 알리면 자연히 대부인과 둘째 공자는 스스로 모든 일에서 물러나게 될 것이오."

"위룽이라……. 그런데 우리가 상원을 떠나면 상원의 다른 상가들이 어찌 나올지……."

"그러니 모가장에 돌아갈 때까지는 장주님의 죽음을 세상에 알리지 말아야 하오. 상원엔 단지 장주께서 위독하여 성도로 잠시 돌아가야 한다고 말해야 할 것이오. 이곳에는… 음, 지왕당주께서 남아계시면 어떻겠소이까?"

"내가 말이오?"

모불승이 꺼리는 듯한 표정으로 되물었다. 그도 그럴 것이 본래 어느 곳이든 권력의 주인이 바뀌는 자리에 함께하지 않은 사람은 결국 권력에서 소외되기 때문이었다. 그런 모불승의 마음을 모르지 않는 타유가 다시 입을 열었다.

"상원은 이제 모가장에 둘도 없이 중요한 곳이 되었소. 이곳에서 일이 어그러지면 결국 그 여파는 성도의 모가장까지 미치게 될 것이오. 장주께서 돌아가신 마당에 이 사실이 알려지면 아마도 사방의 적들이 모가장을 노릴 것이오. 하지만 상원에서의 자리가 흔들리지 않는다면 적들도 감히 모가장을 넘보지는 못할 것이오. 본가를 노리는 것은 곧 상원을 적대시하는 일이 될 테니 말이오. 그러니 상원에서 본가의 자리를 지키는 것은 그 무엇보다 중요한 일이오. 이런 일을 과연 누가 할 수 있겠소. 오직 모 당주만이 할 수 있는 일일 것이오. 만약 그리해 주신다면 어찌 대공자께서 그 노고에 대한 공을 잊겠소이까?"

타유의 장황한 말에 모잠이 얼른 말을 거든다.

"지왕당주, 부디 그리해 주시구려. 내 성도로 돌아가 장주의 직에 오르면 지왕당주를 위해 사풍객의 한 자리를 내어주리다. 우리 힘을 합쳐 이 위기를 잘 넘겨봅시다."

모잠의 간곡한 말에 모불승이 잠시 생각에 잠겼다. 이리저리 이해득실을 견주어 보는 것이 분명했다. 그 모습에 모잠이 눈살을 찌푸린다. 이제 모가장의 장주가 될 자신 앞에서 자기의 이득을 계산하는 모불승이 탐탁지 않은 것이다.

"알겠습니다. 그리하지요."

모불승이 한동안 생각한 끝에 대답했다.

"고맙소. 내가 장주가 되면 좌호법과 지왕당주께서 모가장을 이끌게 될 것이오. 앞으로 많은 도움바라겠소."

"최선을 다해 대공자님을 보필하겠습니다."

모불승이 얼른 대답했다. 타유는 포권을 해 보이는 것으로 대답을 대신한다. 그러자 모잠이 걱정스런 표정으로 말했다.

"그런데 과연 위릉이 이리로 올까요?"

그러자 모불승이 대답했다.

"그는 분명 이리로 올 것입니다."

"어째서 그리 생각하시오?"

"솔직히 말씀드려 모가장에 수많은 고수들이 있다고는 해도 그중 돌아가신 장주님을 진심으로 받든 인물은 흔치 않지요. 그런데 그중 가장 충실한 자가 바로 위릉입니다. 그러니 그가 장주님을 시해한 종여득의 일가 편에 서겠습니까? 절대 그렇지 않을 것입니다. 그는 분명 대공자님을 찾아올 것입니다."

모불승의 말에 모잠이 마음이 놓인다는 듯 고개를 끄덕였다.

"듣고 보니 그렇구려. 그리만 된다면야……."

모잠의 입꼬리가 살짝 말려 올라간다. 아비가 죽은 슬픔은 이미 사라진 지 오래다. 모가장의 장주로서 자신이 맞이할 화려한 날들에 대한 꿈이 슬픔을 밀어내고 그의 마음을 가득 채우고 있었던 것이다.

모불승의 예상은 적중했다. 과연 위릉은 모잠을 찾아왔다. 위릉이 죽은 후 사흘 뒤의 일이었고, 그로부터 다시 이틀 뒤 타유와 청풍은 모잠을 따라 성도행 배에 올랐다.

                    *   *   *

 한 척의 배가 성도 남쪽의 구룡포로 들어오고 있었다. 포구
에는 이미 모가장의 문도 수십 명이 나와 포구로 들어오는 배
를 기다리고 있었다.

 그런데 기이한 일이 일어났다. 막 포구로 들어오던 배의 돛
위에 갑자기 검은 깃발이 오른 것이다. 그러자 포구에 나와 있
던 자들이 웅성거리기 시작했다.

 "무슨 일이지? 흑기라니……."

 모가장의 문도들 사이에서 불안한 음성이 흘러나온다. 모가
장에서 흑기는 특별한 의미를 지닌다. 표국에 뿌리를 둔 모가
장은 표행에서 돌아올 때 깃발을 올려 표행의 성공 여부를 알
리는 전통이 있었다. 그 전통은 무가로 변신한 지금도 여전히
남아 있어 강호행을 한 문도들이 장원으로 돌아올 때는 항상
깃발을 올려 원행의 성공 여부를 알렸다. 그중 흑기는 문도 중
죽은 사람이 있다는 의미다.

 흑기가 오르면 마중하는 자들은 떠들썩한 환대를 멈추고 죽
은 자를 애도하기 위해 침묵으로 원행에 나갔던 문도들을 맞
이한다.

 그런데 오늘 상원에 천상사가의 지위를 인정받기 위해 나갔
다 돌아오는 장주의 배에 흑기가 오른 것이다. 다른 배에 오른
흑기라도 사람을 긴장시키는데, 하물며 장주의 배에 걸린 흑

기는 오죽하겠는가.

포구에 모여 있던 자들이 어두운 낯빛으로 배가 도착하기를 기다렸다. 포구는 침묵에 쌓였고 배는 물결을 일으키며 포구에 닿았다.

"쿵!"

배가 묵직한 소음과 함께 서자 배 위에서 천무당주 위룽의 목소리가 들린다.

"닻을 내리고 사다리를 준비하라!"

위룽의 명에 따라 커다란 쇳덩이를 단 닻이 내려졌다. 동시에 다섯 개의 사다리가 뭍으로 이어진다.

"하선을 준비하라!"

다시 위룽의 명이 들린다. 그러자 배의 갑판에 장주 모흔과 동행했던 천무당의 무사들이 일제히 도열했다. 천무당은 모가장 사신당 중에서 가장 무력이 강한 당이기도 하고, 또한 그 규율의 엄중함이 다른 당이 따를 바가 아니었다.

흑기가 오른 배에 도열한 천무당 무사들의 눈빛이 형형하다. 마치 대적을 앞에 둔 사람들과 같았다. 포구에서 모흔의 하선을 기다리고 있던 사람들이 왠지 모를 두려움에 몸을 떨었다.

"하선하라!"

다시 위룽의 명이 떨어지고 천무당의 고수들이 일제히 하선하기 시작했다. 일단 배에서 내린 그들은 그들을 마중한 모가장의 고수들 사이를 반으로 가르며 길을 열었다.

그런데 기묘하게도 천무당 고수들의 움직임에 따라 종청영을 비롯한 종씨 일가의 사람들이 다른 사람들과 분리되어 한쪽으로 모이게 되었다. 그러나 종청영과 이공자 모광 등 종씨의 사람들은 자신들에게 일어나는 일이 이상하다는 것을 전혀 눈치채지 못하고 있었다.

예전부터 장주가 배에서 내리기 전에는 이렇게 장주가 내릴 공간을 확보하는 것이 상례기 때문이었다.

"준비를 마쳤습니다."

먼저 배에서 내려 사람들을 가른 천무당주 위릉이 배를 보며 소리쳤다. 그러자 문득 배 위에 모잠의 모습이 드러났다. 그의 곁에는 언제나처럼 타유와 청풍이 따르고 있다.

"잠이 네가 어찌 여기에……?"

놀란 것은 종청영이었다. 본래 모잠은 상원에 수년간 머물기로 되어 있었다. 그래서 비록 모잠이 모가장의 공식 후계자로 지목되었지만 종청영은 여전히 모광에게도 기회가 있을 거라 생각하고 있었다.

그런데 상원에 있어야 할 모잠이 성도에 나타났으니 그녀로서는 놀라지 않을 수 없었다.

"천무당주!"

모잠이 종청영의 물음에는 답을 하지 않고 위릉을 불렀다.

"예, 대공자!"

위릉이 무거운 목소리로 대답한다.

"모두 제압하시오!"

"예, 대공자!"

모잠의 명에 고개를 숙여 보인 위룡이 천천히 신형을 돌려 검을 빼 들고는 종청영 주위에 서 있는 종씨 일족을 보며 차갑게 말했다.

"잘 들으시오. 지금부터 그대들을 무장을 할 수 없소. 또한 대공자님의 허락이 있기 전까지는 가택을 벗어날 수 없소."

갑작스런 상황에 종씨 일가의 사람들이 놀라 어쩔 줄 몰라 한다. 그나마 제대로 정신을 차린 것은 오직 한 명, 종청영뿐이다.

"천무당주, 지금 무슨 소리를 하는 것이오? 감히 날 모욕하는 것이오?"

"대부인, 일단은 제 말에 따라주셔야겠습니다. 모든 조사가 끝나면 그때 용서를 빌지요!"

"흥, 감히 나 종청영에게 그따위 말을 하다니. 장주님은 어디 계시오? 내 장주님을 만나야겠소!"

종청영이 노기를 드러내며 소리쳤다. 그러자 위룡이 차가운 낯빛으로 대답한다.

"장주님은 뵐 수 없소."

"그게 무슨 소리요? 장주께서 오시지 않았다는 말이오?"

"장주께서는… 종여득! 그자의 손에 돌아가셨습니다. 그 일로 인해 지금부터 종씨 일가는 모두 장주님을 해한 일과 관련이 있는지 조사를 받게 될 것입니다! 과연 이 일이 종여득 그 홀로 저지른 일인지 아니면… 종씨 일족이 관여된 일인지!"

순간 종청영의 얼굴이 하얗게 질렸다.

"지, 지금 뭐라고 했소? 장주께서 돌아가셨다고 했소?"

"그렇습니다."

"그 일을 오라버니가 했다?"

"그렇습니다."

"거짓말, 절대 그럴 일이 없다. 왜 오라버니가 장주를 시해한단 말인가? 이 일은 뭔가 잘못되었어."

"이 일의 전후사정은 저희도 알지 못합니다. 그러나 종여득이 장주님을 시해한 것은 분명하지요. 수십 명의 문도가 본 일이니 어찌 거짓이 있을 수 있겠습니까? 해서 대부인께서도 당분간 거처에서 나오실 수 없습니다! 이공자 또한 마찬가지요!"

위릉이 시설을 돌려 모광을 응시한다. 그러자 모광이 퍼뜩 정신을 차리고는 노성을 발했다.

"그게 무슨 소리요? 난 장주님의 아들이오! 아버님이 시해를 당하셨다면 당연히 아들인 내가 나서서 이 일을 조사해야 할 것이오?"

"조사는 대공자께서 직접 하실 겁니다."

위릉의 대답을 하며 여전히 배 위에 서 있는 모잠을 바라봤다. 그러자 종청영과 모광의 시선이 자연스럽게 모잠에게로 향했다. 모잠은 싸늘한 시선으로 두 모자를 내려다보고 있었다. 그러자 갑자기 종청영이 악을 쓰며 소리쳤다.

"잠! 이제 보니 이 모든 게 네놈의 계략이구나. 네가 오라버니께 누명을 씌우고……!"

"그만! 한마디만 더 하면 아무리 어머니라 해도 용서하지 않겠습니다. 그러니 조용히 계세요. 종여득은 수십 명의 문도가 보는 앞에서 자객을 불러 아버지를 기습했고, 또한 흥수의 추격에 나선 아버님을 자신의 검으로 시해했습니다. 이는 부인할 수 없는 사실! 만약 이 일에 한 올의 연관이라도 있는 사람은 반드시 찾아내어 그 죄를 물을 겁니다. 그가 누가 되었든 말입니다. 그러니… 어머니, 가만히 계세요. 괜한 오해를 사고 싶지 않다면!"

모잠의 서슬 퍼런 경고에 종청영이 자신도 모르게 흠칫하며 입을 닫는다. 그녀는 두뇌가 영활한 여인이다. 오늘날 종씨 일가가 모가장의 주력으로 성장한 것도, 그녀의 아들 모광이 둘째임에도 불구하고 모잠을 위협하는 후계자로 떠올랐던 것도, 모두 그녀의 머리가 만든 일이다.

그러니 그녀가 지금이 어떤 상황인지 모를 리 없다. 자칫 말한마디 잘못했다가는 자신은 물론 모광까지 목이 잘리고 말 상황이다.

"모두 장원으로 갑시다. 아버님의 시신을 조심해서 모셔라!"

모잠이 주위의 무사들을 보며 명을 내리고는 자신도 천천히 배에서 내려가기 시작했다.

수백 년 역사의 모가장에 폭풍 같은 변화가 일어나고 있었다. 모가장이 밀문의 힘을 빌어 금석촌을 멸할 때에도, 그 힘으로 상가에서 벗어나 서남 삼성의 패자를 자처할 만큼 세를 확장할 때도, 단언컨대 이런 혼란스런 변화는 없었다.

외유를 나갔던 장주의 죽음, 그것도 수십 년 장주를 모신 사풍객의 일인, 사객 종여득에 의한 죽음이라는 것이 모가장의 문도들을 모두 공황상태에 빠지게 만들었던 것이다.

그 혼란 속에서 이득을 챙기는 사람은 결국 평정을 유지하고 냉철하게 사태를 주시할 수 있는 사람이다. 타유와 청풍이 바로 그런 사람들이었다.

"사람의 신세란 것이 참 볼품없어요."

거대한 장원을 내려다보며 청풍이 말했다. 그의 시선이 종청영과 모광이 머물고 있는 안채로 향해 있었다. 어제까지 모가장에서 가장 존귀한 존재였던 두 사람이 오늘은 모가장에서 가장 비루한 처지의 사람들이 되어 있었다.

"자업자득인 셈이지."

타유에게는 두 모자에 대한 동정심은 없는 모양이었다. 어쩌면 타유는 가끔 모잠보다도 모광 모자에 대해 더 적대적인 감정을 드러냈다.

그건 아마도 과거 금석촌의 혈사 때 모잠은 본가를 지키기 위해 모가장에 머물러 있었고, 모광은 직접 도검을 들고 금석촌과 싸운 인물이기 때문일 것이다.

"그들을 죽일까요?"

청풍이 타유에게 물었다.

"어찌했으면 좋겠느냐?"

타유의 물음에 청풍이 의아한 표정으로 타유를 바라본다. 그걸 왜 자신에게 묻느냐는 표정이다. 모광 모자의 생사는 오로지 모잠에게 달려 있는 일이 아니던가.

"그 두 사람의 생사는 우리가 결정할 수 있다. 왜냐하면 난 그 두 사람의 목숨에 대해 모잠을 설득할 수 있기 때문이다. 죽이려면 죽이려는 이유를, 살리려면 살리려는 이유를 만들 수 있다. 이 일은 사실 생각보다 쉬운 일이지."

타유의 말에 청풍의 얼굴에 두려운 빛이 서린다. 복수에 있어서만은 한 올의 인정이나 갈등이 없는 타유다. 아마도 살수로서 살아온 삶 때문이겠지만 그런 타유가 가끔씩은 두렵게 느껴지는 청풍이었다.

"쓸모가 있을까요?"

청풍이 에둘러 말했다. 살리자는 의도다. 그러자 타유가 고개를 끄덕인다.

"제법 쓸데가 있을 게다. 나중에라도 모잠을 견제할 수 있는 사람은 오직 모광뿐이지. 더군다나 골육상쟁처럼 한 가문이 비참하게 몰락하는 일도 없으니까."

타유는 모잠과 모광을 상쟁시켜 모가장을 멸문시키고 싶은 모양이다. 그런 독심이 다시 걱정스런 청풍이었으나 달리 타유를 말릴 수도 없는 일이다.

"그럼 살려두는 것이 좋겠군요."

"나도 그렇게 생각했다. 단 한 가지 모광 모자도 이 사실은 알아야겠지. 내가 그들을 살렸다는 것을. 그래야 나중에라도 우리의 뜻대로 두 사람을 움직일 수 있을 게다."

치밀한 사람이다. 운룡산에서의 그 허술하던 어부 타유는 어디에도 없다. 청풍의 마음 한곳이 쓸쓸하다. 그러나 타유는 타유다. 자신의 생명과도 같은 아버지가 아니던가.

"사람이 필요하겠군요."

총명하기로는 타유가 따라갈 수 없는 청풍이다. 여린 마음이 문제일 뿐.

"그렇겠지."

"좋은 사람이 있나요?"

"천봉당주가 좋겠어."

"그렇군요. 평소 대부인과 제법 친분이 있었죠. 같은 여인으로서……."

청풍이 고개를 끄덕였다.

그런데 일이라는 것은 참으로 묘했다. 타유 부자는 굳이 천봉당의 당주 민아연을 애써 만나러 갈 필요가 없었다. 왜냐하면 그녀가 먼저 두 사람을 찾아왔기 때문이다.

참으로 공교로운 일이었다. 다시 생각하면 천봉당주 민아연과 모가장의 대부인 종청영의 관계가 타유 부자가 생각하는 것보다 훨씬 돈독할 수도 있었다.

천봉당주 민아연이 타유 부자를 찾은 것은 제법 밤이 깊었을 때였다. 다른 사람의 시선을 의식했는지 민아연의 행보는 무척 은밀했다. 항상 그녀의 주위를 호위하던 천봉당의 고수들도 보이지 않았다.

검은 무복에 단단해 보이는 체구이지만 여인은 여인이다. 눈가에 주름이 없다면 아직도 강호의 절세미녀 소리를 들을 만한 미보도 갖추고 있다. 해서 한때는 죽은 모가장의 장주 모흔의 애첩이라는 소문까지 났던 민아연이었다.

그러나 타유는 알고 있었다. 이 여인이 오직 자신의 무공만으로도 충분히 사신당의 한 곳을 맡을 수 있는 여인임을. 문제는 그녀의 마음이 평소에도 잘 드러나지 않는다는 것이었다.

모든 사람들이 대공자 모잠과 이공자 모광을 양손에 올려놓고 어느 편에 설까 이득을 저울질할 때도 그녀는 내심을 드러내지 않았었다.

물론 젊어서부터 함께해 온 종청영과 친분이 있기는 하지만 그 친분으로 후계 경쟁에서 모광에게 손을 들어줄 여인이 아니었던 것이다. 그런데 그런 그녀가 제발로 타유를 찾아왔다.

"천봉당주께서 어쩐 일이시오?"

타유가 짐짓 의아한 표정으로 물었다. 타유는 작금에 이르러서는 모가장의 권력을 손에 쥐고 사람이었다. 모흔이 죽은 이상 모잠이 곧 장주의 직에 오를 것인데 오늘날 모잠이 장주가 될 수 있었던 것은 모두 타유의 공이라는 사실을 모가장에서 모르는 사람이 없었다.

그러나 그런 존재감에도 불구하고 사실 타유가 모가장에 머문 시간은 극히 짧다. 모가장의 사람이 된 후에도 대부분의 시간을 구룡포며, 동정호의 상원으로 외유를 나가 있었기 때문이었다. 그러니 천봉당주 민아연과의 사이는 그저 얼굴이나 알고 있는 정도였다.

"좌호법께 부탁이 있어 찾아왔습니다."

'여장부군.'

민아연은 말을 에두르지 않았다. 그녀는 자신이 찾아온 목적을 즉시 입에 올렸다. 강직한 성품을 지니고 있는 여인이란 뜻이다.

"음……. 부탁이라. 천봉당주께서 내게 부탁할 일이 뭐가 있을지 모르겠소이다."

타유가 짐짓 고개를 갸웃한다. 그러자 민아연이 역시 마음을 숨기지 않고 대답했다.

"제 일이 아니라 대부인의 일입니다."

"대부인의 일이라……. 위험한 일을 하시려는구려."

작금의 모가장에서 대부인을 위해 움직인다는 것은 죽음을 각오해야 하는 일이다.

"제 부탁은 대부인을 위한 것이나 꼭 대부인만을 위한 것도 아닙니다. 이는 대공자께도 도움이 되는 일이니 제가 위험할 일은 없을 겁니다."

민아연이 당당한 기색으로 말했다. 그러자 타유가 그런 민아연을 잠시 응시하다가 불쑥 말했다.

"들어봅시다."

타유의 동의를 얻었다고 생각했는지 천봉당주 민아연의 얼굴에 생기가 돌았다.

"다른 말은 하지 않겠습니다. 대부인 모자를 살려주세요."

"음……. 그 두 사람의 생사가 중한 것은 사실이나 그 일을 왜 내게 말하는 것이오? 그 일이라면 당연히 대공자께 직접 청해야 하는 일이 아니오?"

"모가장의 모든 사람들이 알고 있지요. 지금 모가장의 권력이 누구 손에 있는지. 대공자를 움직일 수 있는 사람이 누구인지."

"그게 나란 말이오?"

"그래요."

민아연이 단정하듯 고개를 끄덕인다. 그러자 타유가 고개를 저었다.

"천봉당주께선 한 가지 사실을 모르는구려."

"……?"

민아연이 눈빛으로 타유의 말뜻을 되물었다. 그러자 타유가 자리에서 일어나 천천히 대청을 오가며 말했다.

"천하에서 다른 사람과 나누지 못할 것이 셋이 있소. 남녀 간의 정, 금은보화의 찬란함, 그리고 권력의 달콤함이오. 비록 내가 대공자를 위해 몇 가지 일을 했다고는 해도 그것이 대공자와 권력을 나눌 정도는 아니오. 내가 만약 작은 인연을 앞세워 대공자께 대부인 모자의 구명을 청한다면 아마도 대공자는 그때부터 날 경계하게 될 것이오. 내가 왜 그런 위험을 감수해야 한단 말이오?"

타유의 말에 민아연의 얼굴이 어두워졌다. 민아연은 타유의 말을 반박할 수 없었다. 인간사에서 타유가 말한 셋을 타인과 나누는 사람은 극히 드물었다. 그 일로 세상의 모든 분란이 일어나지 않던가. 거기에다 대공자 모잠은 더더욱 그럴 만한 인격을 갖춘 사람이 아니었다.

그러니 타유가 종청영 모자를 위해 위험을 감수할 이유가 없었다. 이럴 때 필요한 것은 거래인데, 지금 종청영 모자에게는 타유와 거래할 그 어떤 이득도 없었다.

"인정에 호소할 일이 아닌 것은 저도 압니다. 그러나… 대공자의 입장에서 보더라도 대부인 모자분을 죽이는 것은 결코 좋은 일이 아닙니다. 대공자의 후원인으로서 대공자를 위해서 이 일을 말해달라는 것입니다. 두 분을 죽이게 된다면 모가장은 결국 둘로 나뉘게 될 것입니다. 더군다나 비록 친모는 아니지만 수십 년 어머니로 모셔온 분을 죽이게 된다면 대공자에 대한 강호의 평판 역시 좋지 못하겠지요."

그러자 타유가 불쑥 물었다.

"그럼 내게는 뭐가 좋소?"

"무슨……?"

"설마 내가 태생부터 대공자의 충복으로 태어난 사람이라고 생각하시는 것이오? 내 인연이 닿아 대공자를 돕고 있지만 난 사실 대공자와 그리 깊은 인연을 맺은 사람은 아니오. 그저 거래하듯 맺어진 인연이라오. 대부인 모자를 살리는 일이 대공자에게 좋은 일이라는 것은 나도 인정하오. 그러나 또한 대공자는 두 사람에 대한 원한이 깊소. 그러니 내가 두 사람을 구명하는 데에는 큰 위험이 따른다고 할 수 있소이다. 그렇다면 당연히 나로서도 이득이 있어야지 않겠소?"

"욕심이 있는 분인 줄은 몰랐군요."

"어리석은 생각을 하셨구려. 욕심이 없다면 왜 내가 모가장에 머물겠소?"

타유가 핀잔하듯 말했다. 그러자 민아연이 말문이 막힌 듯 잠시 말을 잊었다가 이내 고개를 끄덕였다.

"듣고 보니 그렇군요. 선대로부터 내려오는 인연도 아니고. 당연히 원하시는 바가 있어 모가장에 들어오셨겠군요."

"바로 그렇소. 대공자와 나 사이에는 여러 가지 거래가 있소. 그러니 그 두 사람도 내게 바라는 것이 있다면 당연히 나와 거래를 해야 할 것이오."

타유가 단호하게 말했다. 그러자 민아연이 차가운 표정으로 물었다.

"뭘 원하죠?"

"뭘 줄 수 있소?"

타유가 되물었다. 민아연의 말문이 다시 막힌다. 생각해 보면 지금 상황에서 종청영 모자가 타유에게 줄 것이 없었다. 이미 모가장의 권력은 모두 모잠에게 모이고 있었다. 종청영 모자가 가진 것은 아무것도 없었다. 그러니 어찌 거래가 이뤄질 수 있겠는가?

"아쉽게도 두 분께서는 내놓을 것이 없군요."

민아연이 한숨을 쉬며 말했다. 그러자 타유가 기다렸다는 듯이 되물었다.

"천봉당주는 어떻소?"

"무슨 말이죠?"

"그 두 사람을 위해서 천봉당주가 가지고 있는 것을 내어줄 생각이 있소?"

"제게 뭘 원하죠?"

거래가 될 수 있다는 생각에 민아연이 적극적으로 나선다. 그러자 타유가 나직하게 말했다.

"내가 듣기로 천봉당에서 금석촌을 관리하는 것으로 알고 있소."

"그렇지요."

민아연이 고개를 끄덕였다. 본래 모가장주 모혼은 금석촌을 손에 넣은 후 금석촌을 모가장 제일의 보물로 생각하고 있었다. 그도 그럴 것이 금석촌은 황금알을 낳는 거위로 모가장의 재력을 두 배 이상 성장시켰기 때문이다.

그래서 금석촌을 관리하는 일은 모가장에 있어서 그 어떤 일보다도 중요한 일이었다. 심복이 필요했고, 세심한 성정을 지닌 사람이 필요했다. 금석촌의 사람들은 모가장에 대한 적개심이 무척 강했다.

그런 그들을 부려 철을 만들어 내는 일은 힘으로만 밀어붙일 수 없었다. 그렇다고 금석촌의 사람을 모두 죽이면 철을 생산할 사람이 없다.

적당한 겁박과 적당한 회유, 이 일을 세심하게 해낼 사람이 모혼에게 필요했고, 모혼은 그 일을 천봉당주 민아연에게 맡겼다. 여인으로의 부드러움과 무인으로서의 강렬함을 모두 지니고 있는 민아연이 그 일에 적격이라고 생각했던 것이다.

그리고 모혼의 생각대로 민아연은 지난 세월 안정적으로 금석촌을 통제해 오고 있었다.

"설마 금석촌을 달라는 건가요?"

"그럴 리야 있겠소? 난 그렇게 욕심이 많은 사람이 아니오."

"하면 뭘 원하는 거죠?"

"음, 애초에 우리 두 부자가 모가장에 들어올 때 우린 대공자로부터 성도 성내에 무관을 하나 내어주겠다는 약속을 받았소. 우리 부자는 강호를 주유하며 살던 사람들이라 그즈음 조금 지쳐 있었는데 항주에 정착하려다가 대공자의 권유로 성도로 오게 된 것이오."

"그런데요?"

당신의 과거사 따위 알고 싶지 않다는 듯 민아연이 타유의 말을 재촉했다. 그러자 타유가 씁쓸한 미소를 지으며 말을 이었다.

"그런데 이곳에 도착하여 보니 성도에 무관을 내는 일은 그리 좋은 일 같지가 않더이다. 모가장이 성도에 자리를 잡고 있는 이상 성도에 무관을 내어도 우리 두 부자는 항상 모가장의 일에 휘말리게 될 것이기 때문이오. 해서 좋은 정착지를 찾다 보니 금석촌이 눈에 들어왔소."

"그곳으로 가시겠다는 건가요?"

"지금 당장에야 갈 수 있겠소? 그러나 아들놈을 보내 터를 닦는 것은 괜찮지 않을까 싶소. 내가 대부인 모자의 목숨을 살려내면 당주는 내 아들놈을 금석촌에 들여주시오. 아들놈의 무공이 제법이니 당주에게도 큰 도움이 될 것이오. 당주의 청이 있고 내가 승낙을 한다면 대공자도 아들 녀석을 금석촌에 보내는 것을 허락하실 것이오. 또한 당주의 보살핌이 있다면 아들 녀석이 금석촌에 제법 그럴 듯한 집 한 채 짓는 것도 수월할 것이오."

"어떤 직책을 원하나요?"

"당주 바로 아래 사람!"

타유가 욕심을 드러냈다.

"욕심이 크군요. 이제 겨우 스무 살이 갓 넘은 아드님을 금석촌의 이인자로 만들겠다니."

민아연이 말했다.

"그 아이가 비록 나이는 어리지만 성정이 침착하고 매사에 신중하오. 충분히 당주에게 도움이 될 것이오. 더군다나 그 아이의 무공은……."

민아연을 능가할 것이라는 말은 하지 않았으나 천봉당주 민아연이 그 뒷말을 짐작하지 못할 리 없었다.

민아연이 잠시 고민에 빠졌다. 좌호법의 아들을 금석촌에 불러들이는 것은 큰 문제가 아니었다. 문제는 이자, 대공자를 손에 넣고 움직이는 좌호법의 진심이었다. 그가 과연 정말 그저 정착할 곳을 찾아 자신의 아들을 금석촌에 들게 하려는 것인지 아니면 다른 의도가 있는 것인지 가늠할 수가 없었다.

그러나 결국 이 일은 승낙할 수밖에 없는 일이다. 민아연에게 지금 중요한 것은 결국 종청영 모자의 목숨이었다.

"좋아요. 그리하죠."

"하하, 좋소이다. 나도 대부인 모자의 구명을 위해 힘을 쓰겠소. 아, 그리고 아들놈이 본래 역마살이 있어 한곳에 진득이 있지는 못하오. 그러니 금석촌에 들인다 해도 그곳에 한 달 이상 머물지는 나도 모르겠소."

"그야 상관없어요. 이미 금석촌을 통제하는 일은 오랜 세월에 걸쳐 자리를 잡았으니 솔직히 아드님이 할 일이 없을 것 같군요."

"하하, 일없이 대접을 받은 것이야말로 우리 부자가 가장 좋아하는 일이오. 녀석은 그저 우리가 정착할 터전이나 닦을 것이오. 그래도… 대우는 제대로 해줘야 하오."

"알겠어요. 그리하지요."

민아연이 대답을 하며 자리에서 일어났다.

"조심해 가시오."

"대공자께는 언제 말씀드릴 거죠?"

민아연이 확인하듯 물었다.

"내일 바로 말씀드리리다."

"아드님의 일은 대공자께서 장주의 직에 오르면 그때 말씀드리죠."

"좋소. 그리합시다."

"그럼!"

민아연이 타유에게 가볍게 포권을 해 보이고는 이내 타유의 처소를 떠났다. 그러자 기다렸다는 듯이 청풍이 모습을 드러냈다.

"제게 금석촌으로 가라고요?"

"그래. 기회가 왔구나."

"그러나 그곳은 이미 모가장이 완전히 장악을 하고 있는데……."

그러자 타유가 고개를 저으며 말했다.

"수십 년이 지나도 모가장의 사람들은 금석촌에는 이방인일 뿐이야. 가서 옛사람들과 친해지거라. 모가장 무사들의 폭압이 적지 않으니 그들을 보살피노라면 자연히 옛사람들과 가까워질 것이다. 그리되면 훗날 금석촌을 되찾는 데 큰 힘이 될 것이다."

"알겠어요. 말씀대로 할게요. 사실 저도 궁금해요. 어떻게 변했을지……."

"언젠가는 돌아갈 곳, 잘 가꾸도록 하여라. 그러나 그곳에서 보낼 시간이 많지는 않아. 밀문에 들게 되면 너 역시……."

"괜찮아요. 단 며칠이라도 좋지요."

청풍이 기대에 부푼 모습으로 대답했다.

거의 모든 모가장의 고수들이 장원 중앙의 커다란 공터에 모였다. 평소라면 사방에서 몰려드는 마차와 사람들이 북적였을 공터가 오늘은 모가장의 고수들로 가득 찼다.

모흔이 죽어 흉흉한 와중에도 한 줄기 흥거움이 느껴진다. 구일 만에 모흔의 장례를 끝낸 모가장에서 새롭게 모잠을 장주로 추대하는 날이 바로 오늘이었다.

거대한 누대가 만들어지고 그 위에 모가장의 수뇌들이 앉아 있다. 그런데 누대 위에 모인 수뇌들의 모습이 예전과는 많이 달랐다.

그동안 모가장은 사풍객으로 대변되는 원로들이 중심이 되어 있었다. 그런데 그중 셋이 죽어버렸으므로 이제 사풍객의 시대는 끝났다고 해도 과언이 아니었다.

살아 있는 사풍객은 구여분 하나, 그런데 그조차도 새롭게 모가장의 중심으로 떠오르는 고수들 때문인지 한풀 그 기세가 꺾인 듯 보였다.

사풍객을 대신해 모가장의 권력을 취하고 있는 자들은 그동안 사풍객의 아래에 위치해 있던 사신당의 당주들이었다.

천무당주 위릉을 비롯해 영웅당주 막충, 천봉당의 당주 민아연 그리고 비록 오늘 자리를 함께하지는 못했지만 최근 들어 모잠의 가장 가까운 심복이 되어가고 있는 지왕당주 모불승은 이제 사풍객이 가졌던 모가장에서의 권력을 거의 완벽하게 대치하고 있었다.

그리고 또 한 사람, 이들 사신당의 당주를 능가하는 권력자로 등장한 사람이 있었으니 바로 타유였다.

모가장에서는 좌호법 우검으로 알려진 타유의 위세는 사신당의 당주들조차 한발 양보할 정도로 강력했다. 그도 그럴 것이 오늘날 모잠이 모가장의 장주가 된 것의 팔 할은 타유의 공이라는 것을 모든 사람들이 인정하고 있었으므로 그는 가만히 앉아 있어도 권력이 발아래로 찾아들어오는 시절을 맞이하고 있었던 것이다.

모잠의 취임식은 엄숙한 분위기 속에 열렸다. 모흔이 죽은 지 며칠 되지 않았기 때문이기도 하고, 또 타유의 권유에 의해 흥겨움보다는 엄숙한 분위기로 취임식을 거행하기로 한 모잠의 결정 때문이었다.

모잠은 사신당주들의 호위 속에 누대에 올라, 먼저 천지신명에게 제를 올리고 이후 역대 모가장의 조사들에게 분향하는 것으로 자신이 모가장의 새로운 장주가 되었음을 알렸다.

이후에는 수백에 이르는 모가장의 문도들에게 일장연설을 했는데 자못 영웅적인 그의 연설에 모가장의 식솔들 중 일부는 역대 모가장의 장주 중 가장 뛰어난 장주가 될 것이라 덕담을 할 정도였다.

아무튼 그렇게 엄숙하게 모가장의 장주에 오른 모잠의 취임식이 끝나자 모잠은 식솔들에게 술과 고기를 풀어 배불리 먹게 한 후 자신은 수뇌들을 데리고 모가장주가 거처하는 대전으로 들어갔다. 그리고 그 자리에서 모가장은 새로운 시대를 시작했다.

"사풍객을 폐하겠소."

모잠의 말에 모든 사람이 놀랐지만 가장 놀란 것은 구여분이다. 비록 신진고수들의 성장에 밀리고 있다고는 해도 여전히 모가장 최고의 지위가 보장된 것이 사풍객의 직위다. 그런데 장주로서 모잠이 내뱉은 첫 번째 말이 사풍객을 폐하겠다는 것이었으니 구여분으로서는 당황하지 않을 수 없었다.

그렇다고 홀로 남은 그 자신이 모잠의 말에 반대해 사풍객의 지위를 고집할 수도 없었다. 그랬다가는 아마 채 열흘이 지나지 않아 자신의 목이 장원의 정문에 걸릴 것이다.

"어떤 연유이십니까?"

반대는 하지 못하고 그나마 크게 용기를 낸 것이 그 이유를 묻는 일이다. 구여분의 물음에 모잠이 대답했다.

"사풍객 중 세 명이 죽었소. 이 상황에서 다시 사풍객을 채워 그 이름을 유지해야겠소? 만약 그렇다면 누가 사풍객이 되겠소? 이객께서는 지금 모가장에 새로이 풍객의 자리에 오를 사람이 있다고 보시오? 있다면 그가 누구요?"

모잠이 묻자 구여분이 대답을 하지 못한다. 현재 모가장에서 사풍객의 자리에 오를 사람을 찾기란 쉽지 않다. 과거 사풍객의 화려했던 공적을 따라갈 사람도 없고 그들의 무공에 필적할 인재도 사실은 없는 것이나 마찬가지였다.

혹은 새로이 모가장의 중추로 성장한 사신당의 당주들을 풍객에 앉힐 수도 있으나 그 배분이 구여분과 차이가 있어 같은 위치에 있기에도 어색한 면이 있었다.

구여분이 대답을 하지 못하자 모잠이 부드러운 목소리로 말했다.

"물론 사풍객을 폐한다 해서 이객 어른을 섭섭히 대접하겠다는 뜻은 아니오. 이객께서는 향후 모가장의 우호법이 되어주시오."

"우호법이라면……?"

"아버님께서 본 장에 좌우호법의 자리를 마련하시고 그중 한 자리를 우 대협에게 드린 후 다른 한 자리는 비워놓으셨소이다. 내가 생각하기에 당금 모가장의 인물들 중 그간의 공적과 무공, 그리고 연륜을 평가할 때 이객 어른을 따라올 사람이 없소. 그러니 이객께서 우호법이 되어 모가장을 든든히 지켜주시기 바라오."

모잠의 은근한 말에 구여분의 눈이 빠르게 움직인다. 영활한 그가 이리저리 사정을 저울질해 보는 것이 분명했다. 모가장은 새로 태어나고 있었다. 그리고 시류에 따르지 않으면 준걸이 아니다.

"장주의 말씀을 따르겠습니다. 또한 이 늙은이를 중히 써주시겠다니 감사드립니다."

구여분의 대답에 모잠이 빙그레 미소를 지으며 대답했다.

"고맙소. 향후에도 우호법의 경험과 능력은 우리 모가장을 위해 소중하게 쓰일 것이오. 자, 모두 들으시오. 풍객의 제도가 사라졌으니 이제 본 장은 좌우호법 두 분과 사신당의 당주 네 분에 의해 움직이게 될 것이오. 선대 장주께서 돌아가신 사실이 지금쯤이면 강호에 널리 알려졌을 것이오. 그 소식을 들은 자들 중에는 필시 우리 모가장의 빈틈을 노리려는 자들도 있을 것이니 눈과 귀를 환하게 열고 강호의 정세를 살펴주시기 바라오!"

"명을 따르겠습니다."

장내의 고수들이 일제히 허리를 숙여 대답을 한다. 그러자 모잠이 만족한 듯한 미소를 지으며 다시 입을 연다.

"그리고… 비록 사객 종여득이 삼족을 멸할 죄를 짓기는 했으나 그래도 대부인께서는 제 어머니요. 그러니 더 이상 그 누구도 그분을 탓하거나 혹은 죄를 물어야 한다는 말을 하지 마시오. 난 패륜한 사람이 되기 싫소. 또한 광이 역시 종여득의 조카이기 이전에 나의 아우이니 그에 대한 불미스러운 언행도 삼가시오."

"장주의 너른 아량을 강호가 칭송할 것입니다."

역시 약삭빠른 구여분이다. 그러나 그 아부가 싫지 않은 모잠이다. 그렇게 종청영과 모광의 일을 매듭지으니 이제 얼추 장내의 일들은 모두 마무리가 되어가는 듯했다. 그런데 그때 문득 천봉당의 당주 민아연이 앞으로 한 걸음 걸어 나와 입을 연다.

"장주께서 한 청이 있습니다."

뜻밖에 천봉당주가 나서서 입을 열자 모잠이 의아한 표정으로 민아연을 보며 물었다.

"청이라니 그래 무엇이오?"

"다름이 아니라 금석촌에 관한 일입니다."

"금석촌이라. 금석촌에 무슨 문제라도 있는 거요?"

모잠이 걱정스런 표정으로 물었다. 작금의 모가장에게 금석촌은 심장과 같은 곳이다. 금석촌에서 나오는 금력이 모가장을 지탱하고 있다고 해도 과언이 아니었다.

모가장은 표국에서 무가로 변신하는 과정에서 표행을 크게 줄였는데 그러고도 오히려 과거에 비해 더욱 풍부한 재력을 과시하는 이유는 오직 금석촌 때문이었다.

"근자에 들어 금석촌 주변에 정체 모를 자들이 간혹 출몰하고 있습니다. 또한 남방으로 가는 상로에는 제법 무시 못할 흉적들이 똬리를 틀고 있다는 소식도 들려옵니다. 해서 아무래도 금석촌에 대한 방비를 다시 한 번 점검해야 할 것 같습니다."

"음……. 금석촌에 문제가 생기면 안 되니 당연히 그리해야 할 것이오."

"지금 금석촌의 방비는 저희 천봉당의 무사들이 맡고 있습니다. 그 숫자는 천봉당 인원의 삼분지 일 정도인데 그 인원을 조금 늘려야 할 것 같습니다."

"좋소. 절반까지 늘리시오."

"알겠습니다. 그런데 단순히 인원만 늘려서는 안 될 듯합니다. 아무래도 뛰어난 고수가 한두 명이 금석촌에 나가 있을 필요가 있을 것 같습니다."

"고수라……. 그럴 만한 사람이 있겠소? 사신당의 당주들은 각자 맡은 소임이 있어 장원을 비울 수 없는 실정이고. 누구 생각해 둔 사람이라도 있소?"

모잠이 묻자 민아연이 슬쩍 타유를 한 번 보고는 입을 열었다.

"제 생각에 좌호법의 아드님이신 우 소협이 도와주셨으면 어떨까 합니다만."

"응? 우 소협을?"

모잠이 뜻밖이라는 듯 되물었다.

"그렇습니다. 그간 살펴본 바에 의하면 우 소협의 무공은 본 장원의 후기지수들이 따라가지 못할 만큼 뛰어난 듯합니다. 더군다나 지금 우 소협은 본 장에서 어떤 직책도 맡고 있지 않으니 금석촌의 일을 좀 도와주시면 어떠할지……?"

그러자 모잠이 곤란한 표정을 지었다. 비록 그가 모가장의 장주가 되었다고는 하나 청풍의 거취를 함부로 결정할 수는 없기 때문이었다.

"좌호법께서는 어찌 생각하시오?"

모잠이 조심스럽게 타유에게 묻는다. 그러자 타유가 짐짓 시치미를 떼며 민아연에게 물었다.

"제 아이가 제법 도검을 다룰 줄은 알지만 아직 어려 연륜이 부족한데 과연 도움이 되겠소?"

"그건 걱정 마십시오. 금석촌에 나가 있는 본 당의 형제들은 대부분 노련한 사람들이니 그에 대한 부담은 없을 겁니다."

민아연이 조금 차갑게 대꾸한다. 자신에게 부탁한 사람이 시치미를 떼는 모습이 마음에 들지 않는 모양이었다. 그러나

저러나 타유는 여전히 시치미를 뗀 채 입을 열었다.

"뭐, 장주께서 명하시면 그리해야겠지요."

뜻밖에도 쉽게 허락을 하자 모잠의 얼굴이 환하게 펴졌다.

"하하하, 역시 좌호법께서는 호탕하시오. 허락해 주어 고맙소이다."

모잠은 타유가 자신의 체면을 크게 살려주었다고 생각하는 모양이었다.

"대신 한 가지 부탁이 있습니다."

"말씀해 보시오."

모잠이 얼른 대답한다.

"제가 듣기로 금석촌은 제법 풍광이 좋은 곳이라 들었습니다. 그래서 그곳에 우리 부자의 작은 거처를 하나 마련하고 싶은데 허락해 주시겠습니까?"

"허허허, 그게 무슨 어려운 일이겠소. 원하시는 곳 어디에든 금자 걱정 말고 장원을 지으시오. 모든 비용은 나 모잠이 대겠소. 그동안 좌호법께서 이 사람을 위해 하신 일을 생각하면 궁궐이라도 지어드리지 못하겠소이까?"

모잠의 말에 타유가 포권을 하며 대답했다.

"장주의 은혜에 감사드리오. 그러나 우리 두 부자에게 어찌 궁궐이 필요하겠소이까? 그저 작은 장원 하나면 족하오이다."

"허허, 이리 욕심이 없으시니……. 아무튼 좋소이다. 원하시는 대로 집을 짓도록 하시오. 우 소협!"

모잠이 은근한 목소리로 청풍을 부른다. 그러자 청풍이 한 걸음 앞으로 나왔다.

"혹 지금이라도 이 일에 불만이 있으면 말씀하시게. 생각해보니 자네의 거취를 정하면서 정작 자네의 말은 듣지 않았군."

그러자 청풍이 대답한다.

"장주의 명이 있으시고, 아버님이 동의한 일이니 어찌 제가 거절하겠습니까? 명대로 따르겠습니다."

"하하하, 명이라니 그게 무슨 말이오? 난 그저 부탁을 한 것뿐이오. 아무튼 이렇게 두 분 부자께서 흔쾌히 허락을 해주시니 고맙소. 그럼… 어찌 직책을 정한다? 천봉당주… 어찌하면 좋겠소?"

모잠의 물음에 민아연이 입을 열었다.

"우 소협의 무공을 보고 일을 맡긴 것인데 평범한 직책으로는 일을 제대로 할 수 없겠지요. 지금 천봉당의 부당주 자리가 비어 있기는 합니다만……."

"음, 그렇구려. 채번이 죽은 후 달리 부당주를 두지 않았구려. 그럼 부당주로……?"

"그리하시지요."

"좋소. 우 소협을 천봉당의 부당주로 명하오. 금석촌에 머물며 본 장을 위해 힘써 주시구려."

"명대로 따르겠습니다."

"그렇다고 금석촌에 뼈를 묻을 생각은 하지 마시오. 우 소협 같은 인재를 금석촌에 묻어두고 싶은 생각은 절대 없소. 금석촌의 일을 거들더라도 자주 장원으로 나와주시오. 장원의 대소사가 어찌 돌아가는지 알고 지내야지 않겠소?"

"그 역시 말씀대로 따르겠습니다."

청풍이 정중하게 대답하자 모잠이 기분이 좋아져서 호탕하게 말했다.

"자자, 이제 이 정도로 하고… 크게 잔치를 열 수는 없지만 술 한잔씩은 해야지 않겠소?"

"당연한 일이지요."

구여분이 얼른 맞장구를 친다.

"좋소. 오늘은 그럼 귀한 술을 준비하리다."

모잠이 천하를 다 가진 것처럼 호기롭게 말했다.

"그가 정말 우리를 도와주었구려."

종청영이 민아연을 앞에 두고 안도의 숨을 쉬며 말했다.

"적어도 약속은 지키는 사람인 듯합니다."

"그의 과거가 점점 궁금해지는군."

종청영이 중얼거렸다.

"그가 본 장에 들어온 경로를 보면 크게 의심할 바는 없는 듯합니다. 또한 금석촌에 머물길 원하는 걸로 봐서도 사실 본장의 권세에는 큰 관심이 없는 듯 보이고요."

"그럼 걱정이군. 그런 자를 우리 편으로 끌어들이기는 쉽지 않은데……. 본래 욕심이 있는 사람을 설득하는 것은 쉬워도 욕심이 없는 사람은 내 사람으로 만들기가 어려운 법인데."

종청영의 낯빛이 어두워졌다. 그러자 민아연이 신중하게 입을 열었다.

"대부인, 지금은 일을 도모할 때가 아닙니다. 은인자중. 일단 신변의 안정을 도모하고 큰일은 훗날로 미루시지요."

"나도 알고 있소. 지금이야 어찌 잠이를 상대하겠소. 그러나… 평생 이렇게 살 수는 없지."

"언젠가는 기회가 나겠지요."

"그래야겠지. 아무튼 언제든 그를 우리 편으로 끌어들일 수 있도록 준비는 해두시구려. 금석촌에 나가 있는 그의 아들을 각별히 대해주고, 또 수시로 그에게 귀한 선물을 주시구려. 물욕이 없는 사람이라고 하니 금은보화보다는 도검이나 비급 같은 것이 좋겠군. 그리하여 그가 우리 모자에 대해 조금이라도 마음을 연다면 우릴 위해 모잠을 베지는 못해도 우리가 잠이를 베는 일을 방해하지 않을 것이오."

"그리하겠습니다."

민아연이 깊이 고개를 숙여 보인다.

며칠 후 청풍이 드디어 천봉당의 고수들과 함께 금석촌을 향해 길을 떠나기 위해 모가장을 나섰다.

"금석촌에 가거든 일단 대석수 교궁 노인을 찾아보도록 하거라. 본래 금석촌에는 세 명의 대석수가 있었는데, 그중 두 사람은 모가장과의 싸움에서 죽고 대석수 교궁만 살아남았다고 하더구나."

타유가 떠나려는 청풍을 붙들고 말했다. 그러자 청풍이 신중한 표정으로 물었다.

"그는 모가장의 사람이 된 것이 아닐까요? 살아남았다면……."

"그래서 먼저 그를 만나보라는 것이다. 그가 진심으로 모가장에 복속을 한 것인지, 아니면 금석촌의 사람들을 위해 모가장을 따르고 있는 것인지 알아보라는 것이다. 본래 금석촌의 대석수들은 무척 강단이 있는 사람들이라고 하더구나. 자신의 영달을 위해 형제들을 배신할 사람들은 아니지. 그가 모가장에 협력을 하고 있다면 그 이유가 있을 것이다."

"알겠어요."

"음, 그의 본심이 여전히 금석촌에 남아 있다면… 그로부터 모든 일을 시작할 수 있을 것이다. 그러니 신중히 만나보도록 하거라."

"그리할게요."

청풍이 대답한다. 타유가 말 엉덩이를 가볍게 쳤다. 그러자 청풍이 타고 있던 말이 천봉당주 민아연이 이끄는 무사들을 향해 움직였다.

타유는 가슴 한편이 쓰려왔다. 운룡산에서 청풍을 거둔 이후 청풍과 떨어지게 된 것은 처음 있는 일이었다. 물론 운룡산에 살 때도 가끔 강호의 소식을 알기 위해 홀로 산을 내려온 적이 있었지만 그때는 상목혜가 청풍의 곁에 있었다. 그러니 청풍을 홀로 내버려 두는 것은 오늘이 처음이나 마찬가지였다.

"잘해낼 수 있을 거야."

타유가 나직하게 중얼거렸다. 사실 타유는 처음부터 어떻게
든 청풍을 금석촌에 보내려고 생각하고 있었다. 그 일은 이미
상원을 떠나올 때부터 복묘상과 상의한 일이기도 했다. 타유
는 청풍과 자신 그리고 복묘상의 복수행이 모두 끝났을 때 청
풍이 금석촌에 정착하기를 원했다. 그 안에서 청담이 느꼈던
평온을 청풍도 느끼게 해주고 싶었던 것이다.

그러기 위해서는 청풍에게도 금석촌이 특별한 곳이 되어야
한다는 것이 타유의 생각이었다. 물론 그의 뿌리가 있는 곳이
니 이미 특별한 곳이기는 하나 타유는 청풍의 몸과 마음이 온
전히 금석촌에 익숙해지기를 바랐다. 그 이유는 오직 하나였
다.

"돌아갈 곳이 있는 사람과 돌아갈 곳이 없는 사람은 전혀 다
른 삶을 살게 되지. 돌아갈 곳이 있는 사람은 복수의 혈로에
들어서도 결코 자신을 훼손하지 않는 법이니까."

홀로 중얼거리던 타유의 머릿속에 갑자기 상목혜가 떠오른
다. 그리움이 밀려오니 눈물이 날 것 같기도 하다. 타유가 애
써 머리를 젓는다. 그러고는 하늘을 보며 다시 중얼거렸다.

"목혜, 언제나 당신이 보고 있을 테니 난 아주 나쁜 사람이
되기는 힘들 것도 같아."

*   *   *

산과 강이 어우러지며 고즈넉한 풍경을 만들어낸다. 북쪽으

로 거대한 봉우리가 마을을 굽어보듯 서 있고, 그 뒤쪽으론 강이 흐른다. 산이 제법 험해서 산에서 강에 이르는 비탈이 수백 척에 이르는 곳도 있다. 사람들이 죽벽이라고 부르는 장소다.

청풍의 시선이 깎아 세운 듯한 죽벽으로 향했다. 도도하게 흐르는 강물은 계속해서 죽벽에 부딪힌다. 죽벽의 위쪽으로 우거진 소나무 숲이 보인다.

'저곳에서 아버님과 어머님이 돌아가셨다고 했던가?'

새삼스레 오래전의 기억이 되살아난다. 그날 밤 화광이 충천했던 금석촌과 자신을 안고 달리던 어머니, 그리고 자신을 죽벽 아래로 던지던 그 처절했던 어머니의 표정. 청풍이 살짝 이를 악문다. 복수의 열기가 자신도 모르게 피어오른다. 모흔은 죽었지만 복수는 완성된 것이 아니다.

'이곳을 본래의 곳으로 돌려놓아야 끝날 일이야. 이 일에 관여한 모든 자들이 그 대가를 치러야 할 것이고……'

청풍의 시선이 죽벽을 품고 있는 산 반대편, 남쪽으로 똬리를 틀고 있는 금석촌으로 향했다. 멀리서도 쇠를 녹이는 대장간의 연기가, 쇠를 두드리는 망치 소리가 들려온다. 시끄러우면서도 한편으로는 정겹다. 아마도 청풍의 기억 깊은 곳에 어릴 때 들었던 쇠 두드리는 소리의 정겨움이 남아 있었던 모양이었다.

"다 왔네. 이곳에 금석촌이네. 어떤가?"

금석촌의 초입에 이르자 앞서 가던 천봉당주 민아연이 다가와 청풍에게 물었다. 청풍이 고개를 끄덕이며 대답했다.

"듣던 대로 좋은 곳이군요."

"살기 좋은 곳이지. 좌호법께서 이곳에 정착하고 싶어 하시는 것도 우연은 아닐세. 그런데 우 소협, 아니 부당주도 이곳에 정착하고 싶은 마음인가?"

나이든 타유는 몰라도 젊은 청풍은 생각이 다를 수도 있다고 생각하는 모양이었다.

"살아봐야 알겠지요."

"신중한 편이군."

"게으른 편이지요."

"큰일인데? 천봉당의 부당주가 게으르다고 소문이 나면 체면이 말이 아닐 거야."

민아연이 농을 한다.

"다른 사람들이야 좋겠지요. 부지런한 상전은 피곤한 법 아닙니까?"

"저런 이제 보니 내 흉을 보고 있었군."

"하하, 아닙니다. 그저 제가 크게 할 일은 없으리란 생각인 거죠."

"그럴 걸세. 이곳은… 음, 사연이 깊은 곳이라네. 금석촌이 애초부터 모가장의 것은 아니었네. 오래전 돌아가신 장주께서 모가장의 성장을 위해 반드시 필요한 곳이라고 생각하고 무리를 해서 얻은 곳이지. 이후에도 크고 작은 분란이 여러 번 있었다네. 그러나 세월이 흐르면서 그런 분란들도 사라지고 이제는 평온한 곳이 되었지. 물론 옛 사람 중에는 여전히 한을 지닌 사람도 있는 듯 보이지만 그래도 분란을 일으키지는 않을 걸세."

"그렇군요."

청풍이 조금 우울한 표정을 대답했다. 그 우울함의 원인을 모르는 민아연으로서는 의아했지만 계속 말을 이었다.

"그러나 이곳이 평온하다고 해도 금석촌의 사람들은 여전히 모가장의 사람이 아니네. 전대장주께선 이들이 온전히 모가장의 사람들이 되기를 바랐지만 욕심이었지. 피로 얻은 사람들이 마음으로 한식구가 되는 것은 욕심이지 않겠는가?"

"그렇겠지요."

청풍이 여전히 무겁게 대답한다.

"한 가지 당부를 하겠네."

"말씀하시지요."

"부디 이곳 사람들을 함부로 대하지 말게. 물론 부당주의 성정을 보면 사람을 함부로 대하진 않겠지만… 음, 초기에 끊이지 않던 분란이 사라진 것은, 내 자랑을 하는 것은 아니네만 우리 천봉당이 금석촌을 맡고 난 이후라네. 그 전에 이곳을 맡았던 문도들은 힘으로만 이들을 통제하려 했지. 당시에는 죽어나가는 자가 하루가 멀다 하고 나왔네. 난 그래서는 결국 금석촌이 폐허가 되고 말 거라 생각했다네. 이곳 사람들은 강단이 있어. 굴복해 있으면서도 가끔씩 마음이 숨겨둔 칼을 내보이지. 그러면 모가장의 탄압이 시작되고. 그런 일의 반복이었다네. 그런 악순환을 끊기 위해 전대장주께서 천봉당에게 이곳을 맡긴 것이네. 이곳이 안정되지 않고서는 모가장의 성장을 기대할 수 없었던 것이지."

"어떻게 이곳을 안정시키셨습니까?"

"방법은 간단하네. 이들을 인정하는 것이지. 이들이 전대 촌장과 그 선조들에게 제를 올리는 것을 묵인하고, 철을 거래해 얻는 이득의 상당 부분을 이들에게 돌려주어 생활을 안정시켰네. 그리고 무엇보다도 칼을 들지 않았지. 덕분에 처음에는 이들을 통제하는 데 어려움도 있었으나 결국 지금은 서로가 서로를 인정하는 상태가 된 것일세. 마음으로 복종하는 것은 아니지만 적어도 함께 공존해야 할 상대는 된 것이지. 그러니… 이들에게 함부로 검을 들이대지 말게."

"그건 걱정 마십시오. 오히려 검을 뽑지 않는다고 타박하실 겁니다. 전 검을 뽑는 데에도 무척 게으르니까요."

"하하하, 알겠네. 내 괜한 걱정을 한 모양이야."

"며칠 주변을 돌아보며 지형을 익히고 집을 지을 마땅한 곳을 찾아보지요."

"그리하게."

두 사람이 이런저런 이야기를 나누는 사이 일행은 어느새 커다란 장원 앞에 도착했다. 그러자 문득 청풍의 가슴이 뭉클해진다. 아주 오래전 그의 기억 속에 각인된 장원의 모습이다. 과거 그의 외조부이자 금석촌의 촌장인 복호인이 머물렀던 장원, 물론 당시와는 크게 달라졌지만 자리는 한 곳이니 청풍의 마음이 울렁거리지 않을 수 없다.

"들어가세."

민아연이 청풍의 걸음을 재촉한다. 청풍이 마음을 진정시키며 장원 안으로 들어갔다. 드디어 청풍이 금석촌을 떠난 지 십수 년 만에 다시 그의 뿌리가 있는 곳으로 돌아온 것이다.

청풍의 말은 허언이 아니었다. 그는 금석촌에서 도착한 이후 특별히 하는 일이 없이 마치 여행을 온 사람처럼 금석촌 구석구석을 돌아다니며 구경이나 할 뿐이었다. 때가 되면 밥을 먹고, 시간이 나면 밖으로 나가 금석촌을 돌아다니는 일이 그의 일과였다.

그런 생활이 십여 일 계속되자 오히려 그가 열심히 일을 한 것보다 더 빨리 금석촌에 우청풍이라는 이름이 알려졌다. 천봉당 내에서도 청풍은 처음부터 관심의 대상이었다. 이제 겨우 스무 살의 나이에 천봉당의 부당주가 된 것도 특별한 일이지만 모가장의 실질적인 세력가인 타유의 후광이 이곳 금석촌에서까지 크게 영향을 미치고 있었던 것이다.

생각해 보면 갓 스무 살의 부당주는 고까울 수도 있는 존재지만 타유의 존재로 인해 천봉당의 사람들은 오히려 청풍이 부당주로 온 것을 환영하는 입장이었다. 그와 좋은 인연을 맺어둔다면 향후 모가장에서 출세할 기회를 잡을 수 있을 거란 생각 때문이었다.

천봉당의 무사들이 청풍의 신분이나 무공에 관심을 갖는 것과 달리 금석촌에서 철을 만들어내는 토박이들은 그의 행동을 주시했다. 어디서 아주 게으른 자가 아비 잘 만나 높은 자리를 꿰차고 들어왔다는 소문이 금세 금석촌에 자자하게 퍼졌다.

그리고 며칠이 지나자 이제 금석촌에서 청풍의 얼굴을 모르는 사람이 없게 되었다. 그가 금석촌 곳곳을 빠짐없이 구경하고 다녔으니 당연한 일이었다.

그 와중에도 금석촌 사람들이 다행스럽게 생각하는 것이 있었다. 본래 새로운 사람이 오면 의욕에 넘쳐 좀 더 많은 철을 생각하거나 이문을 많이 남기기 위해 금석촌 사람들을 닦달하는 경우가 대부분인데, 청풍은 아예 그런 쪽으로는 관심을 보이지 않았다. 그렇다고 은근히 재물을 요구하는 것도 아니고, 사람들을 대할 때 험악하게 구는 것도 아니었다.

예의도 바른 편이고, 큰 분란도 일으키지 않으니 썩 괜찮은 사람이라고 생각하다가도 아무 일도 없이 무위도식하는 그의 생활에 또한 혀를 차는 금석촌의 인심이었다.

그러나저러나 청풍은 자신의 뿌리, 금석촌의 향취를 마음껏 즐기고 있었다. 가끔은 가슴 아픈 장소, 죽벽에 오르기도 했다. 그곳에서 그와 그의 부모가 생사의 경계에 섰었다. 그러나 지금은 당시 혈전의 흔적은 모두 사라지고 숲이 무성한 아름다운 절벽일 뿐이다.

하루는 멀리 산을 돌아 육용담도 둘러보기도 했다. 여전히 여섯 가지 색을 발하는 육용담은 변함없이 아름다웠다. 모가장이 금석촌을 차지한 이후에도 육용담이 아름다움을 간직한 채 그대로 남아 있는 것은 죽은 모가장주 모혼이 이 육용담을 특별히 아꼈기 때문이었다.

그는 금석촌에 들를 때마다 육용담에서 며칠 동안 정양을 하고 갈 정도로 육용담을 아꼈다고 한다.

그렇게 금석촌의 이곳저곳을 돌아다니며 청풍은 자신과 타유를 위해 지을 집터를 살펴보기도 했다. 마음 같아서는 과거 그의 외조부 복호인이 살던 장원 터에 집을 짓고 싶었으나 그곳은 모가장의 무사들이 본거지로 사용하고 있기 때문에 탐을 낼 수가 없었다.

"이곳이 좋을 것 같은데……."

따스한 햇살이 뿌려지는 산기슭, 금석촌의 서쪽 외곽 부근에서 청풍이 서성였다.

평탄한 곳은 아니지만 사람의 손이 닿으면 집터는 넓게 나올 수 있는 땅이었다. 숲과 물이 가깝고 무엇보다 금석촌에서 쉴 새 없이 흘러나오는 쇠 두드리는 소리가 사뭇 약해지는 곳이라는 것이 마음에 들었다.

자신이야 상관없지만 타유는 본래 사람 많은 곳을 싫어하는 성정이라 타유를 위해서는 이렇게 한적한 곳에 집터를 잡는 것이 좋을 듯싶었다.

"아버님이 한 번 와보셔야 할 텐데……. 아무튼 일단 이곳으로 정하고 터를 닦도록 하자. 후후, 사람들의 비웃음이 더욱 심해지겠군. 일은 하지 않고 자신의 집터나 닦고 있다고……."

청풍이 나직하게 웃음을 흘리며 중얼거렸다.

*　　　*　　　*

방남산은 가슴 한쪽이 뭉텅 베어져 나가는 듯한 느낌이 들었다. 베어진 가슴으로 찬바람이 흉흉거리며 들어왔다. 뼈골까지 시린 느낌이다.

텅 빈 동굴, 보여야 할 강검산의 등이 보이지 않는다. 잠시 바람을 쐬러 나갔으려니 생각하면서도 불안한 기분이 씻기지 않는다. 그러다가 문득 동굴 안 깊숙이 새겨진 글씨가 눈에 들어왔다. 평소에 보지 못했던 글이다. 방남산이 얼른 달려가 석벽 앞에 섰다.

―때가 되면 돌아오지요.

방남산이 무너지듯 그 자리에 주저앉았다.

"떠난 거냐? 정말?"

그의 눈에 갑자기 슬픔이 자리한다. 그는 한동안 침묵을 지켰다. 그러다가 어느 순간 자리를 털고 일어났다.

"필요한 일이었는지도 모르지. 가르침만으로는 이룰 수 없는 경지가 있으니까. 잘된 일인지도 몰라. 돌아오면… 신검을 만들 수 있을 것이다. 미리 준비를 해둬야겠지."

방남산의 눈에 다시 생기가 돈다.

第二章

뜻밖의 싸움

상선 하나가 금석촌의 포구를 향해 밀려들어가고 있었다. 금석촌을 드나드는 배치고는 제법 규모가 있는 배다. 그런데 뱃전에 나와 있는 자들의 눈빛이 하나같이 형형하다. 마치 큰 전쟁을 치르러 나가는 병사들의 모습 같았다.

"쯔쯔!"

노인 한 명이 주위를 돌아보며 혀를 찼다.

"걱정이 되십니까?"

노인이 혀를 차자 청수한 여승 한 명이 노인에게 물었다.

"이렇게들 긴장해서야 어찌 일이 수월히 되겠소. 요즘 아이들은 재주는 좋은데 패기가 없어서……."

"후후, 우리 같은 늙은이들의 눈에야 항상 그리 보이는 법이지요. 그러나 생각해 보면 저 나이 때 우리는 훨씬 겁이 많았지요."

"그야 당시에는 원의 세력이 워낙 승한 시절이라 어쩔 수 없지 않았소?"

노인이 변명하듯 말했다. 그러자 여승이 고개를 저었다.

"지금 생각해 보면 용기가 없었던 것 같아요. 당시에야 나도 그렇게 스스로를 위로했지만… 송백림의 일도 있고."

"음."

노인이 여승의 말에 침음성을 흘린다. 그러다가 갑자기 화제를 바꾸었다.

"어떻게 보시오?"

"무얼 말인가요?"

"총사의 이번 계획 말이오."

노인이 말하자 여승이 잠시 생각에 잠겼다가 대답했다.

"상황이 어찌 변할지 가늠할 수 없군요. 일이 성공하든 실패하든 결국 본격적으로 모가장과의 싸움이 시작되는 것이 확실하다는 것을 빼고는……."

"모가장이 나오면 밀문도 나올 것이고. 음, 총사가 노리는 것이 그건가?"

노인이 고개를 갸웃한다.

"밀문을 불러내기 위해 모가장을 친다는 건가요?"

"아무리 생각해도 총사의 이번 계획은 무모한 면이 있소. 모가장은 이미 상원에 들어 천상사의 한 자리를 차지하고 있소. 그들의 배후야 어찌 되었던 그들은 이미 무림과 상계 양쪽의 가문들이 인정한 문파요. 그런데 이렇게 갑작스럽게 그들을 도발한다는 것은 우리 의천맹의 명성을 크게 떨어뜨릴 수 있을 뿐더러 상원의 반발도 있을 것이오. 그런 모든 문제들에도 불구하고 모가장을 도발하는 것은 결국 밀문의 불러내기 위한 것 말고는 다른 이유가 없을 것 같소."

"제 생각에도 그렇군요. 그런데… 상원은 문제가 없을 것도 같아요."

"하긴 그렇구려. 배를 내어준 곳이 헌원세가이니 결국 일이 벌어지면 천상사가가 서로 반목할 뿐이겠구려."

"상원에는 믿을 가문이 없지요."

"이득을 좇는 자들이니 어쩔 수 없는 일 아니겠소?"

노인이 경멸하듯 말했다. 그때 배의 중앙에서 누군가의 목소리가 들려온다.

"배를 댈 준비를 하라."

"다 온 것 같구려. 안으로 들어갑시다. 우릴 알아보는 사람이 있어서는 곤란하오."

"그렇지요."

여승이 대답을 하고는 먼저 걸음을 옮겨 배 중앙의 선실로 향했다.

"좀 더 오른쪽으로! 좋아, 그대로 전진하시오!"

청풍의 귀에 요란한 포구의 소리가 들려온다. 고개를 돌려 보니 커다란 배 한 척이 막 포구로 들어오고 있었다. 그런데 그 배의 모습이 눈에 익다.

"저건… 헌원세가의 배군."

한동안 상원에 머물렀기에 헌원세가의 배는 눈에 익다. 상원에는 항시 천상사가의 상선들이 정박하고 있었으므로 각 가문의 배를 기억하는 것은 어려운 일이 아니다.

"철을 실으러 왔나 보군. 모가장이 상원에 드는 대신 금석촌의 철 삼 할의 거래를 상원에 맡기기로 한 것의 이득은 결국 천상사가들이 모두 취하는 건가?"

헌원세가의 배가 온 것은 필시 금석촌의 철을 실어가기 위함일 것이다. 그런데 상원에 속한 가문들 중 표국을 운영하는 상가가 아니라 헌원세가의 배가 철을 실으러 왔다는 것은 결국 금석촌에서 나오는 삼 할의 철 거래를 천상사가가 독점하겠다는 의미였다.

"하선하라!"

헌원세가의 배 위에서 중년 사내가 크게 소리쳤다. 그러자 배를 타고 온 헌원세가의 식솔들이 하선을 시작했다. 그 모습을 한참 지켜보고 있던 청풍이 갑자기 고개를 갸웃했다.

"이상한데? 사람이 너무 많아."

본래 철을 싣고 가기 위해 온 상선이라면 배에 타고 있는 사람의 숫자가 그리 많을 필요가 없었다. 철을 실은 후 배의 무게도 무게지만, 어차피 배에 철을 싣는 것은 모두 금석촌 사람들이 대신할 것이기 때문이었다.

그런데 지금 헌원세가의 배에서 내리는 사람의 숫자는 족히 삼십 명은 되어 보였다. 이건 객선에서나 나올 법한 숫자다.

"무슨 이유지?"

청풍이 헌원세가의 배에서 내린 자들의 움직임을 살피며 중얼거렸다. 그러다가 한순간 청풍이 놀란 표정을 지었다.

"무인들이야. 그것도 고수다."

배에서 내린 자들 중 일부의 움직임이 상승의 공력을 지닌 자의 움직임을 보이고 있었다. 비록 배에서 이것저것 물건을 내리는 듯한 모습이었지만 그 움직임이 가벼워 무거운 짐을 들고도 전혀 힘겨워하는 모습이 보이지 않았다.

"이자들이 무슨 생각을 하고 있는 것인가?"

청풍의 얼굴이 심각하게 굳었다. 심상치 않은 일이 일어나고 있는 것이 분명했다.

"살펴볼 필요가 있겠어."

청풍이 나직하게 중얼거리는데 문득 그의 뒤에서 누군가가 아는 척을 한다.

"부당주께선 무슨 구경을 그렇게 열심히 하고 계십니까?"

들려오는 목소리에 청풍이 퍼뜩 정신을 차리고 뒤를 돌아보니 백발이 성성한 노인 한 명이 구부정한 모습으로 청풍을 바라보고 있다.

"대석수께서 나오셨군요."

청풍이 정중하게 노인에게 고개를 숙여 보인다. 청풍의 태도는 확실히 다른 모가장의 무사들과는 다른 모습이다. 청풍은 금석촌 사람들을 대할 때 항시 이렇게 공손한 태도를 보였다.

그 모습이 마음을 움직였는지 어제까지 냉랭하던 금석촌 최고의 대석수 교궁이 오늘은 자신이 먼저 아는 척을 하고 있었던 것이다.

"무슨 생각을 그리하고 계십니까?"

대석수 교궁이 다시 묻는다. 이상하게도 이 젊은 모가장의 무사에게는 적의가 생기지 않는 교궁이다.

"저들을 지켜보고 있었습니다."

"흠… 중원에서 철을 실으러 온 사람들이군요."

교궁의 표정이 차가워진다. 과거 금석촌을 부유하게 만들었던 철이 이제 금석촌 사람들에겐 고생스런 노동의 이유일 뿐이다.

"헌원세가의 사람들입니다."

"헌원세가라면… 천상사가의 일원 아닙니까?"

교궁은 오랜 세월 금석촌의 대석수로 살아온 사람이라 중원의 사정에도 정통한 면이 있었다.

"그렇습니다."

"이상한 일이군요. 그들이 직접 금석촌에 오는 일은 없었는데……?"

교궁이 고개를 갸웃한다.

"지난번 모가장이 상원의 천상사가로 들어갈 때 거래가 있었지요. 금석촌의 철 중 삼 할의 거래를 상원에 맡기겠다는.

아마도 그때 약조한 철을 가지고 온 것일 겁니다."

"그런 일이 있었나요? 허허!"

교궁이 허탈하게 웃음을 흘린다. 금석촌에서 철을 만들어내는 것은 자신을 포함한 금석촌의 사람들인데 그 철이 어찌 거래되는지는 전혀 알 수 없으니 이런 현실이 허탈한 모양이었다.

그 마음을 알았을까. 청풍이 더 말을 건네지 않고 다시 헌원세가의 상선으로 시선을 돌렸다.

그때였다. 문득 청풍의 눈살이 찌푸려졌다. 마치 보지 말아야 할 것을 본 것처럼, 만나지 말아야 할 사람을 만난 것처럼 그의 눈에 한 사람의 모습이 들어왔다.

'그녀야.'

강렬했던 첫 만남 때문이었을까. 비록 남장을 하고 있었지만 청풍은 한눈에 그녀를 알아볼 수 있었다. 그리고 그녀가 이곳에 나타났다는 것은 오늘 금석촌에 온 헌원세가의 인물들이 무척 위험한 일을 꾸미고 있다는 의미도 된다.

'의천맹이 헌원세가와 손을 잡고 금석촌을 가로채려는 걸까?'

여인은 과거 운룡산에서 만났던 의천맹의 여고수 조명이다. 남장을 하고 있지만 청풍의 눈썰미는 분명히 그녀를 기억하고 있었다. 어쩌면 그녀의 모습이 아니라 그녀가 흘려내는 고유한 기운을 청풍의 선천적인 본능이 기억하고 있는 것일지도 모른다.

그야 어쨌든 그녀가 왔다는 것은 결국 헌원세가의 배에 의천맹이 사람들이 섞여 있다는 의미다. 만약 그렇다면 고약한 일이 아닐 수 없다. 의천맹의 사람들이 할 일 없이 금석촌에 스며들었을 리 없다.

'한 치 앞을 내다볼 수 없는 곳이 강호라지만 이건 너무 뜻밖이군. 더군다나 헌원세가의 배에 숨어왔다면 헌원세가가 이 일에 동조했다는 건데……. 휴, 장사치는 별수없는 건가? 지금도 상원에서는 천상사가의 일원으로 모가장의 사람들과 얼굴을 맞대고 있을 텐데.'

같은 상원의 천상사가이면서 의천맹이 금석촌을 도모하는 것을 돕고 있는 헌원세가의 심사가 고약하게 느껴졌다. 비록 그가 모가장의 철저한 몰락을 준비하고 있는 사람이라 할지라도 헌원세가의 간교함에는 거부감이 들 수밖에 없었다.

'그나저나 이제 의천맹도 본격적으로 강호에 그 모습을 드러내려 함일까? 금석촌을 차지하겠다는 것은 결국 드러내 놓고 강호사에 관여하겠다는 말이나 마찬가지인데… 이곳에 저들이 은밀하게 암살할 고수가 있는 것도 아니고…….'

금석촌은 사천의 오지에 있는 마을이지만 강호 대파들의 눈이 항시 주시하고 있는 곳이기도 했다. 금석촌에서 나오는 철에 관심이 없는 무림문파는 없기 때문이다.

그런 금석촌을 무력으로 손에 넣고 강호에 그 일을 숨길 수는 없다. 결국 의천맹이 금석촌을 손에 넣게 된다면 그들은 강호에 자신들의 본 모습을 온전히 드러내게 될 것이다.

"그러기 위해선 재물이 필요하지."

청풍이 자신도 모르게 중얼거렸다.

"무슨 말씀이십니까?"

교궁이 청풍의 혼잣말을 듣고는 되물었다. 그러자 청풍이 교궁을 보며 물었다.

"금석촌의 사람들에게도 도검이 허용됩니까?"

갑작스런 청풍의 물음에 의아한 표정을 지으면서도 교궁이 물음에 대답했다.

"불가한 일이지요. 금석촌의 형제들은 도검을 소지할 수 없습니다."

당연한 일이다. 모가장에서 금석촌의 사람들에게 도검을 허용할 리 없다.

"그런데 무슨 일로……?"

교궁이 되물었다. 그러자 청풍이 정색을 하며 말했다.

"당분간 촌내의 사람들에게 행동을 조심하라고 전하십시오."

"그게 무슨……?"

여전히 청풍의 속내를 알 수 없는 교궁이다.

"어쩌면… 며칠 내로 혈풍이 불 수도 있겠군요."

"갑자기 무슨 말씀을 하시는 겁니까? 혈풍이라뇨?"

"확실치 않은 일이니 정확히 말씀드리기 어렵군요. 하지만 조심하는 것이 좋겠습니다. 그럼 전 이만……."

청풍이 교궁에게 고개를 숙여 보이고는 서둘러 자리를 떠났다. 그러자 교궁이 눈을 가늘게 뜨고 청풍을 보며 중얼거렸다.

"역시 보통 사람이 아니야. 젊은 나이에 천봉당의 부당주가 된 것에는 다 이유가 있는 법이겠지. 그나저나 큰일이군. 이리되면 일이 틀어질 수도 있지 않은가? 아니 될 일이지. 애써 의천맹을 끌어들였는데… 일이 잘못되게 놔둘 수는 없지. 아쉬운 일이지만 그의 입을 막는 수밖에!"

교궁의 눈이 한순간 차갑게 번뜩였다.

청풍의 고민이 깊어졌다. 자칫하면 모든 계획이 틀어질 수도 있었다. 정말 의천맹이 금석촌에서 모가장을 상대로 일을 벌인다면 청풍과 타유가 조용하게 금석촌을 되찾으려던 계획이 틀어질 수밖에 없었다.

모가장으로서는 금석촌은 포기할 수 없는 곳이다. 의천맹이 도발한다면 당장 천봉당의 무사들로만 금석촌을 지켜낼 수 없다.

그러나 그 이후에는 모가장은 모든 전력을 기울여 금석촌을 되찾으려 할 것이고 그리되면 금석촌은 다시 혈풍에 휘말리게 될 것이다.

애꿎게 죽어나는 것은 금석촌의 사람들이 될 것이고, 또한 그 싸움에서 누가 이기든 금석촌은 타유와 청풍으로부터 멀어지게 될 터였다.

"그렇게 놔둘 수는 없지."

청풍이 나직하게 중얼거렸다. 마당에 길게 달빛이 만드는 청풍의 그림자가 생겼다. 이미 밤은 깊어 사위는 조용했고 오직 달빛만이 비처럼 쏟아지고 있었다.

그런데 그때였다. 이런저런 고민에 빠져 있던 그를 향해 한 줄기 날카로운 빛이 파고들었다. 그 빛은 지금까지 청풍을 비춰주던 달빛과는 확연히 다른 빛이었다. 청풍이 재빨리 몸을 틀었다. 그러자 빛이 청풍을 스치듯 지나갔다.

"이렇게 빨리?"

청풍이 당혹한 음성을 흘렸다. 자신을 공격한 것이 필시 오늘 낮에 헌원세가의 배를 타고 금석촌에 스며든 의천맹의 고수일 거란 생각이었다.

의천맹에서는 일을 본격적으로 벌이기 전 먼저 모가장의 고수들을 암습하여 금석촌에 나와 있는 모가장의 힘을 약화시키려 할 것이 분명했다.

그러자면 천봉당의 부당주이며 나이는 어리지만 무공으로는 천봉당의 무사 중 제일로 꼽힌다고 알려진 청풍을 암습하는 것은 당연한 일이었다.

차앙!

청풍이 검을 뽑았다. 일이야 어찌 진행되든 일단은 상대를 물리쳐야 한다.

팟!

이번에는 두 줄기의 암기가 좌우에서 청풍을 향해 날아들었다. 의천맹이 명문대파들의 모임이라지만 기습에 임해 암기의 힘을 빌리는 것은 살수문이나 마찬가지다.

탕!

청풍이 교묘하게 검을 사선으로 움직여 양쪽에 날아오는 암기를 동시에 쳐 냈다. 공력을 떠나 놀라운 검술이다.

"대단하구나. 역시 소문이 헛되지 않았어!"

드디어 적이 모습을 드러냈다. 암습자는 둘이었고, 모두 복면을 하고 있었다. 청풍이 훌쩍 뒤로 물러났다. 양쪽으로 적을 맞이하는 것을 피하고 적을 모두 한눈에 두기 위해서였다. 귀영팔보의 신묘한 움직임에 암습자 두 명이 한순간에 한 곳으로 모였다.

"의천맹의 사람들이구려?"

청풍이 물었다.

"역시 죽을 수밖에 없겠구나!"

암습자 중 한 명이 입을 열었다. 그러자 청풍이 고개를 끄덕였다.

"대범하군. 금석촌을 차지하려 하다니."

"그대야말로 대범하군. 암습을 받고도 그리 침착하다니. 그러나 아쉽게도 그대는 오늘 살아날 길이 없다."

복면인들이 경고를 하며 다시 청풍에게 날아들었다. 청풍이 신중하게 적을 상대하기 시작했다. 어려운 싸움이다. 적을 베는 것은 오히려 쉬울 수도 있었다. 그러나 의천맹의 사람을 벨 수는 없다.

창!

왼쪽으로 다가드는 상대의 검을 막으며 청풍이 바람처럼 회

전하면서 왼발로 오른쪽에서 닥쳐드는 적을 후려 찼다. 그러자 두 사람이 동시에 청풍에게서 멀어졌다. 순간 청풍이 몸을 튕겨내듯 날리며 오른쪽의 적을 향해 다가갔다. 그의 검이 일직선으로 적을 찔렀다.

"헛!"

공격을 받은 복면인의 입에서 당혹성이 흘러나왔다. 모가장 천봉당의 젊은 부당주 무공이 대단한 줄은 알고 왔지만 초식의 속도가 암습자들이 예상했던 것 이상이었던 것이다.

청풍의 공격을 받은 복면인이 급히 검으로 가슴을 가리며 몸을 뒤로 젖혔다. 청풍의 검이 그대로 상대의 검과 부딪히며 복면인의 검을 짓누르는가 싶더니 한순간 교묘하게 검을 돌려 상대의 검을 타고 빙글 넘어서며 적의 어깨를 베었다.

팟!

단번에 상대의 어깨에서 피가 튀었다.

"음!"

어깨를 베인 복면인이 신음을 흘리며 뒤로 물러났다. 그러자 청풍이 부상당한 적을 쫓는 대신 허공으로 치솟아 올라 뒤로 몸을 넘기며 그를 향해 달려들고 있던 다른 적을 향해 떨어져 내렸다.

청풍의 검이 매섭게 바람을 가르며 적의 머리를 향해 떨어져 내렸다. 한순간 그의 검에 아지랑이가 서리더니 이내 일 장 길이가 넘는 검기가 일어났다.

그를 향해 달려들던 복면인이 놀란 듯 주춤거리며 급히 검을 들어 올렸다.

카앙!

날카로운 충돌음이 무거운 밤공기를 뒤흔든다.

"으음!"

복면인이 청풍의 검에 실린 힘을 이겨내지 못하고 대여섯 걸음 뒤로 물러났다. 그런 복면인을 향해 청풍이 재차 검을 휘두르며 달려들었다.

그러자 한쪽에 물러나 있던 다른 복면인이 부상 입은 어깨의 지혈을 마치고 다시 청풍을 향해 뛰어 들었다. 청풍이 다시 양쪽에서 적을 맞이하자 교묘하게 귀영팔보를 밟으며 두 사람을 상대하기 시작했다.

순식간에 세 사람의 싸움이 십여 합을 넘어섰다. 그사이 청풍의 숙소는 우박 쏟아지듯 소란스러워져서 주변의 건물들에서 천봉당의 고수들이 쏟아져 나오기 시작했다.

"부당주님의 거처다!"

"적이다!"

사방에서 모가장 무사들의 목소리가 들려온다. 그러자 복면인들의 눈에 당혹스런 빛이 서렸다. 청풍을 베기는커녕 오히려 수세에 몰리고 있었고, 또한 모가장의 고수들이 몰려오고 있었다. 이대로 있다가는 죽음을 면치 못할 상황이었다.

복면인들이 서로 눈빛을 교환했다. 그러고는 누가 먼저랄 것도 없이 장내를 벗어나기 시작했다.

"놈들이 도주한다. 추격해!"

장내에 도착한 천봉당의 고수들이 도주하는 적을 향해 달려가기 시작했다.

"괜찮으신가?"

어느새 청풍의 곁에 다가선 천봉당주 민아연이 걱정스럽게 물었다.

"괜찮습니다."

"음, 도대체 어느 놈들이……?"

"복면을 하고 있어 정체를 알기 어려웠습니다."

"잡아야겠군."

"그렇지요."

마음 같아서는 그냥 놓아 보내자고 하고 싶지만 그럴 수도 없는 청풍이다. 민아연이 먼저 몸을 날렸다. 그러자 청풍이 한숨을 내쉬고는 이내 민아연의 뒤를 따랐다.

"곤란하게 되었구나!"

멀리서 혼란스런 천봉당의 숙소를 지켜보고 있던 여승이 중얼거렸다.

"어떡할까요?"

"휴……. 이번 일은 우리에게 운이 없는 듯하군. 퇴로를 확보하고 물러나야겠네. 적의 추격이 급하니 중간에서 상관 노사를 도와야겠어."

"아쉽군요. 외곽에 머물러 있는 형제들을 불러들여 일전을 벌이는 것은 어떨까요?"

"위험한 일이네. 우린 기습을 위해 최소한의 인원으로 이곳에 왔어. 우리의 존재가 드러난 이상 모가장은 단단히 준비를 할 걸세. 우리의 인원으로는 무리야. 애초에 한 번의 기습에서 실패하면 바로 퇴각하는 것으로 계획을 세운 것도 다 그런 이유 아니겠나."

"하지만 모가장과 금석촌의 거리는 그리 가깝지 않지요."

"그러나 우리의 본대가 머물고 있는 곳도 그리 가깝지는 않네. 오히려 성도보다 더 멀다고 할 수 있지. 기습에 성공하면 이틀 정도 시간을 벌 수 있다는 계산하에 세운 계획일세. 계획이 드러난 이상 물러날 수밖에 없네."

"아, 몇 달을 고생해서 만든 일인데… 너무 아쉽군요."

"세상일이란 게 다 그런 법이지. 아무리 준비를 잘한 계책도 결국 작은 허점에 의해 무너지게 마련이네. 설마 그가 우리를 알아볼 줄이야 누가 알았겠나."

"어떻게 우릴 알아냈을까요? 천봉당의 부당주는 무척 젊다던데……."

"글쎄. 우리 중 누가 과거 그와 인연이 있었던 모양이지. 아무튼 지금은 형제들의 목숨을 보존하는 것이 급선무네."

"그렇군요. 명대로 하겠습니다."

여승과 말을 주고받던 여인이 한숨을 쉬었다. 순간 언뜻 그녀의 얼굴이 달빛에 비춘다. 어둠을 밟고 살아가기에는 너무 아름다운 여인이다. 또한 청풍이 보았다면 단번에 알아보았을 여인이기도 하다. 화산문하의 의천맹 고수 조명이었다.

"사람들을 물리세. 대석수가 준비를 해두었다니 몸을 빼는 것은 어려운 일이 아닐 걸세."

"알겠습니다."

조명이 대답을 하고는 이내 어둠 속으로 사라졌다. 그러자 여승이 한숨을 쉬며 중얼거렸다.

"너무 쉽게 생각했어. 대석수의 충고를 들었어야 했는데. 심상찮은 기도를 지닌 자라는 경고를 대수롭지 않게 생각했으니……. 내가 갔어야 했어."

아마도 청풍을 두고 하는 말 같았다. 그러나 후회는 이미 늦은 법, 일이 틀어지면 몸을 보호하는 게 상책인 것이 무림의 일이다. 여승이 한순간에 장내에서 자취를 감췄다.

두 명의 흉수는 바람처럼 숲을 달려가고 있었다. 비록 청풍에게 패하기는 했지만 그들의 무공은 보통 이상이어서 그들을 추격하는 모가장의 무사들은 좀체 그들과의 거리를 좁히지 못했다.

그러자 민아연이 추격의 선두로 나섰다. 천봉당의 당주로서 장내에 민아연과 무공을 겨룰 수 있는 사람은 오직 청풍뿐이다. 민아연이 속도를 높이자 서너 명의 천봉당 고수가 힘을 쓰며 그녀의 뒤를 따라붙었다. 다른 자들은 더 이상 민아연을 따르지 못하고 점점 거리가 벌어졌다.

"서랏!"

공력을 최대한 끌어올린 민아연이 급격하게 도주자들과의

거리를 좁혔다. 그를 따르는 심복들 역시 숨을 헐떡이면서도 민아연과의 거리를 유지하고 있었다.

팟!

한순간 민아연이 암기를 던져 냈다. 어둠을 뚫고 날아간 암기가 도주자의 등에 박혀들었다. 순간 복면인들이 좌우로 움직이며 민아연의 암기를 피해냈다.

퍽!

민아연이 던져 낸 암기가 주변의 나무에 박혀들었다. 덕분에 도주자들의 속도가 늦어졌다. 그런 그들과 한순간에 거리를 좁힌 민아연이 검을 휘둘러 복면인 중 한 명을 내려쳤다.

"흥!"

민아연의 공격을 받은 복면인이 냉소를 흘리며 민아연의 검을 막아냈다.

창!

민아연의 공격을 막으면서도 복면인은 여전히 달리는 것을 멈추지 않았다. 연이어 숲속에서 강렬한 격돌음이 일어났다. 민아연의 뒤를 이어 적을 따라붙은 천봉당의 고수들이 다른 한 명의 복면인을 공격하기 시작한 것이다.

순식간에 한 무더기로 변한 도주자와 추격자들이 어두운 숲속을 질주하며 도검을 교환했다. 싸움의 승세는 한쪽으로 기울지 않았다. 그러나 위험한 것은 역시 도주자들이었다.

일단 사람의 숫자에서 크게 밀렸고, 또한 도주하는 속도가 느려지는 탓에 멀리서 수십 명의 천봉당 고수가 거리를 좁혀

오고 있기 때문이었다. 이대로 포위라도 당하는 날에는 필시 목을 내놓아야 할 상황이었다.

두 사람은 필사적으로 적을 떼어 놓고 도주하려 했지만 민아연과 그 수하들의 무공은 결코 만만치가 않았다. 이들이야말로 천봉당에서 열 손가락 안에 꼽는 고수들이어서 쉽게 도주자들을 놓아줄 사람들이 아니었다.

한순간 천봉당의 고수 한 명이 복면인의 옆구리를 찔렀다. 그러자 복면인이 재빨리 검을 휘둘러 옆구리로 파고드는 적의 검을 내려쳤다.

쩡!

검과 검이 부딪히며 불꽃이 튄다. 복면인의 대응에 천봉당의 고수가 주춤 뒤로 물러났다. 그러자 그 반대편에서 다른 천봉당 고수가 복면인의 머리 위로 날아올라 그의 정수리를 가격했다.

복면인이 급하게 검을 움직여 가까스로 자신의 머리 위에서 적의 검을 막아냈다. 그러나 그에게는 안타깝게도 적은 한둘이 아니었다.

삭!

기다렸다는 듯이 한 자루 검이 지친 복면인의 허벅지를 베고 지나갔다. 복면인이 재빨리 신형을 틀었지만 허벅지에 깊은 검상을 입는 것은 피할 수 없었다.

"욱!"

묵직한 신음이 흘러나왔다. 그러자 천봉당의 고수들이 한껏 기세가 올랐다. 그들은 무리지어 사냥하는 늑대들처럼 부상당한 복면인을 향해 달려들었다.

한쪽에서는 다른 복면인이 여전히 민아연과 싸우고 있었는데 그는 동료의 위급함을 보고도 손을 뺄 수 없었다. 이미 앞서 청풍의 검에 어깨를 상했을 뿐 아니라 민아연의 출중한 무공에 손을 뺄 여유가 없었기 때문이다.

"죽어랏!"

허벅지에 부상을 당한 복면인을 향해 거의 동시에 세 자루의 검이 파고들었다. 혼자서는 결코 막아낼 수 없는 합공, 그런데 아직 천운은 복면인에게 남아 있었다.

"멈춰랏!"

한마디 날카로운 외침과 함께 서너 자루의 비도가 어둠을 갈랐다. 그러자 복면인을 주살하려던 천봉당의 고수들이 화들짝 놀라 복면인으로부터 떨어져 나왔다.

차차창!

어둠 속에서 비도를 막아내는 소리가 요란하게 일어났다. 그리고 순식간에 장내에 다섯 명의 복면인이 등장했다. 그러자 싸움을 양상이 순식간에 변했다.

새로 모습을 드러낸 복면인들이 가차없이 천봉당의 고수들을 향해 살수를 전개하기 시작했다. 그러자 지금껏 우위를 점하고 있던 천봉당의 고수들이 금세 수세에 몰리기 시작했다.

"악!"

급기야 천봉당의 고수 한 명이 복면인의 검에 맞아 비명을 지르며 쓰러졌다. 그러자 본능적으로 천봉당의 고수들이 뒤로 물러났다. 그건 천봉당주 민아연도 마찬가지였다.

그녀는 상대하던 복면인을 놓아두고 천봉당의 고수들을 보호하려는 듯 자신의 수하들 앞쪽으로 이동했다. 그러자 복면인 중 한 명이 민아연을 향해 달려들려는데 다른 복면인이 그를 제지했다.

"시간이 없네."

민아연을 공격하려던 복면인이 아쉬운 듯 민아연을 노려봤으나 결국 검을 거두고 말았다. 이미 천봉당의 다른 무사들이 파도처럼 장내를 향해 밀려들고 있었다.

"와아!"

동료들의 불리함을 본 천봉당의 무사들이 멀리서부터 고함을 지르며 달려왔다.

"가세!"

수십 명의 천봉당 고수가 몰려들자 복면인 중 우두머리가 동료들을 재촉해 다시 도주를 시작했다. 민아연은 그런 복면인들을 보고 있다가 천봉당의 무사들이 도착하자 침착하게 명을 내렸다.

"추격을 하되 검을 섞지 말라. 먼저 암기와 비도를 던져 적의 발을 막아라. 고수들이다. 함부로 덤비면 위험하니 힘을 뺀후에 잡는다."

노련한 민아연의 명에 천봉당의 고수들이 검을 거두고 비도와 암기를 준비한다.

"가자."

민아연의 명에 수십 명의 천봉당 고수가 다시 추격에 나섰다.

새로 합류한 자들까지 모두 일곱 명의 복면인이 바람처럼 숲을 갈랐다. 그들이 향하는 곳은 금석촌의 외곽을 휘어감아 흐르는 강, 그곳에서도 동쪽으로 깊숙이 휘어져 급류를 만들어내는 지점이었다.

아주 오래전 금석촌이 모가장의 손에 넘어갈 때 벌어졌던 그날 밤의 혈투에 비할 바는 아니지만 그래도 오랜만에 금석촌 인근에서 무인들의 싸움이 벌어지고 있었다.

복면인들은 외지인답지 않게 금석촌 주변 숲의 지리에 밝았다. 그들은 거침없이 숲을 달려 어느새 강이 바라보이는 언덕을 치닫고 있었다.

언덕은 강 쪽으로 제법 높은 절벽을 끼고 있었는데 그 절벽이 끝나고 언덕에서 강으로 내려갈 수 있는 곳에 배 한 척이 강변으로부터 십여 장 떨어져 강물에 너울거리고 있었다.

"거의 다왔네들. 서두르게!"

복면인들을 이끌고 있는 자가 뒤따르는 자들의 기운을 북돋았다. 위태로운 절벽과 숲 사이로 동물이나 다니는 작은 길이 복면인들의 도주로였다.

그런데 이제 일각여만 더 가면 배를 탈 수 있는 지점에 이르렀을 때 갑자기 그들의 좌측면 숲으로부터 암기와 비도가 날

아들기 시작했다.

　슈우욱!

　한여름 갑작스레 내리는 소나기처럼 암기와 비도가 하늘을
메우며 내리꽂혔다.

　"조심하라!"

　복면인들의 우두머리가 소리치며 검을 휘둘렀다. 그러자 그
의 검에서 뿌연 검기가 일어나더니 일행을 향해 내리꽂히는
암기들이 방향을 바꿔 사방으로 튕겨져 나갔다.

　그러나 암기의 공격은 한 번으로 그치지 않았다. 마치 복면
인들을 모두 고슴도치로 만들겠다는 듯 끊이지 않고 암기들이
들이닥쳤다.

　"컥!"

　한 명의 복면인이 암기를 맞고 비틀거렸다. 그러자 어둠 속
에서 바람처럼 모가장 천봉당주 민아연이 달려 나와 비틀거리
는 복면인의 허리를 베었다.

　"악!"

　허리를 베인 복면인이 우측 절벽 위에서 위태롭게 흔들거리
더니 이내 절벽 아래로 떨어졌다.

　"사형!"

　복면인이 실족하자 앞서 달리던 복면인이 걸음을 멈추고 뒤
를 보며 소리쳤다. 그러자 복면인 중 우두머리가 외쳤다.

　"어쩔 수 없네. 어서 오게! 위험해!"

　그러나 우두머리의 경고는 너무 늦은 것이었다. 어느새 어

둠 속에서 달려 나온 모가장의 무사들이 뒤처진 복면인을 에 워쌌다. 그러자 앞서 달리던 복면인들이 신형을 돌려 모가장 무사들에게 포위된 복면인을 구하려 되돌아가려는 순간 우두 머리가 서늘한 목소리로 말했다.

"늦었다. 그냥 간다!"

순간 복면인들의 몸이 움찔거린다. 동료를 버리고 가는 것 은 가슴에 비수를 꽂는 것과 같은 아픔이다.

"가세! 아니면 모두 죽어!"

다시금 우두머리의 재촉이 떨어졌다. 그도 그럴 것이 모가 장 천봉당의 무사들이 복면인들을 향해 암기를 던지며 달려오 고 있었다.

"부디 살아남으시오!"

복면인 중 한 명이 포위된 동료에게 소리치고는 이내 신형 을 돌려 강 위에 떠 있는 배를 향해 달리기 시작했다.

청풍은 천천히 숲을 걸어 나왔다. 그러고는 다섯 명의 천봉 당 무사들에게 포위된 복면인이 있는 곳으로 다가갔다. 복면 인은 두려움을 느끼는지 검을 가슴 높이로 들고 주춤거리며 뒤로 물러나고 있었다.

"갈 곳은 없다. 검을 버리면 목숨을 살려주겠다!"

천봉당의 무사 중 당주 민아연의 심복 중 한 명이 구상유가 복면인을 설득한다.

그러나 복면인은 전혀 검을 버릴 생각이 없는 모양이었다.

그녀는 뒤쪽의 절벽과 앞쪽의 적을 번갈아 살피며 더욱 강하게 검을 꼬나쥐었다.

"죽음을 원하는가?"

구상유가 물었다.

"죽일 수 있다면!"

여인의 목소리다. 뒤에 물러서서 복면인과 천봉당 무사들의 대치를 응시하고 있던 청풍의 눈빛이 반짝인다. 그의 시선이 날카롭게 복면인의 눈으로 향했다.

익숙한 눈빛이다. 그녀다. 알 수 없는 일이지만 청풍은 어둠 속에서도 복면 뒤에 숨겨진 반짝이는 조명의 눈빛을 알아볼 수 있었다. 그가 이렇게 그 눈빛만으로 알아볼 수 있는 사람은 타유가 거의 유일하다. 그런데 이 화산의 젊은 여고수는 무슨 일인지 청풍의 눈에 익었다.

"죽겠다면 죽여주마!"

구상유가 싸늘하게 말하며 주위의 동료들에게 고개를 끄덕였다. 그러자 천봉당의 고수들이 망설이지 않고 복면 여인 조명을 향해 암기를 던져 댔다. 민아연에게 도검보다 암기를 사용할 것을 명령받은 천봉당의 무사들이므로 조명을 포위하고 있음에도 일단은 암기를 먼저 사용하고 있었다.

따당!

조명이 날카롭게 검을 휘둘러 암기들을 쳐 냈다. 근거리에서 던져지는 암기를 쳐 내는 조명의 검술이 신묘하기 이를 데 없었다. 그러나 적은 많고 조명은 지쳐 있었다.

팟!

암기 하나가 조명의 팔뚝을 스치고 지나갔다. 조명의 팔이 밀려나며 그녀의 검이 크게 흔들렸다. 그러자 자연스럽게 큰 허점이 생겨났다.

퍽!

허점이 생기자 무지막지하게 파고든 비도 하나가 여지없이 조명의 옆구리에 박혀들었다.

"악!"

조명의 입에서 날카로운 비명 소리가 들려왔다. 그녀가 한 손으로 옆구리를 부여잡고 다른 손으로는 힘겹게 검을 들어 올렸다.

"죽여줘라!"

구상유가 차갑게 명을 내렸다. 그러자 천봉당의 고수들이 재차 암기와 비도를 꺼내 들었다. 암기들이 쏟아져 들어오면 조명은 더 이상 견딜 수 없을 것이다. 죽음을 예감한 조명의 눈빛이 크게 흔들린다. 명문의 제자라지만 아직은 젊은 조명이다. 죽음이 두렵지 않을 리 없었다.

그런데 그때였다. 갑자기 뒤에 머물러 있던 청풍이 장내로 날아들었다. 그러면서도 한마디 말을 흘렸다.

"무인에겐 무인답게 죽을 권리가 있지!"

콰아아!

천봉당의 고수들을 비집고 달려든 청풍이 망설이지 않고 검을 휘둘렀다. 갑작스런 청풍의 등장에 천봉당 고수들이 암기

던지는 것을 잊고 청풍을 바라봤다. 청풍의 검은 어느새 조명을 향해 떨어져 내리고 있었다.

조명이 힘겹게 검을 들었다. 그러나 잔뜩 진기를 머금은 청풍의 검을 막아서기에는 역부족이다.

캉!

소름끼치는 파열음이 일어나며 조명의 검이 뎅겅 부러져 나갔다. 동시에 청풍의 검이 조명의 몸을 베고 지나갔다.

"악!"

조명의 입에서 단말마의 비명 소리가 터져 나왔다. 그녀의 몸이 크게 휘청거렸다. 청풍이 비틀거리는 그녀의 옷을 낚아채려는 순간 그녀의 몸이 뒤로 넘어가며 절벽에서 떨어지기 시작했다.

찌익!

"이런!"

청풍의 손에 찢어진 조명의 옷자락이 들려 있다.

"결국 이렇게 죽는군요."

구상유가 다가와 청풍에게 말했다. 어리지만 청풍은 천봉당의 부당주다. 모가장 같은 무가의 가문에서 서열은 나이보다 중요하다.

"아쉬운 일이오. 사로잡아 배후를 캤어야 하는데……."

"아직 살아 있는 자들이 많지요."

구상유가 고개를 돌려 배가 있는 곳에 거의 다다른 도주자들을 바라봤다. 그 뒤로 민아연이 이끄는 천봉당의 고수들이 태풍처럼 적을 추격해 가고 있었다.

"가서 당주를 도와주시오. 난 절벽 아래로 내려가 보겠소."

"죽었을 겁니다. 시신은 이미 강물에 휩쓸려 가고 말았을 겁니다."

"그래도 혹시 모르니 내려가 보겠소. 당주께 그리 전해주시오."

"알겠습니다. 모두 나를 따르게."

구상유가 다른 무사들을 이끌고 배가 있는 쪽으로 달려가기 시작했다. 구상유와 천봉당 고수들이 멀어지자 청풍의 표정이 크게 변했다.

"부디 살아 있기를!"

청풍이 망설이지 않고 절벽 아래로 몸을 날렸다.

풍덩!

절벽의 중간에서 몸을 날린 청풍이 차가운 강물 속으로 뛰어들었다. 포말을 일으키며 강물에 뛰어든 청풍이 물 밖으로 나오지 않고 강 깊숙이 들어갔다. 다른 사람에겐 죽음의 위협이 느껴지는 격류 속이지만 청풍에게 강은 언제나 어머니의 태중처럼 아늑한 공간이다.

그러나 오늘은 물의 그 평온함을 즐길 여유가 없었다. 청풍이 물을 한 번 휘저었다. 그러자 그의 콧속으로 밀려들어 온 물에서 혈향이 느껴진다. 다른 사람이라면 절대 알아채지 못할 혈향을 찾은 청풍이 피의 냄새가 흘러나오는 방향으로 움직였다.

혈향은 일정한 방향을 향해 이어지고 있었다. 그건 곧 피를 강에 뿌린 주인공이 살아서 움직이고 있다는 증거다.

청풍이 빠르게 헤엄을 쳤다. 혈향은 강을 가로질러 건너편 뭍으로 이어지고 있었다. 그런데 어느 순간부터 혈향이 두서 없이 흩어지기 시작했다.

'이쯤에서 정신을 잃었군.'

단지 혈향 흔적만으로도 청풍은 그가 쫓는 사람의 상태를 짐작해 냈다. 그러고는 빠르게 뭍을 향해 움직였다.

검은 인영 하나가 하체는 물속에 두고 상체는 강변 자갈밭에 올린 채 정신을 잃고 쓰러져 있었다. 청풍이 재빨리 쓰러져 있는 사람을 향해 다가갔다.

"이봐요!"

청풍이 쓰러져 있는 사람을 들추며 말했다. 그러나 얼굴에 목면을 한 사람은 정신을 차리지 못했다. 청풍이 얼른 쓰러진 자의 복면을 벗겨냈다. 그러자 파랗게 변한 얼굴이 달빛에 드러난다.

비록 핏기가 사라진 얼굴이지만 오히려 그래서 더욱 신비로운 아름다움을 자아내는 얼굴이다. 화산의 제자 조명이다. 청풍의 눈썰미는 틀리지 않았던 것이다.

"이봐요!"

청풍이 다시 조명을 부르며 그녀의 볼을 때렸다. 그러나 조명은 정신을 차리지 못한다. 청풍이 재빨리 조명의 가슴에 귀를 가져갔다. 다행히 심장은 뛰고 있으니 죽은 것은 아니다.

아마도 물에 빠진 것보다는 절벽 위에서 입은 부상 때문에 혼절한 듯 보였다.

"이곳을 벗어나야 한다."

청풍이 조명을 안아 들었다. 그러고는 주변을 한 번 살피고는 강 동쪽의 숲으로 모습을 감췄다.

타탁타탁!

작은 동굴 속에서 불꽃이 일어났다. 순식간에 마른 나뭇가지에 붙은 불이 동굴 속은 따뜻하게 만들었다. 동굴 한쪽에 곱게 고른 땅바닥에 여인이 한 명이 누워 있다. 청풍이 강에서 구한 조명이다.

청풍은 한창 불을 돌보고 있었다. 상처들은 대충 지혈을 했으나 문제는 조명의 체온이 급격하게 떨어지고 있다는 점이었다. 불을 피워 동굴 속을 따뜻하게 할 필요가 있었다.

다행히 계절이 그리 춥지 않아 불이 타오르자 동굴 속은 금세 훈훈해졌다.

그렇게 모닥불을 만든 청풍이 고개를 돌려 바닥에 누워 있는 조명을 바라봤다. 조명은 여전히 정신을 잃고 있었다. 청풍이 조명에게 무릎걸음으로 다가가 그녀의 코아래 손가락을 대어 보았다. 규칙적인 호흡이 느껴진다.

"죽지는 않겠군."

청풍이 중얼거리며 이번에는 조명의 바지를 무릎까지 걷어올렸다. 그러자 피범벅이 되어 있는 그녀의 무릎이 드러난다.

"문제는 이 다리야. 외상은 물론 뼈가 부러진 듯 보이는데……. 이런 상태로는 이곳을 떠나기가 쉽지 않을 거야."

청풍이 걱정스럽게 조명의 다리를 만지며 중얼거렸다. 그런데 그때였다. 문득 청풍의 귀에 싸늘한 음성이 들려온다.

"그걸 왜 당신이 걱정하죠?"

'깨어 있었나?'

청풍이 시선을 돌렸다. 그의 눈에 차가운 눈으로 그를 노려보고 있는 조명의 얼굴이 보인다.

"괜찮아요?"

청풍이 물었다. 조명이 드러낸 적의는 상관없다는 태도다.

"당신이 날 구했나요?"

조명이 되물었다.

"그래요."

청풍이 고개를 끄덕였다.

"왜 날 구했죠? 당신은 모가장 천봉당의 부당주 아닌가요?"

'날 알고 있군. 어디까지 기억하고 있는 걸까? 운룡산의 나도 기억하고 있을까?'

오래된 일이 아니므로 충분히 청풍을 기억할 수 있을 것이다. 비록 입는 옷과 신분이 변했다고 해도 청풍처럼 독특한 분위기를 풍기는 사람은 쉽게 잊혀지지 않는 법이다.

"다리가 부러진 것 같습니다."

청풍이 말을 돌렸다. 그러자 조명도 청풍의 말에는 아랑곳하지 않고 자신이 할 말을 했다.

"운룡산에선 언제 내려온 거죠? 그때 당신 부자는 세상일에는 관여치 않고 은거의 삶을 살아갈 것처럼 말했죠. 그래서 자신들의 존재를 의천맹이나 화산에 고하지 말아달라는 약속을 내게서 받아냈고요. 그런데… 오늘 당신을 이곳에서, 그것도 모가장의 사람으로 만나게 되는군요. 처음부터 모가장 사람이었나요?"

운룡산에서 만났을 때 이미 모가장의 사람이 아니었나를 의심하는 조명이다.

"사정이 있어 일이 그리되었지요."

청풍이 담담하게 대답했다. 그러면서 땔감을 구할 때 뜯어온 약초를 돌에 이기기 시작했다. 작은 돌에 뭉개진 약초가 알싸한 냄새를 풍긴다.

"날 속인 건가요?"

"그런 것은 아닙니다."

"그럼 어떻게 된 거죠? 아니 모가장 사람이 왜 날 구한 거죠?"

조명의 물음에 청풍은 묵묵부답 약초만 뭉개고 있다. 건장한 청년의 손에 약초는 금세 푸른 물을 드러내며 걸쭉하게 이겨졌다. 그러자 청풍이 약초를 손에 모아 조명의 상처에 바르기 시작했다.

"윽!"

약초 물이 상처로 스며들자 조명이 자신도 모르게 신음을 흘렸다.

"조금 아플 겁니다. 하지만 약효는 무엇보다 좋으니 참으세요."

"거, 거기는 내가 바를게요."

청풍이 가슴 부위에 난 검상에 약초를 바르려 하자 조명이 얼른 청풍의 손길을 제지했다. 가슴의 상처는 청풍이 절벽 위에서 최후의 일격으로 조명의 검을 부러뜨리며 낸 상처였다.

당시 청풍은 교묘하게 급소를 피해 조명을 베었는데 지금 조명이 이렇게 살아 있는 이유는 바로 그 때문이었다. 만약 청풍이 나서서 조명을 베지 않았다면 다른 천봉당 무사들의 도검이 조명을 난도질했을 터였다.

조명의 제지를 받은 청풍이 물끄러미 조명을 바라보다가 손에 든 약초를 조명에게 건넸다. 힘겹게 몸을 일으킨 조명은 청풍에게서 등을 돌린 후 조심스럽게 가슴의 상처에 약초를 발랐다.

"음……!"

약초를 바르며 조명이 나직하게 신음을 흘렸다. 아마도 약초에서 느껴지는 고통이 만만치 않은 모양이었다. 청풍의 눈에 잘게 떨리는 조명의 어깨가 들어온다. 청풍은 그런 조명의 모습이 이슬을 털어내는 새벽 꽃 같다고 생각했다.

"되었어요. 자, 이제 당신의 대답을 들어야겠어요."

약초를 모두 바른 조명이 옷깃을 여기며 몸을 돌렸다. 다리가 부러져 일어설 수 없으니 몸을 돌리고 중심을 바로잡는 것이 여간 불편한 것이 아닌 조명이다.

"대답해 줄 말이 없군요."

"변명이라도 해야 하는 것 아닌가요?"

"내가 왜 당신에게 변명을 합니까?"

청풍이 되물었다. 그러자 갑자기 조명의 말문이 막혔다. 듣고 보면 틀린 말이 아니다. 강호에서 청풍이 어느 문파에 들어가든 그것은 오직 청풍의 마음이 결정할 문제다.

청풍의 행보에 대해 조명이 관여할 이유가 없고, 청풍 역시 조명에게 자신의 일을 일일이 설명할 이유가 없었다. 그러니 청풍에게 해명을 바라는 것은 오히려 조명의 실수라고 할 수 있었다.

"내가 의천맹에 대해 모든 것을 물어도 되겠습니까? 아주 비밀스런 부분까지 말입니다."

청풍이 다시 물었다. 그러자 조명이 다시 침묵한다. 의천맹 비밀을 어찌 청풍에게 말해줄 수 있을까.

"당신이 내게 의천맹의 속사정을 말해줄 수 없듯 나 역시 당신에게 나의 일을 말해줄 이유가 없습니다. 이곳에서 몸을 회복하고 조용히 떠나시면 됩니다."

청풍의 목소리가 조금 차갑게 느껴진다. 동굴에 모닥불을 피웠지만 조명은 왜지 싸늘한 한기를 느끼는 기분이었다.

"추운가요?"

청풍이 조명이 몸을 떨자 물었다.

"아뇨. 괜찮아요."

조용히 짧게 대답했다. 마치 서로에게 화가 난 사람들처럼 둘 사이의 공기가 냉랭하다.

침묵이 이어졌다. 알 수 없는 인연의 끈이 둘을 이어주고 있
는 듯하면서도 또한 두 사람은 서로에게 상관이 없는 사람들
이다. 아니 오히려 이제는 적이 되었다고 할 수 있었다.

"왜 날 살렸죠?"

적이라면 굳이 자신을 살릴 이유가 없다.

"사람 목숨 살리는 것도 죄가 되나요?"

"사람에 따라 다르죠. 난 모가장의 적이에요. 모가장과 의
천맹은 결코 공존할 수 없어요."

"왜죠? 강호에서 특별히 원한을 진 일도 없잖아요?"

"모가장 뒤에는 밀문이 있죠. 당신이 아는지 모르겠지만 밀
문과 의천맹은 그동안 보이지 않는 곳에서 수많은 싸움을 해
왔어요. 의천맹의 형제들 중 밀문의 마수에 죽은 숫자가 오십
여 명이 넘죠. 오늘 일로 또 조금 늘었겠군요."

"그런 일이 있었군요. 그런데 밀문과 의천맹은 왜 싸우는 거
죠?"

그러자 조명이 답답하다는 듯 물었다.

"정말 밀문에 대해 아무것도 모르는 건가요? 아니면 모른
척하는 건가요?"

"밀문에 대해 알 만큼은 알고 있지요. 그러나 의천맹이 왜
밀문과 싸우는지는 잘 모르겠군요. 서로 원수진 일도 없이."

"참으로 순진한 분이군요. 밀문은 지금 모가장과 다른 중소

문파들을 움직여 강호를 장악하려 하고 있어요. 의천맹은 그런 그들의 야욕을 막으려는 것이고요. 어떻게 싸우지 않을 수 있겠어요? 강호가 마인들이 손에 들어가는 것을 의천맹은 두고 볼 수 없는 거예요. 이건 강호의 정기를 지키는 일이에요. 소협이 모가장을 돕는 일은 그래서 무척 위험한 일인 것이죠."

"의천맹이 밀문으로부터 지키려는 것은 자신들의 이득입니까? 아니면 강호의 정의인가요?"

"그야 당연히⋯⋯."

조명이 대답을 하려다 말고 입을 닫았다. 생각해 보면 둘 중 어느 것이 밀문과 싸우는 진정한 이유인지 조명조차 알 수 없었다.

"밀문이 강호에서 큰 혈사를 일으킨 적이 있나요? 아니면 그들이 무고한 양민을 학살하고 인도를 잃은 무공으로 사람들을 주살한 적이 있나요?"

"그것은⋯⋯."

"내가 볼 때 의천맹도 밀문과 다르지 않은 것 같군요. 의천맹에 속한 문파들, 구파와 무림세가들 역시 각자 이득을 위해 밀문과 싸우는 것이겠지요. 물론 그렇다고 밀문이 옳다는 것은 아니고요."

청풍의 말에 조명이 말없이 청풍을 바라본다. 딱히 반박할 수 없는 말을 하는 청풍이기에 더욱 심기가 상한 듯한 조명이다. 청풍도 더 이상 조명을 자극하지는 않았다. 두 사람이 다툴 이유는 없었다.

"좋아요. 옳고 그름은 접어두지요. 하지만 아무튼 당신은 모가장의 적인 날 살렸어요. 그 이유는 당신이 진심으로 모가장의 사람이 된 것이 아니기 때문인가요?"

현명한 여인이다. 감정을 다스릴 줄도 알고 중요한 것이 무엇인지도 아는 여인이다.

"좋을 대로 생각하세요."

굳이 부인할 생각은 없었다. 한편으로는 조명이 청풍 자신의 진심을 조금이라도 알아주길 바라는 마음도 있었다. 물론 이런 행동을 타유가 알게 되면 크게 책을 할 것이 분명했다. 타유는 절대 위험한 선택을 할 사람이 아니니까.

"그렇군요. 무슨 이유가 있어서 모가장에 들어간 거군요. 무슨 이유 때문이죠?"

조명이 청풍이 진심으로 모가장을 섬기는 것이 아니라는 사실이 기쁜지 한결 밝아진 표정으로 물었다. 그러자 갑자기 청풍이 자리에서 일어났다.

"내일 시간을 내서 다시 오죠. 오래 자리를 비울 수 없으니까. 동굴 밖으로 나오지 마세요. 어쩌면 모가장의 무사들이 근방을 살피고 있을 수도 있으니까."

"좀 더 있다 가면 안 되나요?"

조명이 자신도 모르게 말했다. 그래놓고는 자신의 행동에 스스로 놀라 얼굴을 붉힌다.

"지금은 돌아가야 할 때입니다. 내일 올게요. 배가 고파도 그때까지는 참으세요."

청풍이 빠르게 말을 하고는 도망치듯 동굴을 벗어났다. 그러자 조명이 기분이 상한 표정으로 중얼거렸다.

"흥, 혼자 있으라면 못 있을까?"

투덜거리는 조명의 얼굴에 그래도 약간의 불안함이 남는다.

"과연 내일 다시 오긴 할까?"

조명이 시선이 뒤늦게 청풍이 나간 동굴 입구로 향했다.

숲의 동굴에서 돌아왔을 때 싸움은 끝나 있었다. 복면인들은 강변에 대기하고 있던 배를 타고 도주하였고, 모가장의 무사들은 그들 중 셋을 주살했다. 물론 사로잡은 사람은 없었다.

"찾지 못했나?"

청풍이 돌아왔을 때 민아연은 조금 실망한 표정으로 물었다. 사로잡은 적이 없다면 오늘 밤 일을 벌인 자들의 정체를 알아낼 수가 없다.

"죽었을 겁니다."

청풍이 담담하게 말했다.

"하긴 부당주의 검에 당하고 절벽에서 떨어졌다면 죽어 강물에 흘러내려갔겠지. 그나저나 곤란하군. 산 자를 잡아야 배후를 밝힐 수 있을 텐데……."

민아연이 난감한 표정으로 중얼거렸다.

"헌원세가의 사람들이 있지 않습니까?"

청풍이 되물었다. 흉수들이 헌원세가의 배를 타고 금석촌에 들어왔다는 것은 민아연도 능히 짐작하고 있을 터였다. 물론 청풍처럼 확실한 증거를 가지고 있지는 못하지만.

"증거가 없어. 그들이 헌원세가의 배를 타고 온 자들이라는 증거가……."

"죽은 자들의 얼굴을 살피면 헌원세가의 배에 타고 온 자들이란 것을 알 수 있지 않겠습니까?"

"그렇지가 않네. 헌원세가의 배에 타고 온 자들이 수십이야. 그들의 얼굴을 어찌 일일이 기억하고 있겠는가? 일이 참으로 곤란하게 되었어. 분명 헌원세가가 이 일에 관여한 것은 분명한데 증거를 대기 어려우니……."

"헌원세가의 개입이 확실하다면 상원에 나가 있는 사람들이 걱정이군요."

"설마 그들이 상원에서까지 드러내놓고 일을 벌일까. 그리고 사실 헌원세가가 이 일을 주도적으로 계획했다고는 볼 수 없네. 배에 자리만 내어주었을 수도 있어. 헌원세가는 상가네. 그런데 오늘 일을 벌인 자들은 대단한 고수들이었어. 그런 자들을 헌원세가가 길러냈다고는 믿을 수 없네."

"하긴 그렇군요. 헌원세가가 단독으로 금석촌을 노릴 수는 없는 일이지요. 그들에겐 우리 모가장을 상대할 힘은 없을 테니까요."

"맞는 말이네. 헌원세가가 데려온 자들이 누구인지 그것이 중요해. 그래서 놈들 중 하나를 사로잡아야 했는데……."

민아연이 아쉬운 표정으로 말했다. 그러자 청풍이 잠깐 생각에 잠긴 듯하다가 입을 열었다.

"당금 강호에서 우리 모가장을 도발할 수 있는 곳은 많지 않지요. 더군다나 천상사가의 일원인 헌원세가를 이용할 수 있는 곳이라면……."

"역시 그곳밖에 없겠군."

민아연이 청풍의 생각을 읽은 듯 먼저 입을 열었다.

"당주께서도 의천맹을 생각하고 계시는 겁니까?"

"자네도 그러한가?"

"그곳 말고는 딱히 떠오르는 곳이 없군요."

"음……. 의천맹과는 이미 암중에 여러 곳에서 부딪히고 있었으니 새삼스런 일은 아니지. 하지만 이렇게 금석촌을 노릴 것이라고는 생각지 못했네. 무척 대범한 행동이야."

"위험한 일이기도 하지요. 그동안 의천맹은 우리 모가장의 중원 진출을 막는 데 중점을 두었지요. 이번처럼 본 장의 중추를 공격해 온 것은 처음일 겁니다. 이건 일종의 선전포고와도 같습니다."

"좋지 않군, 좋지 않아. 장주께서 돌아가시고 새 장주께서 모가장을 맡은 지 얼마 되지 않았는데 의천맹이 도발을 하다니……."

"그 허점을 노린 것이겠지요."

"그렇겠지."

민아연이 고개를 끄덕였다. 장주가 교체되는 허점을 노린 공격이라는 것은 누구나 생각할 수 있었다.

"아무튼 일단 저들의 기습을 막아냈으니 의천맹도 함부로 도발하지는 못할 겁니다. 우리의 저력이 여전하다는 것을 깨달았을 테니까요."

"맞는 말일세. 이번 일이 작은 듯하지만 사실은 무척 중요한 일전이었다고 할 수 있네. 이 소문이 강호에 퍼지면 강호의 문파들이 장주가 바뀐 것을 기회로 우리 모가장을 도발하지는 못할 걸세. 의도하지는 않았지만 아주 좋은 신호를 강호에 보내게 된 것이지. 소문이야 말하지 않아도 헌원세가에서 흘려 줄 것이고."

"새옹지마라고 할 수 있군요."

청풍이 말에 민아연이 빙그레 미소를 짓는다.

"부당주의 공이 크네. 그들의 기습을 막아내고 흉수들을 쫓아버린 것은 모두 부당주의 공이야."

"한 명이라도 사로잡지 못한 것이 아쉬울 뿐입니다."

"음, 그자들이 의천맹의 고수들이라면 사로잡는 것이 쉬운 일이 아니지. 의천맹에서 평범한 자들을 보냈겠나? 금석촌을 지켜낸 것으로도 충분히 칭찬받을 일일 걸세."

"이 일을 장주께 알려야겠지요?"

"그래야겠지."

민아연이 고개를 끄덕였다.

"장주께서 어찌 반응하실지……."

"솔직히 나도 그게 걱정일세. 장주는 지금 한껏 기세가 올라 계시네. 자칫 큰 싸움을 일으키실 수도 있지. 그건 무척 위험한 일인데……."

민아연이 걱정스럽게 말했다.

"의천맹을 모가장 홀로 상대할 수는 없지요. 밀문의 도움 없이는⋯⋯."

"밀문이라. 아⋯⋯!"

민아연이 나직하게 탄식했다. 걱정이 가득한 표정이다. 밀문에 대해 좋지 않은 감정을 가지고 있는 것이 분명하다.

"왜 그러십니까?"

청풍이 민아연의 안색을 살피며 물었다.

"난 우리 모가장이 밀문과 가까워지는 것이 솔직히 걱정스럽네."

"이미 수십 년 이어온 인연이 아닙니까. 덕분에 남서 삼성의 패자도 되었고, 표국에서 무가로 성공적인 변신한 것 역시 밀문의 도움 때문이 아닌지요."

청풍의 말에 민아연이 씁쓸한 미소를 짓는다.

"자네는 어찌 생각할지 모르지만, 아니 무가인 모가장이 당연하게 느껴지겠지만 나와 같은 옛사람은 가끔 지금의 모가장보다 과거의 모가장이 그리워질 때도 있는 법이라네."

모가장의 사람이라고 모두 같은 것은 아니다. 대부분의 사람들이 강호의 권세를 찾아 움직일 때 이렇게 민아연처럼 과거를 그리워하는 사람도 있었다.

"이만 물러가겠습니다."

"그러시게. 가서 쉬게."

민아연이 고개를 끄덕였다. 청풍이 서둘러 민아연의 처소를 벗어났다.

청풍은 아침 일찍부터 금석촌을 거닐고 있었다. 어젯밤 흥수들의 기습이 있었다는 소문이 이미 널리 퍼져 금석촌의 분위기는 흉흉하기 이를 데 없었다.

과거 모가장과의 싸움 이후 비록 비루한 생활을 하고 있지만 금석촌에서 혈사가 일어난 일은 별로 없었다. 그런데 수십년 만에 다시 도검을 든 무인들의 싸움이 일어나니 금석촌 사람들은 과거의 기억을 떠올리며 두려워할 수밖에 없었다.

무거워진 촌내의 공기를 실감하며 청풍이 길 끝에 있는 하나의 초가에 시선을 두었다. 대석수 교궁의 집이다.

"정말 그가 그들의 사람일까?"

청풍이 고민스런 표정으로 중얼거렸다. 그의 시선은 여전히 교궁의 초가에 머물러 있었는데 어찌 되었든 청풍은 오늘 교궁을 만나야 할 상황이었다.

청풍이 걱정하는 것은 흥수들이 다른 사람이 아닌 바로 자신을 암습했다는 사실이었다. 사실 어린 나이에 천봉당의 부당주가 된 청풍에 대한 관심이 적은 것은 아니지만 만약 누군가가 금석촌의 모가장 무사들을 공격하려 한다면 청풍보다는 민아연을 기습하는 것이 옳은 방법이었다.

그런데 흥수들은 민아연이 아닌 청풍을 기습했다. 우연이라고 생각할 수 없는 일이다.

"내가 그들이 일을 벌일 거라는 걸 알고 있었다는 것인데,

그 사실은 오직 대석수님에게만 언급을 했었지. 그러니 결국 대석수님의 입을 통해 그 사실이 의천맹의 고수들에게 전달되었을 것이고. 이러나저러나 만나서 이야기를 해야 해. 오해가 쌓이면 의도치 않은 일이 벌어질 수도 있으니. 그렇다면 모든 것을 이야기해야 하나? 대석수님을 믿을 수 있을까?"

머릿속이 실타래처럼 엉켜든다. 자신의 진실한 정체를 대석수 교궁에게 밝히는 것은 간단한 문제가 아니다. 그렇다고 이대로 정체를 숨기고 있다가는 대석수 교궁이 그를 향해 무슨 일을 벌일지 알 수 없었다.

의천맹까지 끌어들였다면 교궁은 금석촌에서 모가장을 몰아내기로 단단히 작정한 것이 분명했다. 그런 그가 자신을 의심할 것이 확실한 청풍을 그대로 놔둘 리 없었다.

"가장 중요한 것은 의천맹과의 관계다. 단순히 힘을 빌기 위해 불러들인 것이라면 모르겠지만 대석수께서 의천맹에 몸을 의탁하셨다면……."

의천맹에 자신의 진실한 정체가 알려지는 것은 위험한 일이다. 의천맹 내에서 활동하는 밀문 간자들의 눈과 귀를 조심하지 않을 수 없는 청풍이었다.

"일단 만나보자."

일이 복잡할 때는 일단 부딪혀 보는 것이 상책이다. 청풍이 무겁게 걸음을 옮겼다.

대석수 교궁은 세 채의 초가를 쓰고 있다. 과거에는 그의 집도 제법 단단한 기와집이었지만 금석촌이 모가장의 손에 멸망한 이후에는 줄곧 초가에서 머물기를 고집하는 교궁이었다. 와신상담의 마음을 이어가고자 하는 의도일 수도 있고, 터전을 잃은 자의 자괴감 때문일 수도 있었다.

"누가 오셨다고?"

교궁의 시중을 드는 소동이 청풍의 방문을 알리자 방 안에서 교궁이 되물었다.

"천봉당의 부당주께서 오셨습니다."

소동이 다시 청풍의 방문을 전했다. 그러자 문이 열리며 교궁의 늙은 얼굴이 모습을 드러냈다.

"부당주께서 어쩐 일로……."

교궁이 힘겹게 몸을 일으키며 물었다. 보기에는 대장간의 연장 하나 들 힘이 없는 노인으로 보인다. 하룻밤 사이에 무척 늙은 듯도 보이는 교궁이다.

"긴히 드릴 말씀이 있어 찾아왔습니다."

"음… 부당주께서 이 쓸모없는 늙은이를 찾아올 줄은 몰랐습니다. 들어오십시오."

누가 뭐래도 금석촌을 지배하는 것은 모가장이다. 모가장 천봉당의 부당주를 그냥 돌려 보낼 수는 없다. 교궁이 방에 들기를 허락하자 청풍이 교궁의 초가로 들어갔다.

화려함이라고는 찾아볼 수 없는 교궁의 처소, 그가 앉아 있는 의자조차도 투박하게 나무를 깎아 만든 것이다. 재물을 주고 산 물건은 하나도 없는 교궁의 처소다.

청풍은 한편으로는 안도감을 느꼈다. 이렇게 빈궁할 정도로 검소하게 사는 것은 교궁에게 사욕이 없다고 볼 수 있기 때문이었다. 그건 교궁의 모든 행동은 그 자신이 아니라 금석촌을 위한 것이라는 말이 된다. 그렇다면 청풍은 자신의 비밀을 그에게 말하는 것을 크게 두려워하지 않아도 된다.

"그래, 하시고자 하는 말이 무엇입니까?"

청풍이 맞은편에 앉자 교궁이 물었다. 지친 얼굴 속에 경계의 빛이 역력하다.

"어제의 일에 대해 설명을 듣고 싶군요."

청풍이 말을 돌리지 않고 물었다. 너무 직설적인 물음인지라 교궁이 흠칫한 표정을 짓는다.

"어제의 일이라니 무슨……?"

"설마 모르시지는 않으리라 생각합니다. 어젯밤의 흉수들. 의천맹의 고수들이 날 기습한 것과 대석수님은 관계가 없습니까?"

"내가 그 흉수들과 관계가 있다고 생각하는 겁니까?"

교궁이 무거운 얼굴로 물었다.

"그렇습니다. 제가 특별한 일이 벌어질 것을 경고한 것은 오직 대석수님뿐이지요. 그런데 공교롭게도 그들은 날 기습했으니 역시 이 일은 대석수님과 연관이 있지 않겠습니까?"

그러자 교궁이 잠시 청풍을 응시하다가 한숨을 내쉬었다.

"휴, 일이 틀어졌을 때 결국 부당주께서 날 찾아오리라 생각하고 있었습니다."

순순히 자신이 의천맹과 관계가 있음을 시인하는 교궁이다.

"역시 그렇군요."

청풍이 담담하게 고개를 끄덕인다. 그러자 이번에는 교궁이 묻는다.

"제가 그 일과 관련이 있다는 것을 알고 계시면서 어째서 혼자 오신 겁니까? 당연히 천봉당의 고수들을 데리고 와 이 늙은이의 목을 베야 하는 것 아닙니까?"

"나 혼자는 어려울 것 같습니까?"

그러자 교궁의 눈이 가늘어진다. 늙은 얼굴 속에서 살짝 호승심이 일어난다. 그러나 교궁은 노련한 사람이다. 결코 감정에 따라 움직이는 사람이 아니다.

"의천맹 고수들의 기습을 홀로 막아내신 부당주시니 어찌이 늙은이의 목을 베는 것이 어렵겠습니까? 다만 제가 그들과관계가 있다는 것을 모두에게 알리지 않은 이유가 궁금할 뿐이지요. 천봉당에 그 사실이 전해졌다면 절대 부당주님 홀로오지는 않으셨을 겁니다."

"역시 현명하시군요. 맞습니다. 난 대석수께서 의천맹의 고수들과 관련이 있다는 것을 당주는 물론 그 누구에게도 말하지 않았습니다."

"이유가 뭡니까?"

"그건… 제가 금석촌에 욕심을 내고 있기 때문이지요."

"음……!"

교궁이 나직한 침음성을 흘렸다. 너무도 노골적인 말이 아닌가. 더군다나 청풍의 나이 이제 겨우 스물을 갓 넘은 젊은이다. 그런 청풍이 욕심을 내기에 금석촌은 너무 크다. 더군다나 금석촌의 지배자는 그가 속해 있는 모가장이 아닌가.

"이해할 수 없군요. 그렇게 위험한 욕심을 내다니⋯⋯."

교궁이 청풍을 보며 고개를 저었다. 그러자 청풍이 정색을 하며 말했다.

"전 애초에 난 제 것이 아닌 것을 탐하는 사람이 아닙니다."

순간 교궁의 눈빛이 번쩍인다. 청풍의 말속에 담긴 뜻을 눈치채지 못할 교궁이 아니다.

"지금 그 말씀은 부당주가 금석촌과 애초에 인연이 있었다는 말입니까?"

"그렇습니다."

"궁금하군요, 과연 어떤 인연이 있었는지. 전 금석촌에서 태어나고, 자랐고, 늙었지요. 그럼에도 제 기억 속에 부당주의 모습은 없습니다. 그런데 어떻게 부당주께서 금석촌과 인연이 있다는 말인지⋯⋯?"

말은 그렇게 하면서도 교궁은 새삼스런 눈으로 청풍을 살피고 있었다. 사람의 기억이란 믿을 게 못되어서 오래전 본 사람의 얼굴을 모두 기억해 낼 수 있는 것은 아니다. 더군다나 교궁은 이미 나이 든 노인이 아닌가?

"저 역시 대석수님을 기억하지는 못합니다."

다섯 살 이전을 기억하는 사람은 많지 않다. 청풍은 총명한

머리를 지닌 사람이지만 그 역시 그가 금석촌에서 있던 시절의 교궁을 기억하지는 못했다.

"그럼… 직접적인 인연은 없는 것이군요. 결국 부당주님의 부모나 혹은 조부모께서 금석촌과 인연이 있다는 이야기인데……?"

"맞습니다. 역시 현명하시군요."

"더욱 궁금해지는군요. 어떤 분들의 자제이신지……?"

"그 전에 한 가지 여쭈어보지요."

"말씀하십시오."

"의천맹과는 어떤 관계십니까?"

돌다리도 두드려 보고 건너야 한다. 청풍 자신과 대석수 교궁의 인연보다 교궁과 의천맹의 인연이 더 깊다면 자신의 신분을 모두 드러낼 수는 없다.

"의천맹과는… 거래의 관계지요."

"거래라……. 좋습니다. 그렇다면 안심이군요. 솔직히 말해 저의 진실한 신분을 아시는 것은 대석수께도 무척 위험한 일입니다."

"그 정도 위험 감당할 담력은 있습니다."

교궁이 단호하게 말했다.

"알겠습니다. 대석수님, 풍이 인사 올립니다."

갑자기 청풍이 자리에서 일어나 대석수 교궁에게 큰절을 한다. 그러자 교궁이 화들짝 놀라며 청풍을 바라봤다.

"대체 부당주는 뉘시오?"

"제 본명은 청풍입니다. 청풍이라는 이름을 기억하겠습니까?"

"청… 풍……? 청풍!"

교궁이 경악스런 눈으로 청풍을 바라본다. 그러고는 마치 귀신을 본 것처럼 온몸을 부르르 떤다.

"설마… 정말이시오?"

교궁이 되물었다. 청풍이 천천히 고개를 끄덕인다.

"어, 어떻게… 어떻게 이렇게……?"

한순간 교궁의 머릿속에 수십 가지의 질문이 떠올랐다. 그러나 그중 무엇 하나 제대로 물어볼 수가 없었다. 그의 입이 돌처럼 굳은 듯 보였다.

"이제 절 기억하실 수 있나요?"

청풍이 다시 물었다. 그러자 교궁이 손을 들어 청풍의 얼굴을 만진다. 그리고 청풍의 몸을 만졌다. 그의 아미가 모이며 마치 벌에 쏘인 듯 얼굴을 찡그렸다.

아마도 머릿속에 남아 있는 먼 기억을 애써 불러내고 있는 것이 분명했다. 그러다가 문득 그의 손에 청풍의 귀에 닿았다. 그 순간 교궁의 눈이 번쩍 떠졌다.

"맞아! 과연 맞았어. 다른 건 몰라도 내가 이 귀는 기억하지. 귀 뒤에 난 이 작은 사마귀를 내게 떼어달라고 했던 것을 어찌 잊겠는가?"

과연 교궁의 말처럼 청풍의 오른쪽 귀 뒤쪽에는 깨알같이 작은 사마귀가 나 있었다. 어릴 때 청풍은 그 사마귀가 싫어

가끔 대석수 교궁에게 할아버지와 아버지, 어머니 몰래 사마귀를 떼어달라고 조르곤 했었다.

"그건 나도 이제야 생각이 나는군요. 대석수 어른의 얼굴을 기억 못해도 그 일은 기억이 나요."

청풍이 빙그레 미소를 지었다. 그러자 교궁의 눈에서 한 줄기 눈물이 흐른다.

"청풍… 도대체 이게 꿈이냐? 생시냐? 정말 네가 살아 돌아온 것이냐? 정말 맞지?"

금세 말투가 달라졌다. 마치 죽었던 손주를 대하는 듯한 교궁의 말투다.

"이렇게, 여기 있잖아요."

청풍이 미소를 지으며 대답했다. 그러자 교궁이 청풍을 와락 끌어안았다. 그러고는 눈물을 흘리며 말했다.

"천운이다. 촌장님의 혈손이 이렇게 살아 있다니. 아! 하늘이 도우셨어. 그래, 그동안 어떻게 살아온 것이냐?"

교궁이 청풍의 얼굴을 어루만지며 물었다. 그에게 청풍은 아직도 어린아이 같은 모양이었다.

"좋은 분을 만났어요."

"응?"

"금석촌에 변고가 있던 날 어머니는 절 강에 던지셨어요. 함께 있다가는 같이 죽을 것이 분명했으니까 제 운명을 하늘에 맡긴 거죠. 그런데 천운이 닿아 강 하류에서 지금의 부모님을 만났지요."

"그랬구나. 그럼 지금껏 그분들과 함께 살아온 것이냐?"

"양어머니는 몇 해 전에 돌아가셨지요. 본래 몸이 약하셨어요. 이후로는 아버지와 함께 살았어요."

"아버지라… 그래, 들은 기억이 난다. 모가장의 숨은 실력자라는 좌호법 우검… 그 사람이 널 구해준 그 사람이냐?"

묻는 교궁의 표정이 좋지 않다. 모가장은 금석촌의 원수인데 그런 모가장의 좌호법이 청풍을 구해주고 또한 지금껏 길러준 양부라면 곤란한 일이 아닐 수 없다.

"맞아요. 그분이 바로 양부세요."

"음……. 이것 참, 세상 일이 참으로 공교롭구나. 하필이면 모가장의 좌호법이……."

"대석수께서 뭘 걱정하시는 알아요. 하지만 걱정 마세요. 그분과 저는 다른 목적이 있어서 모가장에 들어온 것이에요."

그러자 교궁이 조금 놀란 표정을 지었다.

"다른 목적? 무슨 일을 하려는 것이냐?"

교궁이 급히 물었다. 그러나 청풍은 쉽게 대답을 하지 못했다. 물론 대석수 교궁은 믿을 수 있는 사람이지만 그렇다고 타유와 자신이 계획하고 있는 일을 모두 말하는 것은 위험한 일이었다.

그러나 교궁의 눈을 보는 순간 청풍은 자신들의 일을 말하지 않을 수 없다는 것을 깨달았다. 그의 눈에 드러난 간절함은 위험을 감수하게 만드는 힘이 있었다.

"부모님의 복수를 하고 있어요."

"복수?"

교궁이 놀란 표정으로 물었다.

"예, 아버지는 저의 복수를 위해 모가장에 거짓으로 의탁하신 거예요."

"아, 그렇게 된 것이구나. 그런데 어떻게 너희 두 사람만으로 모가장에 복수를 하겠다는 것이냐? 너무 위험한 일이 아니더냐?"

"세상에 위험하지 않은 일이 어디 있나요? 그리고 모든 일은 계획대로 진행되고 있어요. 사실… 모가장주를 죽인 사람도 아버지예요."

"아니, 그게 정말이냐?"

교궁이 믿을 수 없다는 표정으로 물었다.

"아버지는 무서운 분이에요. 물론 저에게만은 한없이 자애로우시죠. 그러나 적들에게는 세상에서 가장 두려운 분일 거예요."

"으음… 모가장주의 목을 벤 사람이 그분이라면 우리 금석촌에도 큰 은인이 되시는 것이지."

교궁이 고개를 끄덕였다. 그러자 청풍이 말을 이었다.

"사실 금석촌의 혈사는 모가장이 주도한 일이기는 해도 그 뒤에는 밀문이라는 거대한 세력이 있어요."

"밀문에 대해서는 나도 들었다."

"아버지와 전 모가장을 이용해 그 밀문에 들어가려 하고 있어요. 결국 복수의 끝은 밀문을 상대하는 일이 되겠지요."

"너무 위험한 일이구나."

"그러나 아니할 수 없는 일이지요. 부모님과 조부님의 원한을 갚으려면. 더군다나 밀문이 존재하는 한 금석촌은 영원히 그들로부터 자유롭지 못할 거예요."

"그렇기는 하다만……."

교궁은 어린 나이에 복수의 길에 들어선 청풍이 안쓰러운 모양이었다.

"그런데 의천맹의 일은 어떻게 된 거지요?"

청풍이 궁금했던 것을 물었다. 그러자 교궁이 목소리를 낮추며 말했다.

"혹시 아미의 묘심사태를 아느냐?"

"알고 있어요."

청풍이 고개를 끄덕였다. 사천과 성도에서 활동하는 무인 중 묘심사태를 모르는 사람은 없을 것이다. 비록 사천의 패권을 모가장에 내준 아미파지만 그래도 전통의 명문으로서 힘을 잃지 않고 있는 아미파다. 그 아미파의 고수 중 묘심사태는 작금에 들어서 강호에 가장 널리 알려진 아미파의 고수였다.

그녀의 무공은 지난 십여 년간 놀라운 진보를 이뤄 만약 아미가 산을 내려와 사천의 패권을 다시 다툰다면 모가장의 제일 적이 될 것이라는 말이 공공연히 돌고 있었다. 그러니 청풍이 묘심사태를 모를 리 없다.

"아미의 묘심사태께서는 오래전부터 우리 금석촌과 각별한 인연이 있었다. 모가장의 일차 도발 때도 강호의 여러 고수들과 함께 금석촌을 도와주셨었지. 그래서 금석촌이 모가장에 장악된 이후에도 줄곧 우리 생존자들에게 은밀한 도움을 주고 계셨단다."

"그런 일이 있었군요."

청풍이 고개를 끄덕였다.

"그저 단순한 관심이 아니라 금석촌의 재능있는 젊은이 몇을 은밀히 빼내 강호의 여러 고수들을 통해 무공을 수련할 수 있게 해주시기도 했다. 그 아이들이 이제 중년의 고수가 되었지."

"그럼 이번 일은 그분들이……?"

"그건 아니다. 그 아이들은 아직 금석촌에 돌아오지 않았다. 그러나 돌아올 준비는 마쳤다. 이번 일이 성공하면 그 아이들을 불러 금석촌을 지켜낼 생각이었다. 물론 의천맹의 도움이 필요하지만……."

"의천맹에 모든 것을 의지하는 것은 위험할 수 있어요."

"그들을 의심하는 것이냐?"

"물론 그들이 모가장과 같다고는 말할 수 없겠지요. 그러나 의천맹이라고 강호의 패권에 관심이 없는 것은 아니에요. 의천맹을 구성하고 있는 구파와 명문세가들은 과거 강호의 주인들이었어요. 원이 들어선 이후 그 세력이 쇠하여 강호의 패권을 잃었지만 그들도 기회가 되면 과거의 영화를 되돌리고자 하겠지요."

"그게 문제가 될 일은 아니지 않느냐?"

"의천맹을 움직이는 데는 막대한 재물이 들지요."

청풍이 진지하게 말했다. 교궁이 잠시 생각에 잠겼다가 입을 열었다.

"의천맹이 우리 금석촌의 재력을 욕심낼 것이란 말이냐?"

"그렇지 않다면 그들이 왜 우리 금석촌을 도와주겠어요. 물론 묘심사태께서 금석촌과 인연이 있다지만 어느 문파도 한 사람의 인연으로 고수들을 움직이지는 않아요. 이득이 없다면 의천맹이 움직일 이유가 없어요."

"음… 듣고 보니 그렇구나. 그러나 의천맹의 도움이 없다면 나로서는 이 금석촌에서 모가장을 몰아낼 방법을 찾을 수 없었다. 그게 최선이었어. 더군다나 내 나이가……."

교궁이 변명하듯 말했다.

"대석수님을 탓하려 하는 말은 아닙니다. 단지 의천맹이라고 금석촌에 마냥 좋은 사람들은 아니라는 말이죠. 의천맹의 도움을 받더라도 금석촌이 자립하는 것은 중요합니다."

"알고 있다. 그러나 쉬운 일은 아니구나, 의천맹같이 거대한 세력에게서 우리 자신을 지키는 것은. 당장은 모가장의 수탈에서 벗어나는 것이 급선무라고 생각했다. 그런데 이제는 어찌할까? 네가 모가장이 있다고 하니 사정이 달라지는구나."

교궁이 물었다.

"아버지와 제 계획은 아예 모가장을 우리 손에 넣는 것이었어요. 그렇게 한 후 자연스럽게 금석촌을 모가장에서 벗어나게 하는 것이죠. 이후에는 모가장을 완전하게 몰락시킬 것이

고요. 강호에서 이름을 지워 버리겠다는 것이 아버지의 생각
이세요."

"아, 정말 무서운 분이구나."

"적에게는 그렇지요."

"그런데 과연 그게 가능하겠느냐? 모가장은 어쨌든 모씨 성
을 가진 자들의 가문이 아니더냐?"

"그렇기는 하지요. 그러나 사실 지금도 모가장은 아버지에
의해 좌우되고 있어요."

"하긴 내가 듣기로도 그분의 위세가 모가장주를 능가한다
고 하긴 하더라만……."

"이렇게 하세요."

"어찌할까?"

교궁이 청풍의 앞으로 바싹 다가들었다.

"당분간 모가장에 대한 적개심을 숨기고 금석촌의 모든 형
제들이 모가장에 온전히 동화된 것처럼 행동하세요. 그러면
모가장 사람들도 금석촌 형제들에 대한 경계심이 옅어질 거예
요. 그때부터 아버지의 힘으로 금석촌을 조금씩 모가장에서
독립시켜 가는 거지요."

"느리지만 안전하게 가자는 거구나."

"그렇지요."

"알겠다. 나로서도 위험을 감수하는 것보다는 그편이 좋을
것 같구나."

"그리고… 묘심사태의 도움을 받아 무공을 수련하신 분들

말이에요."

"그래."

"그분들을 써야겠어요."

"어떻게 말이냐?"

"사실 지금 아버님이나 저나 모가장에서 무척 귀한 대접을 받고 있지만 우리 사람이라 할 수 있는 사람들이 없지요. 온전히 믿고 일을 맡길 사람이 없어요."

"무슨 말인지 알겠다. 그 아이들을 모가장에 들여보내 너희 부자를 돕게 하자는 말이구나."

"그렇지요. 그리고 향후에 금석촌이 모가장으로부터 독립을 할 때에 그분들은 무척 중요한 역할을 맡게 되실 거예요."

"알겠다. 그리하마! 아, 풍아, 널 만나고 나니 모든 일이 안개 거치듯 확실해져 가는구나. 그러나 조심해야 한다. 세상일이란 게 언제든 예기치 않은 일이 벌어질 수 있으니까 말이다."

"알겠습니다. 하지만 너무 걱정 마세요. 사실 이미 모가장은 거의 무너졌다고 할 수 있어요. 모잠은 용렬하고, 모가장을 지탱하던 사풍객은 사라져 버렸지요. 그나마 사신당의 당주들이 남아 있기는 하나 그들의 능력이 과거 사풍객에 비할 수는 없어요."

"그렇구나. 우리가 모르는 사이에 모가장이 그렇게 몰락해 가고 있었구나. 네가 고생이 많았다."

"제가 한 일이 뭐 있나요. 모두 아버지가 한 일이죠."

"참으로 고마우신 분이다. 언제 한 번 뵙고 싶구나."

"기회가 되면 모셔올게요. 하지만 당장은 어려울 거예요."

"물론 그렇겠지. 아니면 내가 언제라도 모가장에 한번 가보도록 하자. 기왕에 모가장 사람들의 기분을 맞춰줄 거라면 크게 숙이고 들어가는 것도 좋겠지."

"그것도 그렇군요. 아무튼 지금까지는 아버지와 저 두 사람만 있었는데 이렇게 금석촌의 형제들과 함께할 수 있게 되었으니 마음이 든든해요."

"너희 부자의 일에 방해나 되지 않기를 바라야지, 뭐……."

말은 그렇게 하면서도 교궁은 흐뭇한 미소를 지우지 못했다.

청풍은 교궁을 만나 일의 전후사정에 대한 이야기를 나누고 또한 앞으로의 일을 논의한 후 밤이 되자 은밀하게 거처를 떠나 다시 조명이 있는 동굴로 향했다.

조명은 모닥불도 피우지 않고 어두운 동굴 속에 홀로 앉아 있었다. 부러진 한쪽 다리는 길게 뻗고 다른 쪽 다리는 구부린 채 앉아 있는 조명의 모습이 왠지 모르게 안쓰러워 보이는 청풍이다.

"불을 지피고 있지 않으시고……."

청풍이 동굴에 들어서자마자 모닥불을 살리기 시작했다.

"추격자는 없나요?"

아마도 조명은 모가장의 무사들이 근방을 살피는 것이 두려워 모닥불을 피우지 않은 모양이었다.

"조 여협이 살아 있다고 생각하는 사람은 아무도 없습니다."

청풍이 모닥불을 피우고 그 옆에 먹을 것을 늘어놓으며 말했다.

"다행이군요."

조명의 목소리가 어제보다는 한결 부드럽다.

"드세요. 어제부터 아무것도 먹지 못하셨으니 시장하실 겁니다."

청풍이 음식을 권하자 조명이 사양치 않고 청풍이 가져온 음식들을 먹기 시작했다.

청풍이 음식을 먹고 있는 조명에게서 멀어져 동굴 입구로 다가갔다. 동굴 아래로 펼쳐진 숲이 어둠 속에서 괴물처럼 보인다. 인기척은 없다. 자신을 따라온 사람이 없다는 것을 확인한 청풍이 잠시 후 다시 동굴 안으로 들어갔다. 그사이 모닥불이 제법 크게 일어 동굴 안이 훈훈해져 있었다.

"상처는 어떤가요?"

청풍이 물었다. 그러자 조명이 대수롭지 않다는 듯 대답했다.

"상처들은 괜찮아요. 문제는 다리지."

"좀 볼까요?"

청풍의 말에 조명이 자신도 모르게 몸을 움찔한다. 아무리 자신보다 어린 청풍이라도 장성한 청년이다. 무림의 여인이라도 남녀 간의 구분이 없을 수 없다. 그러나 조명은 이내 자신의 다리를 청풍 쪽으로 내밀었다. 지금은 남녀의 예법을 따질 때가 아니었다.

청풍이 조심스럽게 조명의 바지를 걷었다. 피가 굳은 흰 다리가 드러난다. 전혀 무공을 수련한 사람의 다리 같지가 않다.

상처는 그녀의 말처럼 이미 아물어가고 있었다. 단지 정강이 부근의 부러진 곳이 성을 내며 제법 많이 부어 있었다. 청풍이 부러진 부근을 매만졌다.

"욱!"

조명이 나직하게 비명을 흘렸다.

"다행히 틀어지지는 않았어요. 아물기만 하면 될 것 같군요."

청풍이 손을 떼며 말했다.

"약을 구할 수 있을까요?"

조명이 물었다.

"뼈를 아물게 하는 약이야 구해올 수 있지요."

"제가 처방을 말해줄 테니 그대로 구해주세요."

아마도 화산파만의 독특한 처방이 있는 모양이었다.

"그렇게 하죠."

청풍이 순순히 고개를 끄덕였다. 그러자 조명이 몇 개의 약재를 말한 후 다시 입을 열었다.

"정말 궁금해서 묻는 건데 도대체 모가장엔 왜 들어간 거죠?"

어제한 질문을 다시 하는 조명이다. 그러자 청풍이 조명을 보며 말했다.

"그 질문은 이제 더 이상 하지 마세요. 대신 이렇게 대답해 드리죠. 나와 아버지가 모가장에 있는 것이 의천맹에 해가 되지는 않을 겁니다."

그 대답에는 무척 많은 의미가 내포되어 있어서 조명이 잠시 생각에 잠겼다가 고개를 끄덕인다.

"알겠어요. 그 일은 더 이상 묻지 않죠."

조명이 순순히 자신의 요구를 받아들이지 다시 청풍이 입을 열었다.

"그리고 더 하나, 돌아가시거든 더 이상 의천맹은 금석촌의 일에 관여치 말아주세요."

"음… 그건 약속할 수 없군요. 전 의천맹에서 그리 중요한 사람이 아니에요. 일의 결정은 어른들의 몫이지요."

"그런가요? 그럼 한 가지 사실만 말해두지요."

"뭐죠?"

"만약 의천맹이 금석촌을 욕심내어 다시 피를 보려 한다면 그땐 저도 좋게만 대하지는 않을 겁니다. 날 기습했던 사람들은 살려 보낸 것은 이번 한 번이 마지막입니다."

"그들을 살려 보낸 거라고요?"

조명이 믿을 수 없다는 듯 물었다.

"믿지 않으면 할 수 없고요."

"그들이 어떤 사람들인 줄 아세요. 그분들은 의천맹에서도……."

조명이 말을 하다 말고 입을 닫았다. 자칫하다가 의천맹 내부의 인물들에 대해 스스로 실토할 뻔한 조명이다.

"그들이 어떤 사람이든 상관없어요. 그러나 앞으로는 절대 금석촌을 욕심내지 말아야 할 겁니다."

"우린 금석촌을 욕심낸 것이 아니에요. 금석촌의 사람들을 도와주려는 것뿐이지."

"정말 그것뿐이라고 말할 수 있나요? 의천맹은 금석촌에 아무 욕심이 없다고 맹세할 수 있습니까?"

청풍이 정색을 하며 물었다. 그러자 조명이 대답하지 못했다. 의천맹이 금석촌을 모가장의 손아귀에서 벗어나게 해주려한 것은 금석촌이 만들어내는 그 막대한 부를 의천맹이 사용하고자 하는 의도였기 때문이다.

물론 그렇다고 모가장처럼 의천맹이 금석촌을 지배할 수는 없을 것이다. 자칭 명문대파라는 사람들이 모인 곳이므로 금석촌을 지배하는 일은 그들의 체면상 할 수 없는 일이었다.

그러나 의천맹의 도움으로 자유를 얻은 금석촌이 의천맹의 요구를 거절할 수 있을 거라 생각하는 사람은 아무도 없었다. 또 그런 이득 없이 의천맹이 고수들을 금석촌에 파견하지도 않았을 터였다.

"서로에게 이득이 되는 길을 찾으려 한 것뿐이에요."

조명이 어렵게 대답했다.

"그렇군요. 다행입니다. 그러나 이젠 금석촌에 대한 걱정은 하지 않아도 좋을 것 같습니다."

"무슨 소리죠?"

"금석촌의 대석수님과 이야기를 하였지요. 더 이상 분란을 만들지 않기로……."

"그것을… 그분이 이 일에 관여했다는 것을 어떻게 알았죠?"

"제가 조 여협에 대해 모르는 것이 많듯이 조 여협 역시 저에 대해 모르는 것이 많습니다."

청풍의 대답에 조명이 의혹 어린 시선으로 청풍을 바라봤다. 정말 그의 말대로 그녀는 청풍에 대해 많은 것을 모르고 있으리라는 생각이 들었다.

청풍은 이틀에 한 번 조명을 찾았다. 매일 조명을 찾아오는 것은 위험한 일이었다. 비록 그가 모가장에서 존중받는 위치에 있는 사람이라도 사람들의 눈을 조심할 수밖에 없었다.

다행인 것은 금석촌에 온 첫날부터 청풍이 하는 일이라고는 금석촌 주변을 돌아보는 것이 전부였기에 이틀에 한 번 금석촌 외곽으로 산보를 나와 조명을 찾는 일이 새삼스레 모가장 무사들의 관심을 끄는 것은 아니라는 사실이었다.

조명의 몸은 빠르게 회복되어 갔다. 과연 전통의 명문 화산파의 비방은 특별해서 부러진 조명의 다리는 보통의 경우보다 배는 빠르게 아물어갔다.

그렇게 보름여가 지나자 이제 조명은 청풍의 부축을 받으며 가까운 숲을 산책할 수 있을 정도로 회복되었다. 만약 말이라도 구해 탄다면 동굴을 떠나도 이상이 없을 정도였다.

그런데 기이하게도 조명도 청풍도 조명이 떠날 수 있다는 사실을 애써 입에 올리지 않았다. 마치 조명의 다리가 완전히 회복되어 두 다리로 달릴 수 있어야만 동굴을 떠날 수 있는 것처럼 두 사람은 그렇게 조명이 떠나지 않고 동굴에 머물러 있는 것을 당연하게 생각하고 있었다.

*   *   *

쪼르릉 쪼르릉!

산새 울음소리가 귀를 깨우고 정신을 맑게 한다. 산새들이 울음을 울다 지쳐 목이 마르면 목을 축이기 위해 내려서는 작은 개울가 바위 위에 조명과 청풍이 나란히 앉아 있었다.

두 사람은 높아진 가을 하늘과 시원한 바람 그리고 한층 맑아진 추수(秋水)를 한껏 즐기고 있었다. 그러다가 문득 조명이 물었다.

"아버님을 잘 계시나요?"

그리고 보니 두 사람은 지금껏 많은 이야기를 나누었음에도 타유에 대한 이야기는 나눈 적이 없었다. 생각해 보면 기이한 일이었다. 조명은 운룡산에서 타유를 만난 적이 있기에 당연히 처음부터 그의 안부를 물었어야 옳았다.

"모가장을 살피고 있죠?"

청풍이 되물었다.

"의천맹에서 말인가요?"

"그래요."

"물론… 살피고 있죠."

"요즘 모가장에 큰 변화가 있었던 것은 아시죠?"

"알고 있어요. 전대 모가장주가 죽고 모가장의 대공자가 새로운 장주가 되었더군요. 사실 그 일이 있었기에 우리 의천맹에서 금석촌을 도모할 수 있었던 것이죠."

"그러리라 생각했어요. 그럼 그 소식들 중 요즘 모가장의 최고 실세로 떠오르는 사람에 대한 이야기도 들었겠군요."

"모가장의 좌호법이란 사람에 대해 말하는 건가요?"

"그래요."

"그 사람이 왜요?"

"그분이 바로 아버지세요."

"아!"

청풍의 말에 조명이 깜짝 놀라 청풍을 바라봤다. 그러자 청풍이 빙긋 웃으며 말했다.

"그 정도면 아버지는 잘 계시는 거죠?"

"도대체 당신들 두 부자는 무슨 일을 하고 있는 거죠?"

조명이 정색을 하며 물었다.

"훗날 알게 되겠지요. 우리가 뭘 하고 있는지……."

청풍의 말에 조명이 다시 뭔가를 물으려다 입을 닫았다. 이미 청풍이 자신의 일을 밝히길 원치 않는다는 걸 알고 있었다.

호기심은 구름처럼 일어났으나 알 수 있는 것은 아무것도 없다. 그러자 갑자기 청풍이 미워지는 조명이다.

"참 비밀이 많군요."

"우리 둘 다 그렇죠."

청풍의 말에 조명이 샐쭉한 표정을 지었다.

"저보다는 소협이 훨씬 비밀이 많아요."

"그런가요?"

"저에 대해선 알 건 다 알잖아요. 단지 의천맹 내의 사정을 말하지 않았을 뿐이지. 그러나 소협은 소협 자신에 대해서조차 제대로 말해주지 않잖아요."

"언젠간 말할 때가 오겠죠."

그러자 조명이 실망한 표정으로 되물었다.

"날 믿지 못하기 때문인가요? 난 운룡산에서의 일을 맹이나 본 문에 말하지 않았어요. 약속을 지켰다고요."

"그건 고맙게 생각해요."

"그런데도 날 못 믿어요?"

"믿어요. 하지만 가끔은 믿는 사람에게도 말하지 못하는 것이 있는 법이잖아요."

청풍이 위로하듯 말했다. 그러나 조명의 기분은 썩 좋지 않아 보였다. 그런 조명을 청풍이 다시 위로하려다가 갑자기 청풍의 표정이 변했다. 청풍이 벌떡 일어섰다. 갑작스런 청풍의 행동에 놀란 조명이 자신도 모르게 따라 일어났다.

"무슨 일이에요?"

"인기척이 있어요."

청풍의 말에 조명이 화들짝 놀라 청풍이 바라보는 곳으로 시선을 돌렸다. 그러나 그녀의 눈에는 사람의 그림자도 보이지 않을 뿐더러 오감을 모두 열어도 인기척을 느낄 수가 없었다.

"정말 사람이 있어요?"

조명이 확인하듯 청풍에게 물었다. 그러자 청풍이 고개를 끄덕이며 손가락을 입에 가져갔다. 조명이 뭔가를 다시 물으려다 말고 입을 닫았다. 청풍이 그런 조명을 이끌고 숲의 그늘 속으로 들어갔다.

모습을 드러낸 사람은 모두 셋이었다. 그중 한 명은 초로의 노인이었고 둘은 무척 젊어 이십대 후반에서 삼십대 초반으로 보였다. 그들은 능숙하게 숲을 살피더니 그동안 청풍과 조명이 남긴 흔적들을 귀신처럼 찾아내어 조명이 지내온 동굴 방향으로 향했다.

"흔적을 찾아내다니 보통 사람들이 아니군요."

청풍이 동굴을 향해 다가가는 사람들을 보며 중얼거렸다. 그런데 조명의 입에서 예상치 못한 대답이 흘러나왔다.

"날 찾으러 온 사람들이에요."

"…아는 사람들입니까?"

청풍이 물었다.

"사숙과 사형들이에요."

"아, 화산에서 온 사람들이군요."

청풍의 말에 조명이 고개를 끄덕였다. 그런데 기이하게도 조명의 얼굴에는 반가운 기색보다 쓸쓸한 기색이 먼저 감돌았다.

"이젠… 가야 할 때가 되었나 보군요."

청풍이 말했다. 그사이에도 화산파의 고수들은 조명이 머물던 동굴에 바싹 다가서며 검을 빼 들고 있었다.

"고마웠어요."

조명이 청풍을 바라본다. 아쉬움이 가득한 눈빛이다.

"그때처럼 이번에도 저에 대해선 비밀로 해주시겠지요?"

"글쎄요. 그건 두고 봐야겠네요."

조명이 빙그레 미소를 짓는다. 청풍 앞에서 이런 미소를 짓는 것은 처음인 듯하다.

"믿을게요."

청풍의 말에 조명이 다시 고개를 젓는다.

"아주 좋은 사람을 만났다고 할 거예요. 목숨을 구해주고, 상처를 치료해 주고, 먹을 것을 가져다 준. 그리고 내가 몸을 회복할 때까지 곁에서 지켜준 좋은 사람, 단지 그 사람이 모가장 천봉당의 부당주란 사실은 말하지 않을게요. 떠났다고, 사숙과 사형들이 온 것을 보고는 떠났다고 할게요. 뭐, 거짓말을 하는 것은 아니지요. 내게 일어난 일 중 일부를 말하지 않은 것뿐이지."

"그러네요. 그 정도면 되겠어요."

청풍이 고개를 끄덕인다.

"우리… 언제 다시 만날 수 있죠?"

"글쎄요. 내가 어디에 있고, 누구인지 조 여협은 알고 계시죠. 나 또한 조 여협이 누구인지, 어디에 있는지 알고 있고요. 그러니… 만날 이유가 있다면 언제든 만나게 되겠죠."

"우리 둘 사이에 만날 이유가 있을까요?"

"그 역시 지금은 모르겠군요. 아! 전 그만 가볼게요. 사문의 사람들을 오래 기다리게 할 수는 없겠지요. 그동안… 즐거웠어요."

청풍이 조명에게 가볍게 고개를 숙여 보이고는 한순간에 장내에서 자취를 감췄다. 그야말로 신출귀몰할 신법이다. 청풍이 사라지자 조명이 주위를 둘러보며 청풍의 흔적을 찾았다. 그러나 그 어디서도 청풍의 모습은 보이지 않았다.

"정말 갔구나."

조명이 나직하게 탄식했다. 지난 보름여의 시간이 마치 꿈처럼 느껴지는 조명이다. 그러나 이제 그 꿈을 깨고 현실로 돌아가야 할 때다.

"사숙, 사형!"

조명이 자신이 머물고 있던 동굴 쪽으로 걸어가며 화산파의 사람들을 불렀다.

"명아!"

"사매, 살아 있었구나. 아아! 정말 살아 있었어!"

화산파의 문도들이 조명을 둘러싸며 환호성을 토해낸다. 꼼짝없이 죽은 줄 알았던 조명이 살아 있으니 그들로서는 하늘에서 금덩이라도 떨어진 듯한 마음일 터였다.

"이게 어찌 된 것이냐? 살아 있으면서 왜 돌아오지 않았어?"

화산파의 고수들 중 나이든 자가 조명의 손을 잡으며 물었다. 그의 이름은 봉공서, 화산파에서는 최고 배분에 속하는 자로 조명에게는 사숙이 된다.

"부상을 크게 당해 돌아갈 수 없었어요."

"부상을? 몸이 안 좋은 거냐?"

"이제 거의 다 나았어요. 오늘 내일 떠날 생각이었죠. 그런데 사숙과 사형들이 오신 거예요."

"그랬구나. 고생이 많았다. 아! 우리가 좀 더 서둘러 왔어야 하는데……."

봉공서가 자책한다. 그러자 조명이 고개를 저었다.

"제가 어찌 그 사정을 모르겠어요. 일이 벌어진 지 얼마 되지 않았으니 절 찾으러 오실 수 없었을 거예요. 더군다나 제가 어디 있는지도 모르시고……."

"그래도 미안하구나. 아무튼 다행이다. 혼자서 어찌 그 어려움을 이겨냈누?"

봉공서가 조명이 대견하다는 듯 머리를 쓰다듬었다. 그러자 조명이 고개를 저었다.

"혼자가 아니었어요. 도와준 사람이 있었어요."

"도와준 사람이 있었다고? 누구냐? 누구 널 도와줬지? 그 분은 어디 있느냐?"

봉공서가 두서없이 질문을 던졌다.

"그분은 떠났어요. 사숙과 사형들이 온 것을 보고는 떠났지요. 번거로운 것이 싫다면서……."

"아, 기인이로다. 그래, 어떤 사람이냐?"

"저도 그 사람에 대해서는 잘 몰라요. 단지… 풍이라는 이름을 쓰는 사람이었는데 무척 젊은 사람이었어요."

"뭘 하는 사람이더냐?"

"처음에는 어부인 줄 알았어요. 강물에 빠져 정신이 없던 저를 구했으니 당연히 어부라도 생각했죠. 그런데 어부는 아니더군요. 무공도 고강하고 의술도 알고 있어서 절 치료해 줄 수 있었지요. 강변을 걷다 절 구했다고 하더군요."

"음……. 어느 곳에 사는 사람인지 알 수 있다면 내 당장 찾아가서 감사를 드리고 싶은데……."

"그건 어려울 것 같아요."

조명이 고개를 저었다.

"그럼 할 수 없지. 언젠가 인연이 되면 다시 만날 수 있을 테니까. 그나저나 지금 떠날 수 있겠느냐?"

"괜찮아요. 아직 완전히 나은 것은 아니지만 걸을 수 있으니 지금 떠나요."

"오냐. 그리하자꾸나."

봉공서가 고개를 끄덕였다. 그러자 그녀의 사형이라는 사람들 중 한 명이 훌쩍 동굴 위로 뛰어오르며 말했다.

"짐은 내가 챙기마."

"사형, 그럴 필요 없어요. 짐이라고는 하나도 없어요. 그냥 내려오세요."

조명이 자신의 사형을 만류했다. 그러자 그의 사형이란 자가 고개를 돌려 슬쩍 동굴 안을 살피고는 이내 조명이 있는 곳으로 내려섰다.

"가자꾸나. 오늘은 근처의 객잔에 들려 편히 쉬어가자."

"모가장의 눈이 있는데 괜찮을까요?"

조명의 사형이 봉공서에게 물었다.

"괜찮을게다. 이미 보름이나 지났다. 저들의 경계도 한결 여유있어 졌어. 가자, 객잔에 들어서 말을 구해보자꾸나. 명의 몸이 아직 완전하지 않으니 말이나 마차를 타는 것이 좋겠다."

"알겠습니다. 그리하지요. 제가 앞을 서겠습니다."

조명의 사형이란 자가 고개를 숙여 보이고는 성큼성큼 숲으로 가기 시작했다.

"명, 사형이 네 걱정을 많이 했단다. 식음을 전폐하다시피 했지."

"그래, 그 말은 맞는구나. 사실 우리가 온 것도 구가 고집을 피워서 나오게 된 것이란다."

봉공서가 젊은 화산문도의 말을 거들었다. 조명의 시선이 앞서 걸어가고 있는 사내에게로 향했다. 사내의 이름은 고구, 화산파의 후기지수 중 강호에 가장 널리 알려진 인물이고, 그 무공이 당대 강호의 후기지수 중 다섯 손가락 안에 꼽는다고 알려진 인물이다.

　그러하니 강호의 뭇 여인들의 시선을 한 몸에 받고 있는 고구인데 그는 그럼에도 불구하고 강호에서 여인들에게 눈길조차 주지 않았다. 이유는 하나, 그의 마음속에는 오직 한 명의 여인, 조명이 있기 때문이었다.

　조명 역시 고구가 자신을 마음에 두고 있다는 사실을 잘 알고 있었다. 그리고 그녀 역시 고구에게 호감이 없는 것은 아니었다. 그래서 화산파 내에서는 결국 고구와 그녀가 혼인을 할 거라 모두들 생각하고 있었다.

　그러나 지난 며칠 사이 조명은 자신이 고구와 혼인할 수 없다는 것을 절실히 깨달았다. 그 며칠 동안 그녀의 마음속에 고구가 아닌 다른 사람이 깊이 자리 잡았기 때문이었다.

　조명이 시선을 돌려 동굴 주변의 숲을 두리번거렸다. 어디선가 청풍이 자신을 보고 있을 것 같은 생각이 들었기 때문이다. 그러나 청풍의 흔적은 어디서도 찾을 수 없다.

　"가자꾸나."

　봉공서가 조명의 어깨를 가볍게 두드렸다. 그러자 조명이 고개를 끄덕이고는 동굴을 떠났다.

　청풍은 기이하게 구부러진 소나무 위에 걸터앉아 조명이 화산파의 문도들과 동굴을 떠나는 모습을 지켜보고 있었다. 조명은 다친 발을 조심하며 세 명의 화산문도에게 둘러싸여 숲으로 들어갔다. 그녀는 마지막으로 모습을 감추기 전까지 몇

번 뒤를 돌아보았다. 어쩌면 청풍을 찾고 있는 지도 몰랐다.

조명의 모습이 더 이상 보이지 않자 청풍이 굵은 나무 기둥에 등을 기대고는 깍지를 낀 손으로 뒷머리를 받쳤다. 푸른 하늘이 눈에 들어온다. 그 하늘 속에서 조명의 모습이 좀체 사라지지 않는다.

"무슨 일일까?"

청풍이 자신도 모르게 중얼거렸다. 자신에게 일어나고 있는 이 감정의 변화들을 쉽게 이해할 수 없는 청풍이다.

이제 겨우 두 번 만난 사람, 물론 두 번째는 꽤 오래 함께 지냈지만 그렇다고 그녀가 그에게 그리 중요한 사람은 아니었었다. 그런데 막상 조명이 떠나니 새삼스레 그녀의 빈자리가 크게 느껴진다. 한편으로 가슴 한쪽이 아린 느낌도 있었다.

"아버지를 봬야겠어."

청풍이 자리에서 일어났다. 청풍의 인생에서 무엇이든 혼란스러운 일이 일어나면 항상 타유의 충고가 그 혼란을 잠재웠었다. 그래서 지금 청풍에겐 타유가 필요했다. 그것도 아주 기이한 일로.

*   *   *

"조심하라. 길이 험하다!"

마차가 위태롭게 산비탈을 깎아 만든 산길을 따라 이동하고 있었다. 금석촌에서 모가장에 이르는 이 길은 모가장이 지난 십수 년 동안 각고의 노력으로 만든 것으로 배에 실어 중원에 보내는 쇠 이외에 육로를 통해 거래되는 금석촌의 철을 운송하기 위해 만든 길이었다.

비탈진 길을 꺾어 내려가자 드디어 성도가 보인다. 마차를 모는 마부들이나 혹은 마차를 호위해 온 무사들이 성이 보이자 안도의 한숨을 내어쉰다.

"잠시 쉬어간다."

일행을 이끌고 있는 천봉당의 고수 구상유가 휴식의 명을 내렸다. 그러고는 재빨리 청풍에게 다가와 말을 건넨다.

"이제 장원까지는 한 시진 길이니 잠시 쉬어가겠습니다."

비록 구상유가 일행을 이끌고 있지만 형식적으로라도 부당주 청풍에게 보고를 하지 않을 수 없는 일이다.

"좋을 대로 하시오."

청풍이 고개를 끄덕였다. 그러자 구상유가 조심스럽게 물었다.

"금석촌의 일로 장주님의 추궁은 없겠지요?"

"큰 변고가 일어난 것은 아니지 않소?"

"그렇기는 하지만 흉수들을 잡지 못했으니……."

"보통 자들이 아님은 누구나 알고 있는 일이니 너무 걱정 마시오."

"부당주께서 그리 말씀하시니 마음이 놓입니다."

사실 구상유의 마음을 놓이게 하는 것은 청풍이 아니라 청풍의 아버지 타유의 존재다. 좌호법 우검이라면 충분히 금석촌에서 일어난 일을 아무 탈 없이 무마시킬 수 있을 것이기 때문이었다.

그런데 그때 문득 남쪽 길에서 일단의 사람이 모습을 나타냈다. 그들은 모두 다섯이었는데 하나같이 눈빛이 형형한 것이 뛰어난 무공을 지닌 자들로 보였다.

그러자 자연스럽게 모가장 일행은 길 위에 나타난 자들을 경계할 수밖에 없었다. 그런데 그들은 모가장 무사들의 심상찮은 눈빛에도 불구하고 망설임없이 모가장 무사들을 향해 다가왔다. 그러고는 그중 한 명이 입을 열었다.

"혹시 모가장분들이시오?"

일행이 모가장 사람들이라는 걸 알아보는 것은 그리 어려운 일이 아니다. 마차 위 검은색 바탕에 금실로 수놓은 모가장의 깃발이 걸려 있기 때문이었다.

"그렇소. 그런데 당신들은 누구요?"

구상유가 낯선 자들을 경계하며 물었다.

"제대로 찾았군. 반갑소이다. 우린 모가장에 아는 분이 있어 잠시 몸을 의탁하러 온 사람들이오. 그런데 이렇게 모가장의 형제들을 만나게 되었구려."

"모가장에 아는 분이 있다니. 그게 누구요?"

본래 강호의 낭인들 중 모가장의 명성을 듣고 과거의 작은 인연을 빌미로 모가장에 들어오려는 자들이 가끔 있었다. 그러나 그중 쓸 만한 자는 거의 없는 것이 보통이어서 이렇게 과거 인연을 들먹이며 찾아오는 자들은 모가장에 제법 귀찮은 존재들이었다.

"우검이란 분인데… 듣자하니 그분이 모가장의 좌호법으로 있다고 하더구려. 맞소이까?"

사내의 말에 구상유가 조금 놀란 표정으로 불청객들을 살피더니 이내 고개를 돌려 청풍을 찾았다. 그런데 그때 갑자기 청풍이 일행 중에서 달려 나오더니 구상유와 말을 섞고 있던 중년인에게 아는 척을 했다.

"이제 보니 천 대협이셨군요."

"아, 우 소협이구려. 일행 중에 계셨구려."

중년인이 반가운 표정을 짓는다. 그러자 구상유가 조심스럽게 물었다.

"부당주께서 아시는 분들이십니까?"

그러자 청풍이 얼른 고개를 끄덕였다.

"그렇습니다. 과거 아버지와 천하를 주유할 때 한동안 인연을 맺었던 분들이지요. 그런데 어떻게 성도에는……?"

청풍이 묻자 천 대협이라 불린 자가 입을 열었다.

"지난날 소협의 아버님이신 우 대협께서 자리가 잡히면 우릴 부르시겠다 약속을 하신 적이 있지요. 그런데 그동안 우리가 북방엘 다녀오느라 우 대협을 소식을 알지 못했소이다. 그러다 이번에 이렇게 중원에 돌아와 보니 우 대협의 명성이 하늘을 찌르더구려. 대모가장의 좌호법이 되셨다고 말이오. 그러니 우리가 한 번 뵙지 않을 수 있겠소?"

"잘 오셨습니다. 그렇잖아도 아버님께서 가끔 대협들에 대해 말씀을 하시곤 했지요. 곁에 있으면 큰 힘이 될 터인데 도통 연락이 되지 않는다고 말입니다. 그런데 이렇게 직접 찾아주셨으니 아버님이 크게 기뻐하실 겁니다."

"하하, 우리야말로 우 대협의 곁이라면 언제라도 마다치 않을 사람들이오."

사내가 호탕한 웃음을 터뜨렸다.

"자자, 이리 오세요. 우리는 잠시 쉬었다가 장원으로 갈 겁니다. 함께 가시지요."

"그럽시다. 소협을 이렇게 만났으니 우 대협을 찾는 수고는 덜었구려."

그렇게 사내들이 자연스럽게 청풍의 일행에 합류했다. 구상유도 그들이 타유와 청풍 부자와 보통 인연이 아니라는 것을 알고는 경계심을 풀고 정중하게 그들을 대했다.

새로운 사람들이 합류한 일행은 이각여 동안 휴식을 취하고 다시 모가장을 향해 길을 떠났다.

운룡산에서 수십 년을 살고 강호에 출도하자마자 모가장을 상대하는 일에 몰두했던 타유와 청풍 부자에게 과거의 인연이 있을 리 없다. 기실 길 위에서 청풍 일행과 합류한 사람들은 금석촌의 대석수 교궁이 은밀히 강호로 내보내 무공을 수련시킨 사람들이었다.

그들은 자신들의 무공을 완성한 후 금석촌 주변에 기거하며 모가장을 금석촌에서 몰아낼 계획을 세우고 있다가 교궁의 전갈을 받고 이렇게 청풍의 곁으로 교묘하게 찾아든 것이었다.

청풍 역시 이미 그들과의 만남을 교궁과 미리 상의했기에 마치 오래전부터 아는 사람들처럼 그들을 맞이할 수 있었다.

"네가 풍이라니 믿을 수가 없구나."

길 위에서 모가장 일행과 합류한 중년인이 구상유의 눈을 피해 청풍에게 말했다. 그는 나이가 삼십대 중반으로 보였는데 그렇다면 금석촌에 변고가 일어났을 때는 십대 중반의 소년이었을 터다. 당연히 풍의 어린 시절 모습을 기억할 수 있는 나이다.

"그동안 고생들 하셨어요."

"아니다. 우리야 평소 원하던 무공을 수련하며 살았으니 고생이랄 것도 없지. 아, 촌장님과 청 대협 내외가 장성한 널 보셨다면 얼마나 기뻐하실까."

사내가 나직하게 탄식을 흘린다. 사내의 이름은 천소관으로 강호로 나가 무공을 수련한 금석촌의 고수들 중 우두머리 역학을 하는 사람이었다. 그는 어린 시절 몇 년 동안 청담을 보고 자란 기억이 있었다. 그 당시 청담은 금석촌의 어린아이들에게 우상과 같은 존재였다. 특히 모가장의 일차 도발을 막아낸 이후에는 더욱더 그러했다.

천소관 역시 어린 시절 청담에게 깊은 인상을 받았으므로 지금 그의 아들 청풍을 보자 자연스레 과거 청담의 모습이 떠오르는 것이었다.

"저보다도 대협들의 성장을 기뻐하실 거예요."

"모르겠구나. 한다고 했는데 과연 만족하실지……."

천소관이 빙그레 미소를 지었다. 말과 달리 청풍은 천소관의 표정에서 수련에 대한 자신감을 읽을 수 있었다.

'큰 힘이 생겼어…….'

청풍은 천소관 등의 등장에 가슴 한편이 뿌듯해지는 느낌을 받았다. 그동안 두 부자가 걸어왔던 외로운 복수행에 드디어 믿을 만한 동행자가 생긴 것이다.

"어서 오시오!"

모가장의 정문에서 경비를 서고 있던 영웅당의 무사가 다가오는 일행을 맞으며 큰 소리로 외쳤다.

"목 형, 잘 지냈소?"

구상유가 경비를 서는 자에게 아는 척을 했다.

"어, 천봉당의 구 형이구만. 오랜만이구려."

"여섯 달 만인 것 같소."

"고생이 많소이다. 어서 들어가시오. 아! 부당주께서도 오셨군요."

경비무사가 뒤쪽에 처져 있던 청풍을 발견하고는 얼른 다가와 고개를 숙인다. 청풍이 천봉당의 부당주이기 때문이 아니라 좌호법 타유의 아들이라는 이유 때문에 보이는 정중함이다. 이제 타유는 모가장에서 장주 모잠에 버금가는 힘을 지닌 사람이 되어 있었다.

"장에는 별고없소?"

청풍이 조금 도도한 표정으로 물었다. 가끔은 이렇게 상대에게 자신의 지위를 확인시켜 줄 필요가 있었다. 특히나 모가장과 같은 강자존의 무림문파에선 더욱 그러하다.

"특별한 일은 없었습니다. 하지만 늘 바빴지요. 새로운 장주께서 이것저것 의욕적으로 일을 벌이시고 계시니까……."

"그렇구려. 어, 벅적거리는 소리를 들으니 과연 장원에 돌아온 것을 느끼겠구만. 구 대협, 가십시다."

청풍이 구상유에게 걸음을 재촉하자 구상유가 고개를 숙여 보인 후 일행을 이끌고 장원 안으로 들어가기 시작했다.

*　　　*　　　*

"손에 피를 묻히면 신검을 만들기 어렵다. 그것 하나만은 명심해라!"

강검산의 귓가에 방남산의 목소리가 아련히 들여오는 듯하다. 전장은 처참했다. 몽골의 기병이 휩쓸고 간 작은 산골마을은 피가 흥건하다.

강검산이 자신 모르게 허리춤의 검을 잡아갔다. 그러나 그는 잠시 후 다시 검을 검 집에 밀어 넣었다. 이미 몽골의 기병들은 마을을 빠져나가고 있었다. 그들을 추격해 몇 놈 죽여본들 무슨 소용이 있겠는가.

하지만 그것보다도 그의 손을 막은 것은 역시 방남산이 누누이 경고했던 불살생의 굴레였다. 강검산이 신검을 만들 운명이라고 말해주던 그 첫날부터 방남산은 누누이 강검산에게 손에 피를 묻히지 말 것을 당부했다. 닭을 잡아도, 혹은 물고기를 잡는 것조차 허락하지 않은 방남산이었다.

신검을 만들 손은 깨끗해야 한다면서, 손에 살기가 깃들어서는 절대 제대로 된 신검이 탄생하지 않는다는 것이 방남산의 생각이었다.

"젠장할! 자기 자신은 그토록 잔혹한 살행을 하면서 나는 고기 한 마리 못 잡게 하다니."

강검산이 갑자기 방남산을 향한 원망을 토해냈다. 방남산을 떠나온 지금조차도 여전히 강검산은 신검을 만들 사람이라는 자신의 운명에서 벗어나지 못하고 있었다.

그 운명이란 것이 자신 스스로가 선택한 것이 아니라 방남산과 선승 묵철이 결정한 것임에도, 여전히 그 운명의 굴레를 뒤집어쓰고 살아가고 있는 것이다.

"벗어날 수 없나?"

강검산이 갑자기 검을 뽑았다. 이곳에서 몽골 기병 몇을 베어버리면 그 굴레서 벗어날 수도 있을 것 같았다. 그런데 그때였다. 갑자기 그의 귀에 사람들의 신음 소리가 들려오기 시작했다.

"사, 살려줘요."

"으으, 팔이… 팔이 없어……!"

순간 강검산이 퍼뜩 정신을 차렸다. 지금은 사람을 벨 시간이 아니다. 도검에 상한 사람들을 구할 때였다. 강검산이 다시 검을 검집에 밀어 넣고 몽골 기병들이 휩쓸고 간 산골 마을을 향해 달리기 시작했다.

第二章

어둠으로의 초대

수
선
경

　모혼이 죽었을 때 강호의 모든 사람들은 모가장이 빠르게 쇠락의 길을 걸을 것이라고 생각했다. 비록 대공자 모잠이 재빨리 장주의 직을 이어받아 문파가 흔들리는 것을 막기는 했지만, 그래도 표국을 강호의 손꼽히는 무가로 탈바꿈시킨 모혼의 유업을 이어가기에는 모잠은 한참 부족하다는 것이 세간의 평가였다.

　그런데 그런 평가를 비웃기라도 하듯 모가장은 전혀 흔들리지 않았다. 모가장은 안팎으로 단단한 전력을 과시하며 모혼의 죽음 이후 이어졌던 크고 작은 도발들을 철저히 막아냈다.

　모가장을 향한 도발들이 단 하나도 성공을 거두지 못하고 철저하게 봉쇄되자 반년이 채 지나기도 전에 더 이상 모가장에 대한 타 문파의 도발은 일어나지 않았다.

그리고 그 와중에 한 사람의 이름이 강호에 널리 퍼졌다. 모잠의 후견인이며 모가장의 실세로 알려진 좌호법 우검에 대한 소문이었다. 강호의 소문은 한 사람의 입을 건널 때마다 조금씩 부풀려지게 마련이어서 결국은 작은 불씨가 커다란 산불처럼 불어난다.

그래서 세인들 중 모가장의 좌호법에 대한 소문도 과장된 것일 거라 생각하는 사람들이 여럿 있었다. 그도 그럴 것이 세간에선 마치 모가장의 좌호법이 적수를 찾을 수 없는 절대의 고수라거나 혹은 머리가 셋이나 달린 괴물처럼 이야기되는 경우도 종종 있기 때문이었다.

그런데 기이한 것은 그런 소문들이 돌고 돌아 다시 모가장을 되돌아온다는 것이었다. 바로 지척에 타유를 두고도 모가장 사람들은 오히려 그들 밖에서 들려온 소문으로 타유를 평가하고 두려워했다.

매일 볼 수 있는 타유임에도 강호의 신비고수처럼 느껴졌고, 그의 무공을 보았으면서도 그가 자신들이 모르는 절대의 무공을 숨기고 있는 것처럼 느끼는 모가장의 무사들이었다.

그래서 모혼이 죽은 이후 모가장에서 가장 중요한 인물이 된 것은 기실 모잠이 아니라 타유였다. 그 기묘한 기운의 변화는 모잠 역시 느끼고 있었다. 항상 타유를 언제든 자신이 원하면 쓸 수 있는 도검처럼 생각하고 있던 모잠이 최근에 들어서는 타유를 함부로 부르지조차 못하고 있었다.

그리고 그런 타유에 대한 알 수 없는 두려움을 더욱 깊게 만드는 일이 벌어졌다. 그것은 바로 신비의 인물이며 모가장의 가장 어두운 비밀이라는 밀문 사왕으로부터 시작되었다.

"사왕이 오신다고 했소?"

모잠이 물었다. 그러자 타유가 대답했다.

"그렇소이다."

"음……. 사왕이 사람을 보냈소?"

"어젯밤 늦게 왔었소이다."

"이상한 일이구려."

모잠의 얼굴이 밝지 않다. 모잠의 속내를 모를 리 없는 타유다. 모잠은 아마도 밀문 사왕의 사자가 자신이 아니라 타유를 찾아왔다는 사실을 이해하기 힘들 것이다. 그러나 그 의문은 타유의 말에 의해 모잠의 부끄러움으로 변했다.

"생각해 보면 이상할 것도 없소이다. 그가 어젯밤 처음 찾은 사람은 당연히 장주였소. 그러나 그때 장주는 그를 만날 상황이 아니었다고 하더구려."

순간 모잠의 얼굴이 붉어졌다. 생각해 보니 과연 그는 지난 밤 밀문 사왕의 사자를 만날 상황이 아니었다. 그는 초저녁부터 술판을 벌여 인사불성인 채로 성도에서 가장 아름답다는 두 명의 기녀를 품고 잠에 떨어졌던 것이다.

그런 상황에서 어찌 밀문 사왕의 사자가 사왕의 말을 전할 수 있었을 것인가.

"음… 하긴 그렇긴 하구려. 내 어젯밤 오랜만에 과음을 했으니……."

말을 하면서도 모잠 스스로 부끄러움을 느끼고 있었다. 그
의 술자리는 하루가 멀다 하고 이어지고 있기 때문이었다. 그
러나 타유는 그런 모잠의 즐거움을 탓할 생각은 없었다. 그로
서야 모잠이 주흥에 빠질수록 자신의 일을 해나가는 데 유리
하기 때문이었다.

"그래, 사왕은 언제 온다고 했소이까?"

"닷새 뒤에 온다고 하더이다."

"음… 이번에는 얼마를 준비하라 하더이까?"

"금자 이만오천 냥을 준비하라 하더이다."

"이만오천 냥이라……. 다른 때보다 오천 냥이 늘었군. 왜
일까?"

모잠이 고개를 갸웃하며 중얼거렸다.

"그는 아마도 장주의 마음을 시험해 보려는 것 같소이다."

"날 시험한다니 그게 무슨 말이오?"

모잠이 걱정스런 표정으로 물었다.

"장주께서 자신을 어찌 생각하는지 그 마음을 알아보겠다
는 것이오. 즉 지금까지보다 오천 냥을 더 요구한 후 아무 말
없이 금자를 건네면 장주가 지금까지처럼 자신을 모가장의 실
질적인 주인으로 인정한다고 생각할 것이고, 만약 금자가 많
다고 이의를 달면 장주의 마음이 자신에게 있지 않다고 생각
할 것이오."

"모가장의 주인은 그가 아니라 나요!"

모잠이 기분이 상한 듯 말했다.

"물론 그렇지요. 그러나 과연 그도 그리 생각하겠소? 지난 십수 년 동안 밀문 사왕은 모가장에서 장주 위에 군림했소. 자신의 도움으로 모가장이 무림의 거파로 성장했다고 믿기 때문이오. 금석촌만 해도 그렇소. 그는 금석촌이 모가장의 것이 된 일은 자신의 힘 때문이라고 생각할 거요. 물론… 그 말이 아주 틀린 말은 아니지만 말이오."

"음… 그건 잘못된 생각이오. 어찌 그 모든 것이 그의 공이란 말이오. 그는 그저 모가장이 성장하는 데 한 손을 거들었을 뿐이오. 그가 아니더라도 모가장은 충분히 강호의 강자가 되었을 것이오. 그리고… 비록 그의 생각대로 모가장이 그의 도움으로 성장했다 해도 이제는 더 이상 그의 도움이 필요없소. 그런데 내가 왜 그에게 충성을 다해야 한다는 말이오. 난… 밀황을 직접 만날 생각이오."

모잠이 다부진 표정을 말했다.

"밀황을 말이오?"

타유가 짐짓 생각지도 못했던 일이라는 듯 되물었다.

"그렇소. 사실 그동안 좌호법께는 말씀드리지 않았지만 아버지와 난 사왕을 벗어나 밀황을 직접 상대할 생각을 하고 있었소. 밀황의 신임을 얻어내기만 한다면 사왕은 우리 모가장에 필요없는 존재요."

"물론 그렇기는 하지만 지금으로선 사왕의 도움이 있어야만 밀황을 만날 수 있지 않겠소?"

"물론 그렇기는 하지만……."

"그럼 일단 이번에는 사왕의 요구를 들어주기로 합시다. 대신 우리도 한 가지 조건을 내겁시다."

"무슨 조건 말이오?"

"이 기회에 밀황을 만날 수 있게 해달라고 말이오. 명분도 좋지 않소이까? 새로 모가장의 장주가 되셨으니 밀황께 인사를 올려야 한다고 하면……."

"음, 그것 좋은 생각이오. 오천 냥을 더 내놓는 대신 밀황을 만날 수 있다면 손해나는 장사가 아니지. 일단 밀황을 만나기만 하면……."

모잠이 눈빛이 영활하게 돌아갔다. 타유로서도 이 일은 매우 중요했다. 그도 이제는 밀황을 만날 때라 생각하고 있었다. 모가장에서는 더 이상 얻을 것이 없었다. 훗날 한순간에 모가장을 몰락시키면 그것으로 족한 일이다. 이제 모가장의 쓰임새는 그를 밀황에게 인도하는 사다리가 되는 것뿐이었다.

"일단 사왕을 최대한 정중하게 맞이합시다."

"좋소이다. 이번 기회에 반드시 밀황을 만나도록 합시다."

모잠이 얼른 눈빛을 빛내며 고개를 끄덕였다.

모가장에 그 누구의 접근도 허락하지 않는 공간이 한 곳 있다. 모혼이 장주이던 시절에도 그곳은 모혼의 허락 없이는 누구도 접근하지 못했다. 모가장의 북쪽 후원 깊숙이 자리한 그곳을 사람들은 천원이라 불렀다.

기화이초가 사시사철 만발하고 한 번 들어가면 다시는 나오고 싶지 않은 아름다운 곳이어서 천원이라는 이름이 딱 들어맞는 장소였다. 그곳으로 타유와 청풍이 걸음을 옮기고 있었다.

두 사람이 빠르게 천원에 접근하자 한 사내가 불쑥 천원의 입구에서 튀어나와 두 사람 앞을 가로막는다. 눈에 익은 자다. 며칠 전 밀문 사왕의 방문을 알리러 왔던 밀문 사왕의 수하다.

"오셨소이까?"

사왕의 수하가 도도하게 두 사람을 맞이한다.

"안에 계시오?"

"기다리고 계시오."

"장주는?"

"장주는 나중에 만나시겠다 하시오."

"음… 그가 의심할 터인데……."

타유가 걱정스레 말했다. 그러자 사왕의 수하가 말했다.

"그가 의심을 한들 그게 무슨 상관이오?"

다분히 모잠을 경시하는 말투다. 또한 그의 말속에는 타유 역시 그의 눈에는 대수롭지 않아 보인다는 의미가 내포되어 있다. 노련한 타유가 그의 속내를 모를 리 없다. 타유가 가만히 고개를 끄덕였다.

"하긴 사왕께서 그의 의심을 신경 쓰실 분은 아니지. 들어갑시다."

"이쪽으로 오시오."

사왕의 수하가 타유와 청풍을 천원 안쪽으로 이끈다. 그러자 두 사람의 눈에 아름다운 정원의 모습이 들어온다. 세상 어디서도 보지 못한 화려한 정원이다. 타유가 모가장을 좌우하는 지위에 올랐지만 천원에 들어와 보는 것은 이번이 처음이었다.

　'사왕이 모가장을 포기하지 않으려는 이유는 이 정원만 보아도 알 수 있다. 누가 이런 정원을 포기할까. 모가장이 자신의 품을 떠난다면 결국 이 정원도 다른 사람의 것이 될 터인데…….'

　모가장은 아마도 사왕에게 보석과도 같은 존재일 터였다. 자기 스스로를 만족시키고, 또한 다른 사람에게 자신의 가치를 더해주는 그런 보석, 그러니 모가장의 장주들이 다른 생각을 품는 것을 크게 경계할 수밖에 없을 것이다.

　"서두르시오."

　잠시 정원의 정취에 취해 있던 타유에게 재촉하는 목소리가 들렸다. 그를 안내하는 사왕의 수하의 말이다. 순간 타유가 걸음을 멈췄다. 서두르라는 말에 아예 걸음을 멈춰 버리자 사왕의 수하가 짜증이 난 듯한 표정으로 타유를 바라본다.

　"그런데 그대의 이름은 뭐요?"

　타유가 걸음을 멈춘 채 물었다.

　"그건 왜 묻소?"

　사왕의 수하가 이제는 화가 난 듯 말했다. 그러자 타유가 번개처럼 검을 뽑았다.

"난 내가 죽인 사람의 이름 정도는 알아두는 편이지!"

한순간 아름다운 정원에 피가 튄다. 사왕의 수하가 한 팔을 부여잡고 신음을 흘린다.

"으으!"

"이름이 뭐요?"

타유가 다시 물었다.

"네, 네놈이?"

순간 타유의 발이 사내의 가슴을 찼다.

퍽!

"악!"

사내가 비명을 지르며 잘 가꿔진 꽃밭에 나뒹굴었다. 그러면서도 수십 년 몸에 익은 무공이 그의 몸을 번개처럼 일어서게 만든다.

"이, 이게 무슨 짓이냐? 사왕님을 배신하겠다는 것이냐?"

"내가 언제 사왕님을 배신한다고 했느냐?"

"그럼 왜 이런 짓을 하는 것이냐?"

"내가 모시기로 한 분은 사왕님이시지, 너 같은 놈이 아니다. 너처럼 사왕님의 이름을 빌어 호가호위하려는 놈은 사왕님을 위해서도 죽이는 것이 좋아. 네놈이 사왕님의 이름으로 다른 사람을 업신여긴다면 어느 누가 사왕님의 곁에 머물겠느냐? 그러니… 네놈을 죽인다고 해도 사왕께서 날 탓하지는 않으실 게다!"

타유가 다시 검을 들어 올렸다. 이번에는 정말 사내의 목을 벨 기세다. 그런데 그때 멀리서 밀문 사상 이퀄령의 목소리가 들려온다.

"우 대협은 내 체면을 보아 그만해 주시게."

이퀄령의 목소리가 들리자 타유가 검을 거두며 이퀄령이 나타난 쪽으로 시선을 돌린다. 어느새 이퀄령이 좌우에 두 명의 수하를 대동하고 타유가 있는 곳으로 다가오고 있었다.

"사왕을 뵈옵니다."

타유가 이퀄령을 향해 정중하게 고개를 숙여 보였다. 그 옆에서 청풍도 말없이 고개를 숙인다.

"음, 어서 오시오. 우 대협의 손속이 제법 독하구려."

이퀄령이 슬쩍 한 팔이 베인 채 서 있는 수하를 보며 말했다.

"어찌하여 저런 하찮은 자를 곁에 두시는 겁니까?"

타유는 비록 사왕의 사람이 되기로 했지만 그 행동에선 비굴함을 찾을 수 없다. 그 모습이 사왕에게는 좀 더 믿음직스럽게 보이는 듯했다. 아부하는 자들에게 둘러싸여 있다가 사람다운 사람을 얻은 듯한 느낌을 받는지도 몰랐다.

"하하, 그러게 말이오. 하지만 어쩌겠소. 세상에 사람은 많지만 제대로 된 자들은 드무니. 하지만 그래도 이 아이들은 수십 년 날 보필해 내게 제법 많은 도움을 준 아이들이니 그만 검을 거둬주시구려."

"명이시라면 그리하겠습니다."

타유가 순순히 검을 거뒀다. 그러자 이퀄령이 팔이 잘린 수하를 보며 말했다.

"좌호법께 무례의 용서를 빌고, 목숨을 살려준 것에 감사드려라."

이궐령의 명에 한 팔이 잘린 무사가 당황한 빛을 보이다가 그 자리에 무릎을 꿇었다.

"우 대협께 사죄드립니다. 그리고 목숨을 보전해 주신 것을 감사드립니다."

"이름이 뭐요?"

타유가 다시 물었다.

"섬량이라 하옵니다."

"섬량, 내 한 가지 당부하리다."

"말씀하십시오."

무사 섬량이 고개를 깊이 숙인다.

"대저 주인을 모시는 자는 항상 말과 행동을 조심해야 하는 법이오. 왜냐하면 그 행동 하나하나가 곧 주인의 행보에 영향을 미치기 때문이오. 그대나 나나 사왕 어른이 군림천하 하는 데 힘을 보태기 위해 있는 사람들이오. 그런데 우리가 본분을 잃고 사왕 어른의 위세를 빌어 다른 사람을 무시하고 핍박한다면 어찌 사왕께서 사람을 모아 큰일을 도모하겠소. 내 오늘 그대를 베려 했던 것은 바로 그 때문이오. 이제 내가 검을 든 이유를 알겠소?"

"제가 모자람이 많습니다."

"이제라도 그 이치를 깨달았다면 되었소. 솔직히 말해 난 그저 사왕께서 밀문의 네 왕 중 하나로 계실 것이라면 지금이라도 사왕 어른을 떠날 것이오. 그러나 사왕 어른의 꿈은 더 먼 곳, 더 높은 곳에 있고, 나 역시 그런 사왕 어른의 그림자가 되어 더 높은 세상으로 가려 하오. 그러니 우리 힘을 모아 사왕 어른을 보필합시다."

"명심하겠습니다."

"내 말을 들어주어 고맙소. 이건… 몸을 회복하는 데 도움이 될 것이오."

타유가 품속에서 환약이 담긴 작은 주머니를 꺼내 섬량에게 건넸다. 그러자 섬량이 조심스럽게 환약 주머니를 받았다. 그렇게 섬량을 타이른 타유가 이궐령을 향해 정중하게 허리를 굽혔다.

"사왕께 사죄드립니다. 제가 마음이 급한 편이라 사왕님의 허락도 받지 않고 사왕님의 사람을 상하게 했으니 그 죄가 큽니다. 부디 벌을 내려주십시오."

그러나 사왕 이궐령이 타유에게 벌을 내릴 리 없다. 그는 이미 그를 깊이 신뢰하고 있었다. 더군다나 타유는 사왕 자신의 성공만이 아니라 그 성공에 기댄 스스로의 성공도 언급했기에 더욱 신뢰가 가는 이궐령이었다.

"아니오. 아니오. 이 모든 것이 다 나를 위해 한 일인데 어찌 책을 하겠소. 오히려 난 오늘에서야 우 대협의 진심을 제대로 알게 되었소. 내가 정말 운이 좋은 모양이오. 우 대협과 같은 사람을 얻게 되다니. 자자, 안으로 들어갑시다."

사왕의 태도가 극진하기 이를 데 없다. 그런 사왕의 모습을 보며 뒤쪽에서 이 모든 광경을 지켜보고 있던 청풍이 혀를 내두른다.

'아버님은 모잠의 마음을 얻어 모가장을 손에 넣으시더니, 이젠 사왕의 마음을 얻어 밀문을 손에 넣으려 하시는구나. 도검을 쓰는 살수는 하수고, 머리를 쓰는 살수는 상수라더니 과연 아버지의 가르침이 틀리지 않구나. 이렇게 되면 밀황을 만나는 것은 크게 어려움이 없겠어.'

청풍이 이런저런 생각을 하며 조심스럽게 타유의 뒤를 따랐다.

"그를 밀황에게 소개한다?"

사왕이 고개를 갸웃한다. 탐탁지 않은 표정이다. 타유가 그 마음을 모를 리 없다. 이궐령은 모가장을 오로지 자신만이 통제하고 싶어 한다. 지금의 모가장을 만든 사람이라는 생각이 강한 이궐령이다.

"전대 장주라면 모를까. 새 장주는 경계하실 필요가 없습니다."

"전대 장주와 무엇이 다르오?"

"그의 사람됨이 전대장주의 반에도 미치지 못합니다."

"음… 그러나 그런 자일수록 밀황께는 좋은 사냥개가 될 것이오."

"물론 그렇기는 하지만 그래도 한계라는 것이 있지요. 전대 장주는… 사왕 어른을 넘어 밀문의 권력을 노리려 했던 자입니다."

"가소로운 일이지."

이궐령이 혀를 찼다.

"반면 새 장주는 그런 욕심은 있을 테지만 능력은 미치지 못하는 자입니다. 또한 두려움이 많은 자지요. 제가 통제할 수 있습니다."

"음… 그대가 곁에 있다는 것이 다른 점이긴 하오."

이궐령이 고개를 끄덕인다.

"그를 밀황께 소개하면 세 가지 이점이 있습니다."

"무엇이오?"

"첫째, 밀황님의 견제를 약화시킬 수 있습니다. 둘째 잘만 계획한다면 오히려 이번 기회에 모가장에 대한 사왕님의 권리를 공인받을 수 있을 것입니다. 셋째 모가장주에게 밀문의 무서움을 제대로 보여주어 그가 쓸데없는 욕심을 부리지 않고 사왕 어른의 충실한 수족이 되게 만들 수 있을 겁니다. 그리고 이제 세월이 많이 흘렀습니다. 언제까지 모가장을 밀문에서 떨어뜨려 놓을 수는 없는 일이지요. 그래서는……."

타유가 말꼬리를 흐린다. 이궐령 역시 뒷말은 듣지 않아도 짐작할 것이다. 밀황의 의심을 살 테고, 자칫하면 밀황의 독수에 당할 수도 있다.

"좋소. 그럼 한 번 이 일을 성사시켜 보겠소."

"현명하신 판단이십니다."

타유가 정중하게 고개를 숙여 보인다. 그러자 이궐령이 신중한 어조로 말했다.

"이번에 밀황을 만날 때는 우 대협도 함께 가십시다."

"저도 말입니까?"

기다리고 있던 바지만 마음을 드러낼 수는 없다.

"지난번에 말했지만 밀문 내에서 내게 힘이 되어줄 사람이 필요하오. 지금쯤이면 그대도 밀문에 들어 자리를 잡아줘야 하오."

"알겠습니다. 그리하겠습니다."

타유가 거절할 이유가 없다.

"지금부터 밀문은 격랑의 시절로 빠져들게 될 거요. 몇 년 뒤에 거대한 장이 설 거요. 천하를 거래하는 장. 그 거래에서 제대로 장사를 한다면 우린 천하를 갖게 될 거요. 물론 그 전에 피비린내 나는 전쟁을 치러야겠지만."

이궐령의 얼굴에 야망이 드러난다. 숨길 수 없는 원초적인 야망, 세상의 모든 것 위에 군림하겠다는 야망이다.

"언제 밀황을 뵙게 될까요?"

타유가 물었다.

"늦어도 한 달 안에 자리를 마련하겠소."

"밀문으로 가는 것입니까?"

"하하, 우 대협은 아직 모르고 있었소. 세상에 밀문의 거처는 없소. 밀황이 있는 곳이 바로 밀문이라오. 아, 물론 곤륜 너머에 밀문의 발상지가 있기는 하오. 그곳에서 간혹 대집회가 열리기는 하지만 그곳이 밀문의 본거지는 아니라오."

"그렇군요. 그래서 그들이 그토록 밀문의 본거지를 찾으려 해도 드러나지 않았던 것이군요."

"의천맹을 말하는 것이오?"

"그렇습니다."

"흠, 그들이 제법 대단하기는 하지. 지난번 화산의 문도 청덕음이라는 자가 죽은 삼왕의 휘하로 잠입해 본 문이 의천맹에 심어둔 간자들의 명단을 빼낸 일이 있었소. 물론 그는 죽었지만 결국 의천맹에 심어둔 자들도 여럿 상했지. 그 일로 삼왕도 죽임을 당하고. 물론 그들에게 죽지 않았다면 밀황께 죽었겠지만……."

"의천맹과는 지금 어떤 상태입니까?"

조금 깊은 물음이다. 이는 밀문과 연관된 질문이기에 만약 이궐령이 타유를 경시하거나 혹은 경계한다면 이 질문에 대한 답을 하지 않을 것이다. 그러나 이궐령은 순순히 타유의 질문에 답을 해줬다. 그가 온전히 타유를 믿기 시작했다는 의미다.

"서로 자극하지 않은 상태요. 삼왕이 죽을 때 의천맹의 종자들도 제법 많이 죽었소. 이후 우리 밀문도 문도들에 대한 점검을 다시 했고, 의천맹도 청덕음이 빼낸 본 문 간자들의 명단으로 의천맹 내에 들어 있는 본 문 형제들을 거의 모두 죽였지. 해서 서로 전의가 돋기는 했는데 막상 싸울 수가 없었다오. 서로 간의 움직임을 더 이상 파악할 수 없었던 것이지."

"그랬겠군요. 그런데 밀황께서는 의천맹에 대해 크게 걱정하지 않으시는 것 같군요. 아무런 조치를 취하지 않으신 걸 보면……."

"뭐, 이리저리 사람을 부려 알아보고는 계시겠지. 그러나 딱히 그들에게 집중하는 것은 아니오. 사실 밀황께 관심이 있는 것은 의천맹 따위가 아니니까. 그리고 의천맹은 혈막의 모든 문파가 함께 감당할 일이지. 우리 밀문만이 상대해야 할 상대는 아니오."

다시 혈막의 이름이 거론됐다. 타유는 그 이름만으로 이상하게도 소름이 돋는다.

"혈막이라시면……?"

타유가 짐짓 모른 체 되묻는다.

"아, 그대는 모르고 있었겠구려. 간단히 말하면 이렇소. 밀문은 혈막이라는 한 나무에서 뻗어 나온 다섯 가지 중 한 가지요. 우리는 그 다섯 줄기를 혈막오류라고 부르는데 그 힘을 일통하는 자가 천하를 얻게 될 것이오."

"아, 그렇군요."

"모든 것은 혈막의 새로운 주인이 정해진 뒤에 이뤄질 것이오. 누가 혈막의 주인이 되느냐에 따라 우리의 운명도 결정되겠지. 지금 그래서 오류의 문도들이 혈막의 새로운 주인을 정할 이 년여 후의 혼돈시를 위해 온 힘을 모으고 있다오. 아, 혼돈시는 오류의 수뇌들이 모여 혈막의 막주를 정하는 집회라오. 혼돈시에 참여하려면 오류에서 인정한 자격이 있어야 하는 그 자격을 증명하는 것이 혈시라는 것이오. 그리고 이제 곧 혈시가 풀릴 것이오. 그러니 우리 밀문으로서는 의천맹을 상대하고 있을 여유가 없소. 오히려 그들과 겨루다가 본 문의 힘이 약화되면 혼돈시에서 기회도 잡지 못할 테니 말이오."

이궐령의 말에 타유가 고개를 끄덕여 대답을 대신한다. 그러자 이궐령이 다시 입을 열었다.

"혈막의 주인이 결정되면 제일 적은 당연히 의천맹이 될 것이오. 그리고 내 장담하건대 의천맹은 채 반년을 버티지 못하고 강호에서 사라지게 될 것이오. 구파와 사대세가가 힘을 모았다고는 하나 혈막에 비하면 날파리와 같은 존재들이지."

이궐령에게서 도도한 자신감이 드러난다. 타유는 다시 한번 태초의 암흑처럼 깊게 느껴지는 혈막오류라는 존재에 대해 두려움을 느꼈다. 그 암흑 속에서 과연 자신과 청풍이 원하는 것을 얻을 수 있을까. 모혼을 죽인 지금 그저 모가장을 멸하는 것으로 복수를 끝낼까 하는 생각조차도 들 지경이었다.

그러나 타유는 또한 알고 있었다. 밀문과 혈막이 건재한 이상 금석촌의 자립 또한 이뤄질 수 없다는 것을. 그리고 한발을 혈막이라는 물가에 담근 이상 그 검은 호수에서 벗어날 수 없을 것임을.

'끝을 봐야 끝이 나는 일이지. 그것이 강호지.'

타유의 마음이 씁쓸하다. 그러나 그 마음을 밖으로 드러낼 수는 없다.

"한 시진 뒤에 새 장주를 보겠다."

문득 이궐령이 고개를 돌려 자신의 수하들에게 말했다. 그러자 그중 한 명이 고개를 숙여 보이고는 자리에서 벗어났다. 아마도 모잠에게 이귈령의 말을 전하러 가는 것일 터였다.

"우 대협도 그때 다시 봅시다."

이귈령의 표정이 한결 부드럽다. 그러자 타유와 청풍이 정중하게 고개를 숙여 보이고는 이귈령 처소를 벗어났다. 그들의 뒤를 이귈령의 수하 중 한 명이 따라 천원 밖까지 배웅했다.

"두려워요."

그들을 배웅한 이귈령의 수하가 사라지자 청풍이 말했다.

"나도 두렵구나."

타유가 대답했다.

"그래도 멈출 수 없는 길이지요?"

"이미 물가에 발을 담갔다."

"기왕에 발을 담갔으니 시원하게 물놀이를 해볼밖에 없군요."

청풍이 빙그레 미소를 지었다.

"대견하구나."

타유가 청풍의 어깨에 손을 올리며 흐뭇하게 말했다.

사왕 이귈령을 만나고 나온 모잠은 한껏 흥분되어 있었다. 그는 이귈령의 처소에 물러난 이후에도 근 한 시진 가까이 타유를 붙들고 열변을 토했다.

밀황을 만나 정식으로 밀문의 일원으로 인정받으면 사왕을 넘어서 밀문의 이인자가 되겠다는 포부는 시작일 뿐이었다. 그는 은연중에 밀문조차도 자신의 손에 넣고 말겠다는 욕심도 드러냈다. 타유가 보기에는 가소로운 일이었으나 그 욕심이 타유에게 나쁠 것은 없었다.

타유는 흥분한 모잠에게 장단을 맞추느라 늦은 시간에야 처소로 돌아왔다. 처소로 돌아온 타유의 표정이 지금까지와는 확연하게 변했다. 이럴렁이나 모잠의 야망에 장단을 쳐주던 타유는 사라지고 살수 타유만이 남아 있었다.

"생각보다 일이 수월해요."

청풍이 타유의 뒤를 따라 들어오며 말했다. 그러자 타유가 고개를 끄덕였다.

"그렇구나. 욕심을 내는 사람을 움직이는 것은 쉬운 일이지."

타유가 모잠이 그들 두 부자에게 내어준 작은 독채의 문을 열었다. 독채 안쪽에 작은 정원이 있고, 동서북 삼면에 다섯 개의 방과 하나의 대청이 있는 집이다. 남쪽은 들어가는 문과 좌우로 제법 높은 담이 세워져 있었다.

"오셨습니까?"

타유 부자가 들어서자 두 사람을 맞이하는 사람들이 있다. 금석촌의 대석수 교궁이 은밀히 키운 무사들이었다.

"아직 주무시지 않았소?"

타유가 늦은 시간임에도 자신들을 기다리고 있는 천소관 등을 보며 물었다.

"대협께서 돌아오시지 않았는데 어찌 잠을 자겠습니까?"

"그러지 마시오. 위험한 일로 나간 것도 아니고⋯⋯."

타유는 자신을 마치 청담 대하듯 하는 천소관과 금석촌의 무사들이 불편했다. 타유가 청담의 친구였다는 사실을 아는 순간부터 천소관 등은 타유를 청담의 분신처럼 받들고 있었다.

"그래도⋯⋯. 가셨던 일은⋯⋯?"

천소관 역시 타유가 어떤 성정의 사람인지 이미 파악하고 있었으므로 슬쩍 말머리를 돌렸다.

"음⋯ 일은 우리가 원하는 대로 되어가고 있소."

"그럼 밀황을 만나게 되는 것입니까?"

"그리될 것 같소."

"잘되었군요."

천소관이 고개를 끄덕인다. 그의 눈에 불같은 열정이 보인다. 그러나 그건 이궐령이나 모잠이 보였던 욕망이 아니다. 누군가에 대한 복수심과 금석촌의 자립에 대한 꿈이 어우러진 열정이었다.

"위험해질 거요. 다시 말하지만⋯ 난 그대들이 금석촌의 일에 집중했으면 좋겠소. 이곳에서 천봉당에 들거나 혹은 그들을 대신해 금석촌으로 나갈 수 있다면 자연스레 금석촌의 자립을 이룰 기반이 될 것이오."

그러자 천소관이 얼른 고개를 저었다.

"그 일을 할 친구들은 달리 있습니다. 저흰 대협을 모시겠습니다."

"대석수님의 명 때문이라면 굳이 그럴 필요 없소."

"대석수님 때문이 아닙니다."

"그럼 무엇 때문이오?"

"솔직히 말씀드리자면 그건 순전히 대협 때문입니다. 우린 지난날 금석촌을 모가장의 손에서 해방시키겠다는 일념으로 무공을 수련했지요. 그러나 그 열망으로 무공 수련을 마쳤을 때 우린 깨달았습니다. 우리의 힘만으로는 절대 모가장을 상대할 수 없다는 것을. 이후 저희를 이끌어줄 사람을 찾았지요. 그러나 그 누구도 우릴 제대로 이끌어줄 인물은 아니었습니다."

천소관이 회한이 묻어나는 표정을 잠시 지었다가 말을 이었다.

"우리를 금석촌 밖으로 불러내 무공을 수련하게 해준 아미파의 묘심사태님 역시 마찬가지였습니다. 그분에게는 물론 우리 금석촌에 대한 동정심이 있었지만 그렇다고 아미파나 의천맹의 이득을 포기할 정도는 아니셨지요. 그런데… 대협은 다릅니다. 대협께서는 어디에도 얽매이지 않은 분이시지요. 온전히 우리 금석촌을 위해 함께해 주실 분입니다."

천소관의 말이 잠시 끊기자 연이어 다른 무사 한 명이 나섰다. 그는 교교라는 사람이었는데 기실 남장을 한 여인으로 비록 여인이기는 하지만 금석촌의 무사들 중 가장 뛰어난 무공과 강단을 지닌 사람이기도 했다.

"천 사형께서 말씀하신 것이 전부는 아닙니다."

"그럼 또 다른 이유가 있소?"

타유가 물었다. 그러자 교교가 신중한 표정으로 대답했다.

"우리가 비록 금석촌의 자유를 위해 무공을 수련하기는 했으나 이미 십수 년 무공을 수련하는 동안 각자 한 명의 무인으로서 자부심도 생겨났습니다. 그런데 대협께서는 그 무인으로서의 자부심을 지켜내 주실 분 같습니다."

"왜 그렇게 생각하시오?"

"남서 삼성의 패자라는 모가장의 장주, 그리고 그 모가장을 뒤에서 움직이는 밀문의 사왕… 중원 상계의 전부랄 수 있는 상원의 고수들… 그 모든 사람들을 대협께선 두려워하지 않으시지요. 오히려 그들을 대협의 뜻에 따라 움직이는 사람들로 만드셨습니다. 그리고 대협께서는 그곳이 비록 지옥일지라도 더 큰 세상을 향해 가고 계십니다. 무인이라며 어찌 이런 길에 동행하길 원치 않겠습니까?"

그러자 타유가 살짝 얼굴을 찌푸린다.

"야망이… 있는 거요?"

"세상의 권세에 대한 야망은 없습니다. 그러나 무공을 수련한 이상 무인의 야망은 남아 있지요. 강자들을 만나고 그들과 검을 섞고 싶습니다. 부디 우리의 청을 거절치 말아주십시오. 우린 이미 금석촌에서 쇠를 만지고 살아가기엔 너무 오래 검을 만진 사람들입니다."

교교의 말에 타유가 나직한 탄식을 흘린다. 이들은 어느새 금석촌의 쇠쟁이들이 아니라 강호의 무인이 되어 있었던 것이다.

"정 그리해야 하겠소?"

"그리하겠습니다."

다섯 모두가 대답했다. 그러자 타유가 고개를 끄덕인다.

"좋소. 그럼 한 번 같이 가봅시다. 밀문이… 혈막이 얼마나 무섭고 대단한 곳인지 함께 가봅시다."

"감사합니다, 대협!"

천소관 등이 일제히 타유에게 고개를 숙여 보인다. 그러자 타유가 빙그레 미소를 지으며 대답했다.

"사실 나도 그대들의 동행이 반갑다오. 위험한 길이기에 그대들의 동행을 만류했지만 나와 풍 둘이 가기엔 외로운 길이어서, 나도 고맙소!"

타유가 다섯 사람에게 정중하게 포권을 해 보였다. 그러자 천소관 등이 당황하며 재차 허리를 숙인다. 그러자 타유가 재차 말을 이었다.

"그러나 이건 명심하시오. 우리에게 주어진 제일의 책임은 금석촌의 자립이 되어야 하오. 필요하다면 난 언제든 그대들을 금석촌에 보낼 것이오. 단, 금석촌에 영원히 머물라는 말을 하지 않겠소. 그대들이 금석촌 밖의 삶을 원하는 것을 존중하겠다는 뜻이오."

"대협의 뜻에 따르겠습니다. 금석촌에 가야 한다면 언제든 갈 것입니다. 우리 고향인 것을요."

"또한 이번에 밀황을 만나는 곳에는 동행하지 못할 거요. 사왕이 지목한 사람 이외의 동행은 허락지 않을 테니까."

"알겠습니까. 그때까지 모가장에서 할 일을 찾아보지요."

교교가 대답했다.

"좋소. 밤이 깊었소. 오늘은 그만 쉬시구려. 내일부터 준비할 것이 많을 것이오."

타유의 말에 천소관 등이 기꺼운 표정으로 자신들의 방으로 들어갔다.

"다행이에요."

천소관 등이 방으로 들어가자 청풍이 말했다.

"뭐가?"

"아버지가 그들을 받아주셔서요."

"흠… 어쩔 수 없는 일 아니냐?"

"이런 생각을 했었어요."

"말해 보거라."

"우리가 상대할 자들은 모두 자신의 세력을 가지고 있죠. 모잠도, 사왕도, 밀황도 그리고 혈막에 들면 반드시 만나게 될 아버지의 그 천살문의 문주도. 그런 자들을 상대하려면 우리에게도 사람이 있어야겠다는 생각이오."

"그들을 그런 마음으로 받아들인 것은 아니다."

"물론 알아요. 하지만 그래도 큰 힘이 될 거예요."

"좀 더 수련할 필요가 있어."

"그런가요? 제가 보기엔 이미 그분들의 무공은 완성된 것처럼 보이던데……."

"좋기고 하고 나쁜 말이기도 하구나."

"……?"

"그들의 무공이 완성되었다면 기쁜 일이지만 그 완성된 무공이 절대의 경지에 이르지 못했으니 나쁜 일이기도 하지 않느냐? 다른 말로는 한계에 도달했다는 뜻이 되니까. 그들의 무공으로 과연 밀문의 고수들을 얼마나 상대할 수 있을까?"

타유의 말에 청풍의 표정이 금세 어두워졌다. 그러자 타유가 다시 말을 이었다.

"나도 네 말에 동의는 한다. 그들은 자신들이 할 수 있는 노력을 다했다는 말이지. 그래서 내가 그들에게 가르쳐줄 것은 무공이 아니다. 단지 그들의 도검을 좀 더 날카롭게 만들어주겠다."

"살법을 전수하겠다는 건가요?"

"살아남기 위해 필요한 일이지. 무인으로서는… 어떤 기연이 있기를 바라야지. 사람이 할 수 있는 수련은 다 한 것 같으니. 들어가자."

타유가 가볍게 청풍의 어깨를 두드렸다.

모가장에 기이한 열기가 감돌았다. 그러나 몇 명의 수뇌를 제외하고는 그 이유를 알 수는 없었다. 사람들은 그저 장주 모잠의 행동과 표정에서 그리고 일부 수뇌들의 얼굴에서 모가장에 중요한 변화가 일어나고 있다는 것을 감지했을 뿐이다. 그리고 그 원인 모를 변화에 자신들도 흥분하기 시작했다.

모잠이 좌호법 우검 등과 함께 장원을 나선 것은 그로부터 보름 후의 일이었다.

*   *   *

"우검이라… 호기심이 동하는 자군."

노인은 회색 장삼을 걸치고 있었다. 조금 마른 듯하지만 또 어찌 보면 노인치고는 강건한 몸을 지닌 자다. 노인이 앉아 있는 곳은 장강의 본류에서 뻗어 나온 지류가 바라보이는 바위 위였다.

그리고 멀리 그의 발아래 커다란 배가 떠 있었다. 적어도 오십 인은 능히 타고 남을 배다. 배는 온통 검은색으로 칠해져 있었는데 갑판 위를 두른 방책도 높아 그 안이 전혀 보이지 않았다.

"사왕의 전언에 의하면 무척 날카로운 자라고 합니다."

노인의 곁에서 날카로운 인상의 또 다른 노인이 대답했다.

"밀왕이 인정을 한 자라면 쓸 만하겠지."

"어찌 모가장주보다 그자에게 더 관심을 두시는 건지요?"

그의 발아래, 조금 낮은 바위 위에 서 있던 여인이 고개를 들어 노인에게 물었다. 여인은 사십대 중반으로 보이는데 비록 얼굴에 주름이 지긴 했지만 피부는 백옥처럼 하얗고, 얼굴은 복사꽃처럼 환하다. 언뜻 보면 이십대의 갓 피어나는 젊은 여인과 같은 모습이다.

"오왕, 그가 모잠이라는 아이를 모가장의 장주로 만든 사정은 나도 자세히 알고 있어. 사실 지금 모가장의 주인은 모잠이 아니라 우검이라는 그자야. 더군다나 내가 모잠은 좀 알지. 그는 용렬한 자야."

"그를 만나신 적이 있으십니까?"

여인이 깜짝 놀라 물었다. 그러자 노인이 고개를 저었다.

"아니, 그를 만난 적은 없네. 하지만 나에게도 강호를 살피는 귀가 있고, 눈이 있지. 그 눈과 귀를 통해 그에 대해 들었네."

노인의 말에 여인도, 앞서 노인과 이야기를 나눈 또 다른 노인도 두려운 빛을 보였다. 두 사람은 그제야 노인이 누구인지 새삼스레 깨달은 것이다.

"모잠은 절대 모가장의 주인이 될 그릇이 아니야. 운이 좋아 모가장의 주인이 됐더라도 모가장을 쇠락시킬 위인이라고 보고를 받았지. 그런데 그런 자가 제법 똑똑하다고 알려진 아우 모광과 그 어미 종청영을 이기고 결국 모가장의 주인이 되었단 말이야. 이후에도 모가장은 몰락할 기미가 보이지 않고 있네. 제법 모가장을 잘 이끌고 있다는 말이지. 없던 재능이 생길 리 없고, 이유는 단 하나 그의 곁에 우검 그자가 있다는 것이지. 모잠은… 그저 허수아비일 뿐이야. 이미 모가장은 실질적으로 우검의 손에 들어왔어. 그러면서도 그자는 자신의 욕심을 전혀 드러내지 않고 있네. 그러니 내가 어떻게 그런 자에게 관심을 두지 않을 수 있겠나?"

노인이 짐짓 즐거운 일을 기다리는 사람처럼 손을 비비며 말했다.

"욕심이 나시는 모양이군요."

여고수가 말했다.

"당연히 욕심이 나지. 삼왕의 자리가 비었잖은가?"

순간 노인을 상대하던 두 사람이 거의 동시에 고개를 돌려 노인을 바라봤다. 그들의 눈에 경악스런 기운이 담겨 있다.

"지금 삼왕이라 하셨습니까?"

여인이 되물었다. 지금까지 보이지 않았던 모습이다. 반발 심조차 느껴진다. 지금껏 노인을 공경하던 모습과는 사뭇 다른 모습이다.

"왜, 문제가 있나?"

노인이 부드럽게 묻는다. 그러자 여인이 흠칫 몸을 떨었다. 그녀는 노인을 수십 년간 모셔왔다. 그리고 이 노인이 이렇게 부드러운 표정에 부드러운 목소리로 말할 때는 무척 조심해야 한다는 것을 알고 있다.

"문제라기보다는 너무 급작스런 말씀이라……."

"우리 밀문은 본래 그런 문파 아닌가? 자네들도 그렇게 밀문의 오왕이 되었지. 애초부터 밀문에 뿌리를 둔 사람은 일왕 하나뿐이지 않는가?"

밀문 오왕, 거대한 암흑의 세력이 드러나고 있었다. 이들은 바로 밀문의 고수들이었다. 더군다나 그저 평범함 고수들이 아니라 밀문이 다섯 왕에 속한 자들이다. 그렇다면 그들을 이렇게 하대할 수 있는 사람은 밀문에 단 한 명밖에 없다. 바로 밀황이다.

"밀황께서 결정하신 일이라며 당연히 우리는 따르겠습니다. 그러나 그 우검이란 자를 신뢰할 수 있을지는 모르겠습니다. 한 번도 만나신 적이 없지 않습니까?"

다른 노인이 신중하게 말했다.

"이왕의 걱정이 뭔지는 나도 아네. 그래서 오늘 그를 만나는 것 아닌가? 만나보고 결정을 하겠다는 거지. 그리고⋯ 사실 우리 밀문의 형제들이 어디 신뢰로 뭉친 관계들인가? 이득과 야망을 위해 모인 것이지. 아니 그런가, 이왕?"

밀황이 밀문 이왕이라 불린 노인에게 물었다. 그러자 이왕이 머리를 조아렸다.

"지나친 말씀이십니다. 이 늙은이 여선은 오직 밀황께 충성을 다할 뿐입니다."

"저 역시 마찬가지예요. 천녀가 밀문에 든 것은 오로지 밀황께 충성하는 마음에서였습니다."

"오왕도 아부를 하는가?"

"저 탄미가 어디 아부를 하는 사람인가요?"

"후후, 하긴, 오왕은 아부와는 거리가 멀지. 좋아 좋아. 내 어찌 그대들을 믿지 못하겠는가? 우리가 함께한 시간이 벌써 수십 년이야. 그 시간 동안 쌓인 정이 없다고 할 수 없지. 그러나 정은 정이고 일은 일이네. 이제 혼돈시가 얼마 남지 않았어.

밀황의 눈 깊은 곳에서 한 가닥 열기가 느껴진다.

"혈막의 총사가 삼 개월 뒤에 가한산에서 오류의 회합을 요구했네. 아마도 그 자리에서 혈시의 배분이 이뤄질 걸세. 혼돈록에 이름을 올린 자들은 혈시를 받게 되겠지. 하나라도 혈시가 더 필요한 상황이니 그 명부에 오왕의 한 자리를 빼놓을 수는 없는 일이야. 강한 자가 필요해, 충성심보다는 강한 자가. 혈시의 숫자는 많아야 일백. 어떻게든 고수를 문에 들여 일단은 혈시를 확보하는 것이 중요하네. 이후에는 어떤 일이 벌어질 것인지 모두 알고 있겠지?"

"어찌 그걸 모르겠습니까?"

"혈시를 든 자만이 혼돈시에 참여하고 그 자리에서 천하의 향배가 결정된다. 그러니 혈시가 배분된 이후 혈시를 지키고 뺏기 위한 피의 축제가 벌어질 것이야. 그 싸움에서 이기기 위해서라도 역시 강한 자가 필요해. 그나저나 혈시의 배분이 어떻게 이뤄지는 모두 알고 있지."

"오류의 세를 총사가 분별하여 그 세에 따라 혈시를 분배하는 걸로 알고 있습니다."

"그래, 그것이 우리 혈막에서 총사가 가지고 있는 유일하면서도 가장 막강한 권한이지. 어쨌든 그래서 이제는 모가장을 우리 밀문에 들일 때가 된 것이네. 그러자면 역시 모가장의 사람이 밀문 삼왕이 되는 게 필요해. 그런데 아무리 그러해도 삼왕의 자리에 모잠 그 애송이를 앉힐 수는 없는 것 아닌가?"

밀황의 말에 이왕과 오왕이 고개를 끄덕인다.

"듣고 보니 밀황의 말씀이 옳습니다."

이왕 여선이 혈황의 말에 동조했다. 그러자 밀황이 그제야 만족스런 미소를 지으며 말했다.

"일단 그를 만나보자고. 그가 과연 재목이 될지 안 될지 그때 판단하고."

"사왕이 당황하겠군요."

오왕 탄미가 말했다. 그러자 이왕 여선도 맞장구를 쳤다.

"그러게 말입니다. 그는 설마 밀황께서 단번에 그를 삼왕으로 지목하실 거라고는 상상하지 못할 겁니다."

"그런 이유도 있네. 사왕은… 야심이 너무 커. 그는 모가장을 온전히 자신의 손에 넣고 싶어 하지. 이유는 하나, 그 자신이 모가장을 이용해 나를 넘어서고 싶어서야."

"그런 불경한 생각이야 하겠습니까?"

밀황의 말에 여선이 고개를 저으며 말했다. 그러자 갑자기 밀황이 호탕한 웃음을 터뜨렸다.

"하하하! 불경한 생각이라니? 밀문은 강자존의 법칙이 존재하는 문파야. 그 규칙은 언제나 유효해. 그대들 역시 그런 마음이 없다고는 말하지 못할 거야. 하하하!"

밀황의 웃음은 호탕했으니 그 웃음을 듣는 이왕과 오왕의 얼굴은 창백하게 얼어붙었다.

타유와 청풍, 그리고 모잠은 겨우 다섯 명의 수하만 거느린 채 숲과 강을 지나 그들이 모르는 길을 걸었다. 한 장의 지도에 그려진 가는 선이 그들이 의지하는 유일한 길잡이였다.

"얼마나 대단하기에 이런 고생을 시키는 건지!"

모잠이 다시 투덜거린다. 태어나면서부터 모가장의 대공자였던 그는 이런 고생스런 여행은 처음이었다.

물론 그 역시 표국의 아들이었으므로 강호 여러 곳으로 표행을 했으나 그때마다 그의 곁에는 수십 명의 표사와 안락한 마차가 있었다. 그러나 지금은 안락함을 찾을 수가 없는 여행이었다. 그나마 말이라도 타고 가는 것이 다행인 여행길이다.

"얼마 남지 않았소이다."

타유가 달래듯 말했다.

"그는 왜 이렇게 복잡하게 우리를 만나려는 것인지 모르겠소."

"스스로를 존귀하게 만들려는 수작이지 않겠소? 자신을 만나려면 험한 길을 걸어와야 한다는. 유치한 수작이지만 아마도 대부분의 사람들에게는 효과가 있을 거요. 황제들이 장막 뒤에 숨어 그 얼굴을 제대로 보여주지 않은 것과 같은 이치랄까."

"하긴, 그도 밀문의 황제긴 하네요."

뒤따르던 청풍이 농담을 하듯 말했다. 그러자 모잠이 큰 소리로 말했다.

"이거 황제를 만나러 간다고 생각하니 마음이 떨리는구려. 하하하!"

제법 호탕한 웃음이지만 역시 긴장한 마음은 어쩔 수 없는 듯 눈동자가 흔들린다.

산과 산 사이의 계곡을 따라 나오자 제법 넓은 강이 일행의 앞을 가로막는다. 그곳에서 일행이 걸음을 멈췄다.

"여기까지가 지도에 나온 길입니다."

앞서서 길을 안내하던 천무당주 위룽이 뒤를 돌아보며 말했다.

"뭐야. 아무도 없잖아! 누굴 놀리는 건가?"

모잠이 화가 난 듯 말했다. 과연 그들이 도착한 강변에서는 사람의 인기척을 찾을 수 없었다. 지도는 이곳이 끝이니 결국 그들은 헛걸음을 한 것이거나 혹은 그들을 데리러 올 누군가를 기다려야 한다.

"좀 쉽시다."

타유가 모잠과는 달리 걱정없다는 표정으로 강변의 커다란 바위에 올라 엉덩이를 붙이고 앉았다. 그러자 모잠이 성급했던 자신의 행동이 부끄러운지 짐짓 헛기침을 하며 타유의 곁에 올라와 앉았다.

그렇게 일행이 이각여 정도 쉬고 있을 때 갑자기 그들이 쉬고 있던 바위 위쪽에서 한 사람의 목소리가 들려왔다.

"잘들 쉬셨소?"

순간 일행이 화들짝 놀라 고개를 들어 나무 위를 바라봤다. 그러자 검은 무복을 입은 노인이 하늘에서 떨어지듯 툭 일행 앞에 내려섰다. 그의 접근을 아무도 눈치채지 못했으니 그야말로 귀신같은 신법이다.

"반갑소."

노인이 타유와 모잠을 보며 말했다. 그러자 두 사람이 자리를 털고 일어났다.

"뉘시오?"

모잠이 물었다.

"그대들이 기다리고 있는 사람은 한 사람밖에 없지 않소?"

"밀황의 사자시오?"

이번에는 타유가 물었다. 그러자 노인이 깊은 눈으로 타유를 응시한다. 마치 타유의 내장까지 들여다볼 것 같은 기세다.

타유는 순간 노인이 평범한 인물이 아니라는 것을 깨달았다. 그의 눈빛이 도검과 같다. 호의와 악의를 동시에 지닌 눈이기도 하다. 이런 자를 상대하는 것은 여간 까다로운 일이 아니다.

"그렇소. 난 밀황님의 심부름을 온 사람이오."

"밀황은 어디 계신가?"

심부름꾼이란 말에 모잠이 도도한 기운을 드러내며 물었다. 한낱 심부름꾼에게 경직되었던 자신이 부끄러운 모잠이다. 그러나 타유는 달랐다. 타유는 정중한 태도로 노인이 대답을 하기도 전에 입을 열었다.

"밀황께서 보낸 사자시라면 보통 분이 아니겠구려. 노사의 존대 성명을 알 수 있겠소이까?"

타유의 말에 노인의 표정이 살짝 변했다. 타유의 정중함에 반가움보다는 경계심을 드러내는 노인이다.

"역시 명불허전. 모가장의 좌호법이 무공은 강호일절이요, 지모는 공명에 못지않다더니 과연 눈이 좋구려. 난 여선이란 사람이오."

순간 타유가 깜짝 놀랐다. 그는 이미 사왕 이궐령을 통해 밀문오왕에 대해 자세히 들어 알고 있었다. 여선이라면 밀문 오왕 중 이왕의 자리에 있는 사람이다. 신법이 귀신같고, 심기가 표독하여 상대하기라 까다로운 자라 했다. 또한 비도의 달인으로 그를 잘 아는 사람은 탈혼귀라는 별명으로도 부른다는 인물이다.

"이왕께서 직접 나오시다니……. 알아뵙지 못하고 실례를 범했습니다."

타유가 정중하게 고개를 숙여 보인다. 그러자 일이 어찌 돌아가는지 갈피를 잡지 못하고 어리둥절하던 모잠이 잠시 후에야 상대가 밀문 이왕 여선이라는 사실을 알아채고는 재빨리 포권을 한다.

"미처 알아뵙지 못했습니다. 무례를 용서하십시오."

모가장의 장주라고는 하나 밀문 오왕 앞에서는 자신의 지위를 내세울 수 없다.

"흐흠, 되었소, 되었소. 이 보잘것없는 늙은이가 대접을 받아본들 무슨 낙이 있겠소. 자, 갑시다. 내 그대들이 잠시 쉬기를 기다리고 있었다오."

순간 일행의 등에 소름이 돋았다. 이왕의 말대로라면 그는 일행이 강변에 도착했을 때부터 이곳에 있었다는 말이 된다.

모가장에서 온 사람들은 하나같이 고수다.

그런 그들이 이왕 여선의 존재를 깨닫지 못했으니 그의 은 신술이 얼마나 놀라운 것인지 이 한 번의 행동으로도 충분히 알 수 있었다. 그뿐인가. 기다리던 사람들이 왔음에도 모습을 숨기고 있었다는 것은 그의 심기가 무척 음흉하단 의미다. 그 독심이 또한 사람들을 두렵게 한다.

"따르겠습니다."

타유가 훌쩍 바위에서 내려섰다. 그러자 모잠도 얼른 타유 를 따라 땅으로 내려왔다.

"천천히 갈 테니 쉬엄쉬엄 따라오시오."

이왕 여선이 말을 하고는 북쪽을 향해 훌쩍 몸을 날렸다.

이왕 여선의 말은 사실이 아니었다. 그는 결코 천천히 가지 않았다. 시적시적 걸음을 옮기는 것 같으면서도 마치 축지법 을 익힌 사람처럼 한순간에 몇 장씩을 이동하는 여선이었다.

그러니 그를 따라가는 모가장 고수들은 여간 고생이 아니었 다. 단 일각여 만에 호흡이 가빠지고, 이각이 지나자 사람들의 입에서 거친 숨소리가 흘러나오기 시작했다. 오직 타유와 청 풍만이 일정한 호흡으로 여선을 따르고 있었다.

여선은 가끔씩 걸음을 멈추고 뒤떨어진 모가장의 무사들이 따라붙을 때까지 기다려 주곤 했다. 그럴 때마다 그의 시선은 타유와 청풍을 눈여겨보고 있었다.

그러나 여선의 기다림은 길지 않았다. 그는 마치 모가장 무사들의 무공을 시험이라도 하는 듯, 그들이 다가오면 다시 달리고, 그들이 떨어지면 쉬면서 기다렸다. 그러자 결국 지치고만 것은 모가장의 무사들이었다.

그들은 더 이상 여선을 따라가기 힘든 상황에 처하자 뛰기를 멈추고 걷기 시작했다. 그러자 금세 모가장 무사들은 타유와 청풍의 시선이 닿지 않은 곳으로 멀어졌다.

"사람들이 뒤쳐졌습니다. 기다려야 할 것 같습니다!"

모잠을 호위해 그나마 여선의 걸음에 뒤떨어지지 않고 쫓아오고 있던 천무당주 위릉이 여선을 향해 소리쳤다. 모잠은 그런 소리를 할 만한 힘도 남아 있지 않은 듯 보였다. 그러자 여선이 뒤도 돌아보지 않고 대꾸했다.

"밀황을 뵙는 것은 결코 쉬운 일이 아니네. 만약 밀황을 누구나 만날 수 있다면 지금까지 그대들이 만나지 못했을 리 없지. 뒤쳐진 자들은 기다리지 말게. 그들은 밀황을 뵐 자격이 없어. 따라오는 자는 밀황을 뵐 것이고, 따르지 못하는 자는 밀황을 뵐 수 없네."

여선의 차가운 대꾸에 위릉의 말문이 막혔다. 그러자 이번에는 모잠이 숨을 틈을 내어 소리쳤다.

"얼마나 더 가야 합니까?"

"이제부터 일각일세. 그 안에 떨어지지 않는다면 밀황을 뵐 수 있을 걸세."

말을 마친 여선이 다시 신형을 날렸다. 그리고 이번에는 정말로 바람을 가르듯 숲을 달리기 시작했다.

타유와 청풍은 최대한의 공력을 끌어 쓰고 있었다. 여선의 보법은 과연 절륜해서 귀영팔보를 모두 끌어 쓰고도 그를 따르기가 힘들었다. 그러나 여선 역시 타유와 청풍을 온전히 떨어뜨릴 수는 없었다. 두 사람의 귀영팔보가 여선의 보법에 조금 미치지 못하는 듯 보였지만 공력에서는 여선에게 뒤지지 않는 두 사람이었다.

문제가 되는 것은 위릉과 모잠이었다. 그들은 여선이 모든 힘을 쏟아내자 결국 여선에게서 멀어지기 시작했다. 그들로서는 도저히 여선을 따라잡을 수 없었다. 그런데 그런 그들을 타유가 도왔다. 타유는 여선을 따라 달리면서 중간중간 나뭇가지들을 꺾어냈다.

눈치 빠른 위릉은 타유가 자신들을 인도하기 위해 남긴 표시를 놓치지 않았다. 덕분에 모잠과 위릉 역시 포기하지 않고 여선의 뒤를 쫓을 수 있었다.

한순간 여선이 커다란 바위 위로 올라섰다. 그러자 타유와 청풍이 조금 못 미쳐 여선의 옆에 내려섰다. 순간 두 사람의 눈에 강물 위에 떠 있는 검은 배가 보였다.

"다 왔소."

여선이 타유를 보며 말했다.

"저 배에 밀황께서 계시는군요."

"음…… 보통 그러하시지만 지금은 배에서 내려 뭍에 계시오."

"하면 어디에……?"

"잠시 기다립시다. 그대가 남긴 표식을 따라올 사람들이 있지 않소?"

여선이 타유를 보며 빙그레 미소를 짓는다. 마치 타유가 하는 일이 모두 그의 눈 안에 있다는 표정이다.

"저로서야 장주를 놓아두고 갈 수는 없는 일이지요."

"나도 아오. 그대에게 뭐라 하는 것이 아니오. 그저 그들을 기다리자는 말이지."

여선이 타유을 대하는 태도가 한결 부드럽고 정중해졌다. 그 변화의 의미를 지금은 알 수 없었다. 자신을 따라온 타유와 청풍 두 사람의 무공을 인정했기 때문인지, 혹은 다른 이유가 있는 것인지 짐작할 수 없다. 그때 문득 여선이 물었다.

"이 청년이 아들이라 하셨소?"

"그렇습니다."

타유가 대답했다.

"올해 몇이오?"

"이제 스물하나지요."

타유의 말에 여선이 탄성을 흘린다.

"아, 정말 그렇다면 놀라운 일이군. 겨우 스물을 갓 넘긴 사람이 날 따라오다니. 거기에 숨도 거칠어지지 않았어. 도대체 무슨 신공을 수련한 거요? 아니면 영약을 먹었나?"

"이 아이가 무공에 약간 재주가 있지요. 물론 어려서부터 영약도 제법 구해 먹였습니다."

"그렇구려. 정성을 들인 효과가 있는 것 같소. 내가 보기에 이 친구는 몇 년이 지나지 않아 강호에 크게 이름을 떨칠 것이오. 내가 이런 후기지수를 본 적이 없구려."

"아들놈의 버릇이 나빠질까 걱정입니다."

"하하, 아니오. 아니야. 그대의 아들은 충분히 칭찬을 받을 만하오. 아주 욕심이 날 정도로 말이오."

여선의 눈에는 정말 청풍에 대한 욕심이 드러났다. 아마도 여선은 쓸 만한 후계자가 없는 모양이었다. 그때 멀리서 모잠과 위릉이 모습을 나타냈다.

"오는구려."

여선이 흘깃 모잠 등을 보며 말했다. 타유와 청풍을 볼 때와 달리 멸시의 기운이 엿보인다. 이미 모잠의 그릇을 알아보았다는 의미일 터였다.

"후욱후욱!"

모잠과 위릉이 타유 등이 서 있는 곳으로 다가오며 거친 숨을 몰아쉬었다.

"수고하셨소."

여선이 비웃듯 말했으나 모잠과 위릉은 여선의 말투 따위에 신경 쓸 여력이 없었다.

"이왕 어른의 경공은 우리로서는 도저히 따라잡을 수가 없군요. 이 모잠이 오늘 천외천의 무공을 보았습니다.

"후후, 밀문에는 나와 같은 사람이 깨알처럼 많다오. 난 밀문에선 특별한 사람이 아니오."

"그런가요? 역시 밀문이군요."

모잠이 밀문에 대한 경외심을 숨기지 않고 말했다. 그러자 그런 모잠을 일별한 여선이 길을 재촉했다.

"자, 갑시다. 밀황께서 기다리고 계실 것이오. 이제부터는 천천히 갈 터이니 잘 따라오시오."

여선이 훌쩍 바위에서 내려섰다. 그러자 타유 등이 여선을 놓칠세라 서둘러 그의 뒤를 따르기 시작했다.

타유의 눈에 고목(古木)에서 뻗어 나온 나무 가지가 낮게 드리워져 만든 바위 위 그늘 아래 앉아 있는 노인이 보였다. 마른 체구이기는 하지만 나이에 비해 단단해 보이는 몸을 지닌 노인은 사십 중반의 여고수와 두런두런 이야기를 나누다가 타유 등이 오는 것을 보고는 대화를 끊고 일행에게 시선을 주었다.

'음……!'

한순간 타유가 속으로 탄식을 흘렸다. 자신도 모르게 절망감이 들려고 한다. 그를 바라보는 노인의 눈빛을 보는 순간 느낀 감정이다.

그러나 타유는 살수 시절부터 몸에 익혀온 인내심으로 노인의 시선을 이겨내며 앞으로 걸음을 옮겼다. 겉으로 보면 아무런 충격도 받지 않은 모습이다.

"다녀왔습니다."

노인 앞에 다가선 이왕 여선이 공손하게 입을 연다. 그렇다

면 노인이야말로 밀문의 제왕 밀황이다. 이왕 여선이 고개를
숙일 인물은 오직 그 하나뿐일 테니 말이다.

"수고했네."

밀황이 고개를 끄덕이고는 다시 타유 일행을 둘러본다. 그
러나 이번에는 타유가 처음 느꼈던 그 가공할 기운이 느껴지
지 않는다.

"모두들 이곳까지 오느라 고생했어."

"밀황님을 뵈옵니다."

그나마 밀황의 앞이라 정신을 차리고 있는 사람은 타유가
유일했다. 그가 그 자리에 엎드려 밀황에게 머리를 조아린다.
그러자 청풍과 모잠 그리고 위릉이 잊고 있었다는 듯 그대로
땅에 부복했다.

"됐네. 밀문은 예를 과하게 받는 곳이 아니야. 일어나게."

밀황이 가볍게 손짓을 하며 말했다. 순간 타유는 자신의 몸
을 휘어감는 부드러우면서도 거부할 수 없는 진기의 힘을 느
꼈다. 밀황의 손에서 흘러나온 진기가 그의 몸을 일으키고 있
는 것이다.

한순간 타유의 몸이 딱딱하게 굳었다. 이런 경우 밀황이 손
가락 하나만 까딱해도 타유는 금세 위험 지경에 처할 수 있었
다. 그러나 그도 잠시, 타유가 아무런 반항을 하지 않고 밀황의
기운이 이끄는 대로 움직였다. 복종의 표시다. 그러자 밀황의
얼굴에 만족한 듯한 미소가 느껴진다.

"뛰어나군. 과연 뛰어나. 보통 사람이라면 본능적으로 반발

을 했을 터인데, 그 본능을 한순간에 억제하다니. 야심이 있어."

밀황의 말에 식은땀이 난다. 마음속에 다른 생각을 품고 있다는 것을 단번에 알아차린 밀황이다. 그러나 그렇다고 타유의 마음속에 있는 생각이 무엇인지는 밀황이라도 알 수 없을 것이다.

타유의 목적이 밀문에 기대어 강호를 제패하는 것이 아니라 밀문 자체를 무너뜨리려는 것임을 그가 알고 있을까.

그걸 모른다면 타유는 밀황이 자신의 마음 한 켠을 읽어도 상관없었다. 아니, 오히려 그에게는 반가운 일이다. 마음을 읽을 수 있는 상대에게는 누구든 방심하게 마련이니까.

"야심이 있는 것이 나쁜 것은 아니야. 밀문의 문도라면 누구나 야심을 가져야지. 자, 모두들 좀 걷지."

밀황이 가볍게 한 걸음을 내디뎠다. 그러자 그의 몸이 마치 깃털처럼 바위에서 날려 땅 위에 내려선다. 그의 발이 닿은 땅은 미세한 먼지조차 일지 않았다. 공포스런 신법이다.

일행을 이끌고 밀황은 강변과 숲이 맞닿은 경계를 따라 걸었다. 시원한 강바람이 불어와 사람들의 마음을 진정시킨다. 그러나 그럼에도 불구하고 대부분의 사람들은 잔뜩 긴장해 있었다. 밀황의 말은 여유있고 부드러웠지만 드러나지 않은 그의 무서움을 모를 사람이 없었다.

"모가장은 그동안 우리 밀문을 위해 많은 일을 했지."

"밀황께 충성을 다하겠습니다."

이때만큼은 진심인 모잠이다. 모잠은 밀황을 만나는 순간 그가 가졌던 야망들을 깨끗이 잊어버렸다. 내심 모가장의 힘으로 밀문을 접수하고 그 밀문을 이끌고 천하를 제패하겠다는 포부는 밀황 앞에서 뜬구름처럼 흩어졌다. 지금의 그는 그저 밀황의 면전에서 무사히 살아 돌아갈 수 있기를 바랄 뿐이었다.

"사람의 말이란 참 믿을 것이 못 돼."

"절대 배신하는 일은 없을 겁니다."

모잠이 당장 목이라도 잘릴 사람처럼 대답했다. 그러자 밀황이 고개를 저었다.

"아아, 그대를 의심하겠다는 말이 아니야. 단지 사람이란 마음보다는 역시 오고가는 거래가 있어야 서로를 신뢰할 수 있다는 말이지. 모가장이 우리 밀문을 위해 최선을 다해왔으니 나도 그대에게 선물을 줘야지 않겠나?"

"가, 감사합니다."

"음, 보자……. 그대에게 적당한 자리가 있어. 본 문이 다섯 개의 전으로 나뉘어진 것은 알고 있겠지."

"알고 있습니다."

"각 전은 다섯 왕에 의해 통제되고 그 아래로 한 명씩의 부왕을 두어 오왕을 돕게 하지. 그런데 부왕들의 존재는 사람들이 잘 모르지. 내가 일부러 부왕의 존재를 강호에 알리지 말라 명을 했으니까. 그건 부왕이 만약의 경우 왕을 대신할 존재기 때문에 그렇다네."

"……."

친절한 밀황의 설명이 외려 불안한 모잠이다.

"난 자네를 밀문 오전 중 제삼전의 부왕으로 정하겠네. 그 자리가 지금 비어 있거든."

순간 모잠이 어안이 벙벙한 표정을 짓다가 이내 그 자리에 부복했다.

"감사합니다. 밀황께 충성을 다하겠습니다."

"부왕의 지위는 본 문에서 스무 번째 서열 안쪽의 자리라네. 언제든… 나 밀황을 밀어내고 밀문의 주인 자리를 노릴 수 있는 자리지."

엄청난 소리에 모잠이 부르르 몸을 떤다. 마치 밀황이 그가 이곳에 오기 전 품었던 생각을 모두 알고 있다는 느낌이 드는 모잠이다.

"제가 감히 어찌 그런……."

"아아, 그냥 그 자리가 그렇게 중요한 자리라는 거야. 그러니, 가볍다 생각지 말게."

"제게는 과한 자리입니다."

"좋아, 스스로 만족할 줄 아는 자는 천수를 누리는 법이지."

경고 아닌 경고다. 모잠이 다시 식은땀을 흘린다.

"일어나게. 갈 곳이 있어."

밀황의 말에 모잠이 재빨리 자리에서 일어난다. 그러자 밀황이 다시 걸음을 옮기기 시작했다. 그러다가 문득 밀황이 다시 모잠을 부른다.

"이보시게, 모가장주!"

"말씀하십시오."

모잠이 급히 대답한다.

"당신이 보기에 좌호법은 어떤 사람인가?"

모잠의 입장에선 지나치게 갑작스런 물음이다. 그리고 놀라긴 타유와 청풍도 마찬가지였다. 타유 자신이 있는 곳에서 모잠에게 타유의 사람됨을 물을 거라고는 미처 생각지 못한 일이다.

"무, 무슨 말씀이신지?"

"그대는 이곳에 있는 사람들 중 좌호법을 가장 오래 알아온 사람 아닌가? 그와 모가장의 대소사도 함께 치러냈고. 해서 물어보는 것이네. 좌호법은 어떤 사람인가?"

그러자 모잠이 한 손으로 이마에 맺힌 땀을 닦으며 슬쩍 타유를 바라봤다. 타유가 가벼운 미소와 함께 고개를 끄덕인다. 생각대로 말하라는 의미였다.

"제게는 큰 은인입니다."

"은인이라······."

밀황이 대답이 만족스럽지 못한지 고개를 갸웃했다. 그러자 모잠이 얼른 말을 보탠다.

"좌호법은 위기에 빠진 저를 도와 모가장의 장주가 되게 해주었지요. 상원과의 일도 오직 좌호법의 공이라고 할 수 있습니다."

"음… 그렇다면 그대와 좌호법의 능력을 비교하면 어떻다고 생각하나?"

다시 밀황이 물었다. 너무도 직설적인 물음에 모잠의 입이 닫힌다. 그러자 밀황이 고개를 돌려 칼처럼 날카로운 눈으로 모잠을 보며 다시 물었다.

"그대와 좌호법을 비교하면 어떠한가?"

변한 밀황의 말투에 모잠이 고개를 숙이며 얼른 대답했다.

"제가 감히 좌호법을 따를 수 없지요. 일신에 지닌 무공도 무공이거나 난제를 헤쳐 나가는 지혜를 비교하면 좌호법은 감히 제가 따를 수 없는 사람입니다."

"음……. 그래, 자신의 수하를 자신보다 높이 평가할 수 있는 사람도 드물지. 그런 면에서 장주도 제법 뛰어난 인물이야."

"감사합니다."

모잠이 얼른 고개를 숙인다. 그러자 밀황이 갑자기 입을 닫고 조금 빠르게 걸음을 옮기기 시작했다.

한순간 일행의 앞에 너른 초지가 나타났다. 족히 사람 수백은 들어가 쉬어갈 수 있는 초지다. 그리고 그 위에 일백여 명에 이르는 사람이 모여 있었다.

그들은 밀황 일행이 나타나자 일제히 자리에서 일어나 밀황을 향해 소리없이 고개를 숙인다. 그리고 그중 두 사람이 빠르게 밀황을 향해 다가왔다. 공교롭게도 둘 모두 타유와 청풍이 아는 사람들이었다.

한쪽은 과거 단천마검을 두고 다투었던 밀문 일왕 원왕련이었고, 다른 한쪽은 타유를 이곳까지 이끌어온 사왕 이궐령이다.

다행인 것은 단천마검을 두고 다투면서도 원왕련은 정작 단천마검의 주인이 된 타유를 모른다는 사실이다. 만약 그가 당시 타유를 보았다면 타유는 오늘 이곳에 오지 못했을 터였다.

"밀황을 뵈옵니다."

원왕련과 이궐령이 밀황에게 고개를 숙여 보인다. 그러자 밀황이 가볍게 고개를 끄덕이고는 물었다.

"모두 모였는가?"

"올 수 있는 사람들은 모두 모였습니다."

"좋아, 가지. 이렇게 형제들이 모인 것은 참으로 오랜만이군."

밀황이 흡족한 표정을 지으며 초지로 다가갔다.

밀황이 다가오자 초지의 밀문 문도들이 더욱 깊이 고개를 숙였다. 그중 고개를 들어 밀황을 보는 사람은 손가락에 꼽을 정도였다. 밀황이 신비의 인물이 된 이유가 여실히 드러나는 광경이다.

"모두 잘들 있었는가?"

초지에 놓인 커다란 태사의 앞에서 밀황이 밀문도들에게 안부를 물었다.

"예, 밀황!"

밀문도들이 일제히 대답한다.

"이렇게 오랜만에 형제들을 보게 되니 무척 기쁘군. 그간 각지에서 본 문을 위해 힘껏 일행 온 형제들의 노고에 감사하네. 덕분에 우린 제법 많은 이득을 얻게 되었지. 형제들의 노고를 보상할 날이 머지않았네."

"충성을 다할 뿐입니다."

밀문의 문도들이 일제히 땅에 부복한다. 이들이 밀황을 얼마나 두려워하는지 한순간에 드러난다. 그런데 그때 문득 밀황의 표정이 굳어졌다.

"중항은 어디 있는가?"

밀황의 말에 동쪽 끝 숲에서 두 사람의 밀문도가 밧줄에 묶인 한 사내를 끌고 나왔다. 밀문도들은 사내를 끌고 나와 밀황 앞에 무릎을 꿇렸다. 그러자 밀황이 차가운 눈으로 사내를 보며 물었다.

"중항! 네가 왜 이런 신세가 되었는지 아느냐?"

"밀황, 그것은 정말 실수였습니다. 제가 의도한 일이 아니라……."

"닥쳐라. 감히 밀황께 변명을 늘어놓다니 네놈이 과연 역심을 품은 것이 분명하구나."

중항이라 불린 사내가 변명을 늘어놓으려는 순간 곁에서 이왕 여선이 호통을 치며 사내의 옆구리를 찼다.

"컥!"

사내가 신음을 흘리며 피를 토한다. 여선의 발길질은 단번에 사람을 죽일 정도로 강했다.

"아아, 이왕, 잠시 기다리게. 그래도 한 형제였는데 푸념은 들어줘야지그래. 중한, 그 여인이 그리 아름답더냐?"

"미, 밀황 살려주십시오. 제발 한 번만……."

"음, 아름다운 여인에게 마음이 흔들리지 않는다면 사내가 아니지. 나 역시 젊은 시절 여러 계집을 품었다. 물론 그 때문에 위험한 지경에 처한 일도 많았지. 그러나 말이야. 난 그래도 형제들을 팔아먹지는 않았어."

밀황의 말에 사내가 고개를 떨군다.

"네가 그 혈마천의 요녀에게 홀린 통에 우린 형제 열다섯을 잃고 개봉의 주요 거처를 잃었다. 지금 오류의 경쟁이 어느 때보다 치열한 것은 너도 알고 있겠지?"

"그, 그렇습니다."

"그럼에도 불구하고 넌 본 문의 정보를 요녀에게 넘겼다. 난 네가 계집과 놀아난 것을 탓하지는 않아. 그러나 본 문의 일을 계집에게 넘긴 사실은 결코 용서할 수 없다. 참하라!"

밀황이 단호하게 말했다. 그러자 중항이라는 사내를 끌고 온 밀문도 중 한 명이 도를 뽑아 들었다.

"미, 밀황! 살려주십시오."

사내 중항이 묶인 채 땅에 엎드린다.

"살려달라는 것은 너무 큰 바람이다. 그동안 네 공적을 생각해 고통없이 죽여주는 것만으로도 넌 큰 은혜를 받은 것이야. 시행하라!"

밀황의 명이 떨어지자 도를 들고 있던 밀문도가 가차없이 사내 중항의 목을 벴다. 붉은 피가 분수처럼 쏟아진다. 장내가 한순간에 차갑게 굳었다. 사람을 죽이며 회합을 시작하는 밀황의 독심이 새삼스레 두려워지는 타유다.

"치워라!"

중항이 죽자 이왕 여선이 명을 내렸다. 그러자 밀문 문도 서넛이 나와 중항의 시신과 그가 흘린 핏자국까지 말끔하게 치워버렸다. 아마도 이런 일에 익숙한지 시신을 처리하는 그들이 손속이 놀랍도록 간결하다.

"형제들!"

시신을 치우자 밀황이 다시 밀문도들을 불렀다.

"예, 밀황!"

"난 형제들을 사랑하네. 난 형제들과 세상의 주인이 되고 싶어. 그러니 잠시의 고난은 참아주게. 이제 몇 년 안에 우린 천하의 주인이 되어 있을 거야."

"명심하겠습니다, 밀황!"

밀문도들이 일제히 대답했다.

"오류의 쟁투가 더욱 치열해지고 있다. 혼돈시도 몇 년 남지 않았지. 그 전에 혈시가 강호에 풀릴 것이다. 그때가 되면 혈신의 난이 시작될 텐데 그 싸움의 격렬함은 지금의 쟁투를 어린애들 놀이로 만들 정도지. 그런데 아쉽게도 혈신의 난을 겪은 문도가 그리 많지 않다. 그러니 그대들은 각오를 새롭게 해야 할 것이야. 혈시의 난을 겪었던 문도들은 경험치 못한 문도들을 잘 이끌어야 할 것이다. 알겠는가?"

"예, 밀황!"

밀문도들이 머리를 땅에 대며 대답했다. 그러자 다시 밀황이 입을 열었다.

"그래서 우리 밀문도 이젠 혈시의 난과 혼돈시를 준비하려한다. 그런 의미에서 오늘 그간 비워두었던 삼전의 수장을 이 자리에서 정하겠다."

순간 밀문도들 사이에서 보이지 않는 술렁임이 일어났다. 삼전의 수장이라면 밀문삼왕이다. 일 년여 전 삼왕이 의천맹과의 싸움에서 죽은 이후 줄곧 삼왕의 자리는 비어 있었다.

밀문오왕은 밀문도들에겐 동경의 지위다. 밀황을 제외하면 밀문에서 모든 사람들 위에 군림할 수 있는 자리가 밀문오왕의 자리다. 그런데 그중 한 자리가 일 년 넘게 비어 있었으니 밀문도들의 관심이 그 자리의 새로운 주인에게 쏠리는 것은 당연한 일이었다.

자신의 능력이 그에 미치지 못함을 알면서도 혹시나 밀황이 자신을 비어 있는 삼왕의 자리에 임명하지 않을까 매일 밤 꿈을 꾸는 자도 적지 않았다. 그런 중요한 자리를 비워놓고 그 자리를 채울 생각을 하지 않는 밀황으로 인해 밀문 삼왕의 자리를 탐하는 자들의 가슴은 숯처럼 검게 타들어가고 있는 요즘이었다.

그런데 오늘 밀황이 그 삼왕의 자리를 정하겠다고 선언했다. 당연히 삼왕의 자리에 욕심 있는 밀문 고수들의 가슴이 두

근거릴 수밖에 없었다.

"드디어 정하셨습니까?"

일왕 원왕련도 새로운 삼왕이 누가 될지에 대해선 무척 궁금한 모양이었다.

"그렇소. 내 요 며칠 사이 새로운 삼왕을 정했소."

원왕련은 밀문오왕의 수장으로 다른 사람은 몰라도 그에게만큼은 밀황도 여러 면에서 조심하는 경향이 있었다. 만약 누군가 밀황을 몰아내고 밀문의 새로운 주인이 된다면 그건 바로 원왕련일 거란 의견에 반대할 문도가 없을 정도였다.

"그래, 누구로 정하셨습니까?"

원왕련이 궁근한 듯 물었다. 그러자 밀황이 반문했다.

"혹 일왕은 삼왕의 자리가 누구에게 적당한지 생각해 둔 사람이 있소?"

"제가 감히 어찌 그런 생각을 하겠습니까? 우리로서야 그저 밀황님의 결정에 따를 뿐이지요."

원왕련이 고개를 숙이며 말했다. 그러자 밀황이 뜻 모를 미소를 지은 후 말했다.

"다른 사람은 몰라도 일왕에겐 그럴 자격이 충분하오. 혹 보아둔 사람이 있소?"

밀황이 다시 묻자 원왕련이 잠시 생각에 잠긴 듯 하다가 대답했다.

"그리 물어보시니 제 생각을 말씀드리지요. 밀문오왕의 자리에 오르기 위해선 세 가지가 필요하다고 봅니다. 그 첫째는 자신의 능력이오. 둘째는 문도들의 평, 그리고 세 번째는 밀문에 대한 충성심이지요."

"음, 옳은 말이오."

대답은 그리하면서도 밀황은 탐탁한 표정이 아니다. 아마도 그로서는 밀문이 아니라 밀황 자신에 대한 충성심을 제일 조건으로 놓고 싶었으리라. 그 내심을 아는지 모르는지 일왕 원왕련이 계속 말을 이었다.

"이런 조건을 모두 갖춘 문도는 참으로 찾기가 힘듭니다. 그러나 군이 고르라면 몇 명 있기는 합니다."

"말해보시오."

밀황이 고개를 끄덕였다. 그러자 원왕련이 조심스럽게 말했다.

"먼저 일전의 부왕 궁사헌을 들 수 있습니다. 그는 비록 두 달 전에 일전의 부왕이 되었으나 그 능력이 능히 삼왕이 될 만합니다."

"좋은 인재지."

밀황이 고개를 끄덕인다. 그러자 멀리 부복해 있던 궁사헌의 어깨가 가볍게 흔들린다. 궁사헌이라면 타유와 청풍도 아는 인물이다. 과거 자부진인 등나를 끌어들여 단천마검을 강호에 나오게 만든 인물이 그가 아닌가.

결국 단천마검을 손에 넣지는 못했지만 그 심기와 무공은 능히 밀문 오왕과 겨룰 만하다는 것이 밀문도들의 평가였다.

"그 외에 이전의 부왕 백로위와 오전의 부왕 귀살 역시 능히 삼왕의 직을 감당할 수 있다고 봅니다."

"그렇군. 모두 각 전의 부왕들이군. 그런데 사전의 부왕 몽일을 왜 제외했소?"

"물론 사전의 부왕 몽일 역시 그 능력은 충분하나 오왕의 직을 수행하기에는 나이가 아직 어리지 않나 싶습니다."

"흠…… 능력이 있으면 그만이지, 나이가 무슨 상관이오. 아무튼 각 전의 부왕들을 천거한단 말이구려."

"그렇습니다."

"만약 그중 하나를 고르라면?"

"그, 그건……."

"말씀해 보시구려."

밀황이 재촉했다. 그러자 원왕련이 잠시 망설이는 듯하다가 입을 열었다.

"역시 저로서는 일전의 부왕 궁사헌이 적합하지 않을까 생각합니다만……."

"알겠소. 일왕의 안목이야 정평이 나 있으니 궁사헌만 한 적임자도 없을 거요."

순간 일왕 원왕련도, 엎드려 있는 궁사헌도 다시 한 번 몸을 움찔한다. 궁사헌은 본래 야심이 큰 자로 일왕조차도 언젠가는 쓰러뜨릴 대상으로 생각하고 있는 자였으니 삼왕이 될 수 있는 기회가 욕심나지 않을 수 없었다.

그러나 그는 감히 스스로 일어나 자신에게 삼왕이 될 기회를 달라고 청할 수 없었다. 말 한마디, 손짓 하나에도 목이 잘릴 수 있는 곳이 밀문이다. 그런데 그런 궁사헌을 밀황이 일으켜 세웠다.

"궁사헌!"

밀황의 부름에 궁사헌의 움찔하더니 자리에서 일어났다. 그러고는 바람처럼 밀황 앞으로 달려와 재차 그 자리에 부복한다.

"궁사헌 대령했습니다."

"들었느냐?"

"그저 송구할 따름입니다."

"아냐, 능력이 있어 천거를 받았는데 송구할 게 뭐가 있겠는가? 나 또한 그대를 주시하고 있었으니 어찌 보면 당연한 일이라고 할 수 있겠지."

"감사합니다, 밀황!"

궁사헌의 이마로 땅을 찍는다. 그는 자신이 이제 삼왕이 될 것을 믿어 의심치 않는 듯 보였다. 그런데 그런 그의 기대가 한순간에 무너졌다.

"일왕의 추천이 있었으니 그대를 삼왕이 될 후보자 중 하나로 인정하지. 그런데 밀문오왕이 그렇게 쉽게 되는 것은 아니야. 그건 알고 있겠지?"

"며, 명을 따를 뿐입니다."

"좋아, 일어서라!"

궁사헌이 벌게진 얼굴로 신형을 일으켰다. 그의 이마에는 언뜻 혈흔이 비쳤는데 땅에 자신의 이마를 찧어댄 결과였다.

"사실 나도 한 사람 삼왕의 적임자로 보아둔 사람이 있다."

순간 장내의 사람들이 모두 놀란 시선으로 밀황을 바라봤다. 물론 이미 그의 의중을 들어 있는 사람이 누군지 알고 있는 이왕 여선과 오왕 탄미는 예외였지만 다름 사람들은 그의 의중에 타유가 들어 있음을 알 리 없었다.

궁사헌 역시 초조한 기색이 역력했다. 비록 그가 일왕의 천거를 받아 삼왕이 될 인물 중 하나로 꼽혔지만, 밀황이 다른 사람을 마음에 두고 있다면 일은 이미 틀어진 것이나 마찬가지였다. 그런데 그런 궁사헌의 심사를 읽었을까 밀황이 그에게 물었다.

"궁사헌!"

"예, 밀황!"

"네 스스로 네가 삼왕이 될 자격이 있음을 증명할 기회를 주겠다. 하겠느냐?"

순간 궁사헌의 얼굴에 다시금 생기가 돈다. 그 어떤 난관도 자신의 야망을 막지 못할 것이니 밀황의 시험을 통과할 자신이 있는 궁사헌이다.

"명대로 따르겠습니다."

"좋아, 그 정도 패기는 있어야지. 이보게, 우검이라고 했나?"

밀황이 갑자기 타유를 불렀다. 갑작스런 부름에 타유가 잠시 당황했지만 이내 고개를 숙이며 대답했다.

"하명하십시오."

"궁사헌과 비무를 하라!"

"무슨 말씀이시온지?"

타유는 진심으로 밀황의 의도를 알 수 없었다. 그가 어째서 자신에게 삼왕의 재목으로 지목된 궁사헌과 비무를 하라는 것인지 도통 이유를 알 수 없었다. 그런 그에게 밀황이 물었다.

"우검, 그대는 밀문에 충성하는가?"

그러자 타유가 지체없이 말했다.

"목숨을 바칠 것입니다."

"좋아. 그럼 한 가지 조건은 완비되었군. 그럼 두 가지 조건이 남아 있어. 밀문도들의 인정을 받는 것, 그리고 자신의 무공을 증명하는 것! 이 두 가지 조건을 한 번에 충족시킬 수 있는 것이 이번 비무다. 하겠나?"

밀황의 물음에 타유가 거듭 놀란 눈으로 밀황을 응시했다. 그러자 밀황이 고개를 끄덕이며 말했다.

"맞았어. 내가 삼왕의 재목으로 염두에 두고 있던 사람은 바로 우검 자네야."

"그, 그것이 어떻게… 저는 이제 겨우 밀문에 입문한 사람인데……."

"그대의 밀문 입문이 늦은 것은 맞아. 그러나 밀문이라는 곳은 능력이 있으면 누구나 밀황이라도 될 수 있는 곳이네. 입문의 시기는 중요치 않아. 단지 앞서 일왕이 말한 세 가지 조건을 구비하면 되는 것이지. 내 그대의 그간 활약을 관심을 갖고 지켜보고 있었다. 그대는 모가장주를 자신의 원하는 사람으로 세웠고, 모가장을 이끌고 나가 독곡과 겨뤄 상원을 지켜냈다. 이건 아무나 할 수 없는 일이다. 특히 독곡과의 겨룸은 비록 그것이 전면전이 아니었다 할지라도 무척 중요한 성과다. 본문에 누가 있어 독곡의 독인들과 제대로 겨룰 것인가. 이왕!"

"예, 밀황!"

이왕 여선이 대답했다.

"그대는 어떠한가? 독곡의 독인들과 정면으로 겨룰 수 있겠나?"

"쉽지는 않을 것입니다."

"그렇지. 누구라도 어려운 일이야. 그런데 그대는 그 일을 해냈어."

"전 단지 그들이 보림장을 움직여 사해표국을 공격하는 것을 막는 데 약간의 도움을 주었을 뿐입니다."

"후후, 겸손할 것 없네. 밀문에선 겸손이 어울리지 않아. 뭐, 아무튼 좋아. 그 일에 대해 어떤 평가들을 하든 그건 각자의 몫이니까. 단, 나는 그대를 그 일로 인해 삼왕의 적임자로 점찍었다는 사실이야. 그러나 보다시피 그대는 우리 밀문도들에게는 생소한 인물이지. 그러니… 이번 비무를 통해 자신을 증명하게. 그리하면 그대는 밀문 역사상 가장 빨리 오왕에 오르는 전설을 남길 걸세. 궁사헌!"

"예, 밀황!"

대답하는 궁사헌의 눈에 투지가 들끓는다. 이미 그는 타유와 비무를 하고 있는 사람 같았다. 또한 타유 정도의 인물이라면 반드시 비무에서 꺾을 수 있다고 자신하는 듯 했다.

"이 비무를 이기는 사람이 삼왕이다. 하겠나?"

"명을 받듭니다."

"우검!"

"예, 밀황!"

"명이다. 비무다!"

"명을 받듭니다."

타유 역시 고개를 숙이며 대답했다. 졸지에 장내가 비무장으로 돌변했다. 밀황 앞 초지에 둥근 공터가 생겨났다. 밀문의 문도들은 감히 밀황의 얼굴을 제대로 보지 못했지만 그래도 시선을 들어 비무장의 두 사람을 강렬한 호기심과 시기심을 담은 눈으로 바라보고 있었다.

비무를 하는 두 사람의 자리에 자신이 서지 못한 것에 대해 분노하는 자들도 여럿 있었다. 그러나 이미 비무의 대상은 밀황에 의해 결정되었으므로 누구도 두 사람의 비무에 대해 그리고 승자의 영광에 대해 이의를 제기하는 사람은 없었다.

"궁사헌이라고 하네. 그대의 소문은 제법 들었지."

비록 밀황에 의해 만들어진 비무라고 해도 일단 비무가 시작되면 그 주인공은 비무를 벌이는 두 사람이다. 궁사헌이 좌중을 압도하는 기운을 흘리며 입을 열었다. 그 기세가 자못 대단해서 그를 곁에 두고 십수 년 쓰고 있던 일왕 원왕련조차 놀랄 지경이었다.

"우검이라고 하오."

타유가 가볍게 포권을 해 보였다. 그러자 궁사헌의 눈썹이 꿈틀거린다. 비록 타유가 밀황에 의해 지목된 자라 하더라도 그 전력이 일전의 부왕으로 살아온 자신에 비할 바가 아니다. 나이도 십여 세 이상 차이가 난다. 그런데 이자는 전혀 자신을 존중하는 빛이 보이지 않았다. 노기가 살기로 변하는 것은 한순간이다.

"밀문의 비무에 대해 들어보았나?"

"전혀……!"

타유가 고개를 저었다.

"미리 경고하지. 조심해야 할 걸세. 밀문의 비무는 생사결이네. 목숨이 걸린 문제지."

"충고 고맙소."

타유가 담담하게 대답했다. 그러자 궁사헌이 한 번 더 눈썹을 꿈틀대더니 번개처럼 타유를 향해 달려들며 일도를 날렸다. 궁사헌은 월도를 썼는데 둥글게 휘어진 도신에서 느껴지는 사기가 만만치 않았다. 그의 도에 죽어간 자가 한둘이 아니라는 의미일 터였다.

타유가 검을 뽑았다. 단천마검은 아니다. 이런 날은 단천마검을 쓰기에 적당한 날이지만 궁사헌 앞에서는 함부로 단천마검을 뽑을 수 없다. 비록 타유의 손에서 단천마검은 그 기운은 감추어져 전혀 다른 검을 변하지만 그래도 궁사헌은 등나의 곁에서 단천마검을 여러 번 보았던 사람이다. 더군다나 그와 같은 사람은 눈썰미가 좋아서 단천마검을 알아볼 수 있었다.

차앙!

활처럼 휘며 떨어지는 궁사헌의 도를 타유가 막아내며 신형을 옆으로 비틀었다.

쿠웅!

궁사헌의 도가 일으킨 도기가 초지를 파고 들어가 커다란 웅덩이를 만든다. 일도에 실린 진기의 무게를 능히 짐작할 수 있는 광경이다. 타유가 재빨리 서너 걸음 뒤로 물러났다. 걸음은 서너 걸음이지만 거리는 금세 십여 장으로 멀어진다. 귀영팔보의 놀라운 효용이다.

그러나 궁사헌은 고수다. 선제공격에서 이득을 보지 못했지만 적을 뒤로 물러나게 했으니 선기는 잡은 셈이다. 싸움에서 기세는 무척 중요해서 수세에 몰린 자는 본래 가지고 있는 무공의 칠 할도 제대로 발휘하기 힘들다.

웅웅웅!

궁사헌이 선기를 잡은 기회를 잃지 않기 위해 도를 휘두르며 다시 타유를 향해 날아들었다. 그의 도가 허공에서 한 번 원을 그릴 때마다 밝은 하늘에 만월이 떴다. 그리고 그 만월들은 하나같이 타유를 향해 떨어져 내렸다.

타유의 검도 바쁘게 움직였다. 그의 검은 움직임을 최소화하면서 자신을 향해 떨어져 내리는 궁사헌의 도기들을 조금씩 방향만 틀어 옆으로 비껴냈다. 내공을 거의 소모하지 않는 그의 검초를 보며 멀리서 타유를 지켜보고 있던 밀황이 고개를 끄덕였다. 타유의 실전적인 검이 그의 마음에 드는 모양이었다.

시간이 흐를수록 궁사헌은 초조해졌다. 싸움에서 선기를 잡기는 했지만 그 선공의 효과가 승기로 이어지지는 않고 있었다. 이대로 가다가는 지치는 것은 자신이고 결국 타유의 역습을 받아 비무에서 패할 가능성도 있었다.

다른 방책이 필요하다고 생각하는 순간 궁사헌이 공격을 중지하고 훌쩍 뒤로 물러났다. 그러자 타유와 궁사헌의 거리가 다시 십여 장으로 멀어졌다.

궁사헌이 지쳤음을 직감한 타유가 반격을 시작했다. 그의 검이 빛처럼 검기를 뻗어내 궁사헌의 가슴을 찔러갔다. 그런데 그 순간 갑자기 궁사헌의 왼손이 그의 등 뒤로 돌아갔다. 순간 타유는 궁사헌의 눈에서 살수의 눈빛을 읽었다. 오직 살수만이 읽을 수 있는 눈빛이다.

팟!

타유의 신형이 본능적으로 땅으로 내려앉았다. 그리고 다음 순간 그의 몸이 있던 공간으로 한 줄기 검은 물체가 소름끼치는 파공음을 일으키며 지나갔다.

픽!

아슬아슬하게 타유의 머리를 스치고 지나간 물체는 십여 장 뒤의 아름드리나무에 박혀들었다. 그러자 나무가 큰 비명 소리를 지르며 가운데가 부러져 뒤로 넘어갔다.

쿵!

"아!"

사람들의 입에서 탄성이 흘러나왔다. 거대한 나무를 부러뜨린 물체는 작은 흑시(黑矢)였는데 궁사헌은 작고 검은 화살을 등 뒤에 숨기고 다니면서 암기처럼 사용하고 있었던 것이다.

그러나 정작 당황한 것은 궁사헌이었다. 그가 펼친 이 한 수는 지금까지 강호에서 단 한 번의 실수도 없었던 수법이다. 그것도 사람들의 시선이 없을 때만 펼쳤기에 그의 은밀히 숨겨온 비장의 일수라고 할 수 있었다.

그런데 자신의 숨겨둔 비기를 드러내는 위험을 감수하고 결행한 수법이 허무하게 허공을 갈랐으니 그로서는 당황하지 않을 수 없었다. 어디 그뿐인가. 어느새 땅을 전갈처럼 기어온 타유의 매서운 검이 그의 두 다리를 잘라오고 있었다.

"흡!"

삭!

궁사헌이 황급히 허공을 치솟아 오르자 그가 밟고 있던 풀들이 타유의 검에 매끈하게 잘려 나갔다. 동시에 타유의 신형도 땅을 박차고 허공으로 치솟았다.

타유의 검에 한 줄기 아지랑이가 맺혔다. 그리고 다음 순간 투명한 빛을 발하며 그의 검에서 한 줄기 검기가 하늘을 향해 솟구쳤다. 검기는 그대로 허공에 뜬 궁사헌을 꿰뚫으며 거침없이 뻗어나갔다.

궁사헌이 크게 당황했다. 아무리 고수라도 허공에서는 땅에서처럼 움직일 수는 없다. 디딜 곳이 없는 곳에서 몸을 움직인다는 것은 그만큼 손해를 감수해야 하는 일이다.

"익!"

궁사헌의 입에서 이가 갈리는 듯한 음성이 흘러나왔다. 그리고 그가 모든 힘을 모아 몸을 틀었다.

팟!

궁사헌의 몸이 미세하게 기울어지는 순간 타유의 검기가 그의 신형을 훑고 지나갔다.

"큭!"

궁사헌의 입에서 나직한 신음성이 흘러나왔다. 동시에 투명하게 맑은 하늘에 한 줄기 선혈이 뿌려진다. 궁사헌의 몸이 살맞은 새처럼 땅으로 떨어져 내렸다.

툭!

궁사헌이 둔탁한 소음과 함께 땅에 내려섰다. 그러고는 자신의 무게를 이기지 못하고 급히 도를 꽂아 신형을 지탱한다. 그러고도 한쪽 무릎은 꿇은 궁사헌이다.

그런데 그런 궁사헌을 향해 다시 타유가 달려들었다. 보통의 비무라면 상상할 수 없는 일이다. 이미 승패가 기울어진 비무에서 저항할 수 없는 상대를 향해 다시 검을 뽑아 드는 것은 결코 환영받지 못할 일이다.

그러나 타유의 검은 움직였다. 그의 검이 벼락처럼 궁사헌의 목을 내려쳤다. 그러자 궁사헌이 절망적인 시선으로 자신의 목에 떨어지는 타유의 검을 응시했다. 도저히 피할 방법이 없다. 몸에 힘이 없기 때문만은 아니다. 지금 상대가 전개하는 이 일초의 검식은 그가 성한 몸이라도 감히 막아낼 수 없는 검초였다.

"아!"

궁사헌이 죽음을 직감하고 나직한 탄식을 흘렸다. 지나온 날들이 그의 뇌리 속에서 빠르게 스치고 지나갔다. 그 순간 궁사헌이 눈을 감았다. 자신의 목에서 터져 나오는 피를 자신의 눈으로 보고 싶지는 않았다.

팟!

날카로운 파열음이 일어났다. 순간 궁사헌은 목이 아니라 자신의 정수리 쪽이 시원해짐을 느꼈다. 그리고 잠시 후 까칠거리는 느낌들이 그의 이마를 간지럽혔다.

궁사헌이 눈을 떴다. 타유는 이미 십여 장 밖으로 물러나 있었다. 그리고 타유의 검에 잘린 그의 머리가 수풀처럼 내려와 그의 얼굴을 덮고 있었다. 그는 죽지 않은 것이다.

"좋아, 비무는 끝났군."

멀리서 밀황의 목소리가 들린다. 그 순간 궁사헌은 자신이 살기는 했지만 자신의 모든 꿈이 사라졌다는 것을 깨달았다. 어쩌면 일전의 부왕 자리도 내놓아야 할지 모른다. 더군다나 자신의 비기 흑시는 이제 더 이상 적을 위협할 수 없을 터였다.

"일어나라!"

일왕 원왕련의 목소리가 궁사헌의 귀에 들렸다. 궁사헌이

만신창이가 된 몸으로 도에 의지해 몸을 세웠다.

"궁사헌, 네 입으로 말하라. 승패는?"

잔인한 명이다. 그러나 이게 밀문이다. 패자는 패자로서의 굴욕을 감내해야 한다.

"제가 패했습니다."

궁사헌의 말에 밀황이 고개를 끄덕이고는 좌우를 돌아보며 말했다.

"이 자리에 궁사헌을 상대할 수 있는 자가 있는가?"

궁사헌을 상대할 수 없다면 타유도 상대할 수 없음을 말함이다. 밀황의 질문은 타유가 삼왕이 되는 것을 반대할 자가 있느냐는 물음이었다. 타유의 무공에 놀란 건지, 혹은 밀황의 협박 같은 질문에 두려움을 느꼈는지 밀문의 문도 중 밀황의 질문에 답하는 자가 없다. 그러자 밀황이 다시 입을 열었다.

"이의가 없다면 이제 승자가 삼왕이 되는 것을 반대할 사람도 없을 것이다. 우검!"

"예, 밀황!"

타유가 재빨리 밀황 앞으로 다가왔다. 그러자 밀황이 그에게 하나의 은패를 내어준다.

"받게."

밀황의 말에 타유가 조심스럽게 은패를 받아들었다.

"이제 그대가 삼전의 왕이다. 모두 새로운 삼왕에게 예를 갖추라!"

밀황의 명이 떨어지자 네 명의 왕을 제외한 나머지 밀문의 문도들이 일제히 머리를 조아리며 입을 연다.

"삼왕을 뵙습니다!"

밀문 문도들의 무거운 음성이 낮은 천둥처럼 초지로 퍼져 나갔다. 타유는 손에 든 은패와 자신에게 고개를 숙이는 밀문 도들을 바라보며 기이한 감상에 빠졌다.

이건 분명 그의 복수행의 한 자락이다. 그는 이 밀문이라는 조직을 궤멸시키려고 이 길을 걷고 있었다. 그런데 이 순간 밀문도들의 목소리가 그의 가슴을 울린다. 이들을 이끌고 나가 천하를 질타하고픈 욕망조차 일어난다.

'이래서… 권력이란 것이 무서운 것인가. 이래서 사람들이 한 번 권력의 맛을 보면 그 안에서 헤어나지 못함인가.'

타유가 헝클어진 정신을 붙잡았다. 그러고는 한 차례 머리를 흔들어 사특한 생각을 날려 버렸다.

"불초소생으로서는 무거운 짐이오. 하나 밀황께서 내리신 명이고, 형제들의 축하를 받았으니 기꺼이 이 짐을 지겠소. 앞으로 밀문의 영광을 위해 뼈와 피를 바치겠소."

타유가 짐짓 단호한 표정으로 말했다.

"하하하! 역시 내가 사람을 잘 보았어. 자, 그럼 이제 형제들은 그만 자신의 자리로 돌아간다. 단 삼전의 형제들은 이곳에 대기한다. 새로운 왕을 만났으니 서로를 알아야겠지. 다들 돌아가라! 모임은 내일 다시 한다."

밀황의 명에 초지에 모였던 수백의 사람이 순식간에 흩어졌다. 초지에 남은 사람들은 삼전의 고수들을 제외하고는 밀황과 오왕 그리고 모가장에 온 사람들이 전부였다.

"가까이들 오시게."

밀황이 오왕을 불렀다. 그러자 타유를 포함한 밀문 오왕들이 밀황의 곁에 모였다.

"오늘 일이 조금 급한 면이 있었지?"

밀황이 다섯 사람을 돌아보며 물었다. 그러자 오왕 탄미가 대답했다.

"아무래도 그런 면이 있었지요."

"나도 그건 미안하게 생각하이. 그러나 이제 혈시의 배분이 얼마 남지 않았어. 가한산의 회합에 가기 전 삼왕을 정할 필요가 있었지. 그러니 이해하게."

"밀황께서 하신 일에 어찌 이의가 있겠습니까?"

원왕련이 고개를 조아리며 말했다. 그러자 밀황이 기꺼운 표정으로 고개를 끄덕였다.

"그렇게 이해해 주니 고맙소. 이보시게, 삼왕!"

밀황이 부드러운 목소리로 타유를 불렀다. 그러자 타유가 고개를 숙인다.

"하명하십시오."

"그대 또한 당황했을 거야."

"그렇습니다. 제가 어찌⋯⋯."

"능력으로 보아선 충분해. 하지만 부족한 것도 있지. 그건 바로 그대가 밀문에 대해 제대로 모른다는 사실이야. 그러나 걱정 말게. 여기 있는 다른 사람들도 처음에는 밀문에 대해 잘 몰랐다네. 그러니 앞으로 알아 가면 되지. 보자, 포상!"

밀황이 초지에 남아 있는 삼전의 무사들 중에서 한 명을 불렀다. 그러자 그중 초로의 노인 한 명이 나는 듯이 달려와 밀황 앞에 부복한다.

"부르셨습니까!"

노인이 밀황 앞에 머리를 조아린다. 그러자 밀황이 고개를 끄덕이며 말한다.

"그대가 밀문에 든 지 얼마지?"

"올해로 사십 년입니다."

"저런, 그러고도 아직 삼전의 일개 무사야?"

"목숨이 붙어 있는 것만도 천행이지요. 그리고 일개 무사는 아닙니다. 삼전 육사자 중 첫째지요."

결코 평범한 무사가 아니다. 오왕조차도 두려워하는 밀황을 노인은 크게 두려워하지 않는다.

"일사자라. 그래도 자네의 능력에 비하면 아쉬운 결과군. 아무튼 살아 있으니 행운이라는 말은 맞는 말이군. 그동안 몇 명의 왕을 모셨나?"

"모두 다섯입니다."

"한 사람이 채 십 년을 지키지 못했군."

"그렇습니다."

노인 포상이 대답했다.

"이번 왕은 잘 모셔봐. 십 년이 훨씬 넘도록 말이야."

"그야 제 일이 아니지요."

"흐흠, 새 왕의 몫이다?"

"……."

포상이 대답을 하지 않는다.

"좋아, 어쨌든 삼왕에게 내일까지 밀문의 역사를 전하라. 그대만큼 밀문의 역사에 정통한 사람은 없을 테니."

"명을 받듭니다."

"그리고 이미 말한 대로 우린 내일 다시 만나지. 삼왕이 밀문의 사정을 어느 정도는 알아야 이야기가 제대로 될 테니까. 자, 다들 처소로 돌아가 쉬도록! 내일 아침 다시 이곳에서 보세."

밀황의 말에 오왕이 일제히 고개를 숙여 보이고는 밀황의 앞에서 물러난다. 그러자 밀황이 물러가는 다섯 왕을 보며 중얼거렸다.

"사왕이 가장 당황했겠군. 고통스런 일이지. 능력이 닿지 않는 일을 꿈꾼다는 것은……!"

第四章

피의 역사

수선경

"소인은 포상이라 합니다."

타유는 속을 알 수 없는 노인이라고 생각했다. 노인의 이름
은 이미 밀황에게 들어 알고 있었다. 그런 자가 다시 자신을
소개했다. 산비탈 아래로 밀문 삼전의 숙영지가 눈에 들어온
다. 다른 전들은 모두 어디로 흩어졌는지 알 길이 없었다.

귀신같은 움직임들이다. 수백 명의 고수가 운집한 밀문이
운중룡처럼 강호에 그 모습이 드러내지 않은 이유를 알 수 있
다.

"우검이라 하네."

"어찌 삼왕의 존대성명을 모르겠습니까?"

"그대는… 밀황과는 어떤 사이인가? 보아하니 특별한 친분

이 있는 것 같던데……?"

서슴없이 밀황을 입에 올리는 타유를 노인 포상이 깊은 눈
으로 바라본다. 타유가 그를 알 수 없듯, 그도 타유를 읽을 수
없으리라. 이자는 살법을 수련한 자다.

타유는 본능적으로 포상이 살수의 업을 쌓아온 자라는 것을
알 수 있었다. 그러니 그의 과거 행적이 어떠한지를 짐작하는
것은 쉽지 않은 일이다. 살수이면서 밀문 삼전에 몸을 의탁하
고 있다는 것은 그에게 가끔 아주 특별한 임무가 주어졌을 수
도 있었다. 그 일을 알아내려면 당연히 밀황과의 관계를 좀 더
알아볼 필요가 있었다.

그러나 예상대로 노인 포상은 자신이 진실한 내력을 드러내
려 하지 않았다.

"특별한 사이는 아니지요. 그저 다른 밀문도들보다 밀황님
을 좀 더 오래 뵈어 왔다는 것 정도이지요."

"내가 잘못 보았나?"

타유가 고개를 갸웃한다.

"오래된 문지기는 그 주인과 신분을 떠나 제법 친한 법이지
요."

"좋은 말이군."

타유가 고개를 끄덕인다. 그러자 포상이 자신의 신변에 대
한 이야기가 이어지는 것을 막으려는 듯 입을 열었다.

"밀문의 무엇부터 말씀드릴까요?"

"역시 모든 일은 시작이 중요한 것이지."

타유의 말에 포상이 빙그레 미소를 짓는다.

"그렇지요. 사람이란 가문이나 혹은 왕조도 그 뿌리가 중요한 법이지요. 밀문의 뿌리는 천축에 있습니다. 과거 천축에서 중원으로 오신 한 분의 밀교승께서 네 분의 기인과 의기투합하여 무림에 하나의 세력을 만들었지요. 그 다섯 분은 모두 일신의 능력이 신의 경지에 이른 분들이었습니다. 그래서인지 일단 그분들이 힘을 모으자 그분들의 그늘 아래로 감히 상상할 수 없는 고수들이 모여들기 시작했습니다. 강호에 나서면 일문의 장이 될 만한 고수들도 그분들에게는 충실한 노복이 될 지경이었지요."

무슨 이야기인지 짐작이 간다. 혈막오류에 대한 이야기다.

"혈막의 시작이군."

"그렇습니다."

포상이 고개를 끄덕였다.

"그렇게 시작된 혈막은 세상의 그늘 속에서 천하를 움직이기 시작했지요. 요가 멸하고 금이 설 때, 금이 멸하고 원이 설 때 모두 혈막의 힘이 움직였습니다. 혈막 내에서는 세속 왕조의 운명은 혈막 주인들 손에 달려 있다고 생각들 하지요."

"세상에 나서지 않은 이유는?"

"드러난 힘은 영원하지 못하다라는 것이 표면적인 이유입니다."

진리이기는 하나 혈막이 세상의 그늘에 숨은 이유가 될 수는 없다. 타유의 얼굴에 불만족스러운 표정이 나타나지 포상이 얼른 다시 말을 이었다.

"드러난 이유 말고 혈막 내에 은밀히 떠도는 소문에 의하면 혈막의 다섯 주인도 두려워하는 존재들이 있다고 하더군요. 해서……."

"그들조차 두려워하는 존재가 있다?"

"그렇습니다."

"천신이라도 땅에 내려와 산다는 건가?"

"글쎄요. 저도 사실 그 소문은 믿지 않습니다. 그러나 어쨌든 그런 소문이 있기는 하지요."

"좋소, 혈막의 시작은 알겠소. 이후의 일을 말해보시오."

타유의 재촉에 포상이 얼른 입을 열었다.

"혈막이 처음 시작될 때 혈막에 든 고수의 숫자는 대략 일백여 명 정도였다고 합니다. 그러나 지금은 혈막오류 각류의 정식 문도만도 수백에 이르지요. 거기에 각류에서 움직일 수 있는 사람들까지 모으면 수천은 될 겁니다. 아마도 무림사에 이렇게 거대한 세력이 만들어진 경우는 없었을 겁니다."

포상의 말에서는 한 치의 과장도 느껴지지 않았다. 그가 말하는 모든 것이 사실임을 타유 또한 의심치 않았다. 이미 세상에 드리워진 혈막의 거대한 그림자를 타유 자신이 보아오지 않았던가.

"그런데 공교롭게도 혈막오류의 세력이 이렇게 강해진 것은 오히려 혈막의 위기에서 비롯되었다고 할 수 있습니다."

"혈막의 위기? 혈막에도 위기란 것이 있소?"

타유가 믿을 수 없다는 표정으로 물었다.

"그렇습니다. 아주 근본적이 위험이 도사리고 있지요."

"무엇이오?"

"그건 바로 혈막오류가 하나의 뿌리가 아닌 다섯 개의 뿌리를 가지고 있다는 것입니다. 이 다섯은 서로 이득에 의해 뭉쳤으니 언제든 이득을 따라 흩어질 수도 있는 것입니다. 그리고 근자에 들어 혈막의 결속력이 급격히 와해되고 있지요. 그 증거가 각 류의 세력 확장입니다. 세를 모아야 다른 류에 대항할 수 있다고 생각하는 것이지요. 다시 말해 오류는 이제 서로를 경쟁의 대상으로 생각하고 있다는 것입니다. 소수의 절대고수들로 이어오던 각 류의 세력이 근자에 들어 급격히 성장한 것은 바로 이런 이유지요."

포상의 말에 타유가 고개를 끄덕였다. 밀문이 모가장을 이용해 서남삼성의 무림을 장악한 것 역시 그러한 일의 일환일 터였다.

"오류가 서로 경쟁하게 된 직접적인 이유는 뭐요?"

타유가 좀 더 깊은 내막을 알기 위해 물었다.

"원의 쇠락이지요."

포상이 대답했다.

"원의 몰락이라……? 그게 왜 이유가 되오?"

"원은… 사실 혈막에 의해 탄생한 왕조라고 해도 과언이 아닙니다. 초원을 지배하는 일이야 혈막이 관여할 바 아니지만 중원을 지배하는 일은 달랐지요. 숱한 강호의 문파들, 언제든 황궁에 뛰어들어 황제의 목을 벨 수 있는 고수들이 강호엔 여럿 존재하지요. 그들로부터 원 황실을 지켜낸 것이 바로 혈막입니다. 그래서 역대의 원 황제들은 혈막을 무척 존중해 왔습니다. 그런데 시간이 흘러 원의 천하가 단단해지자 황제들의 마음도 변하기 시작했지요. 그들은 혈막을 멀리하기 시작했고, 혈막이 원의 일에 간섭하는 것을 꺼려하기 시작했지요."

"음, 그게 권력의 속성이지."

타유가 고개를 끄덕인다. 사람이란 본래 고난은 함께해도 영화는 함께할 수 없는 존재들이다. 원 황실로선 천하를 얻을 때는 몰라도 천하를 손에 넣은 이상 혈막은 귀찮은 존재였을 터다.

"그에 대한 혈막의 대응은 간단했지요. 도검을 들어 자신들을 배신하려는 원 황실에 복수를 하는 것이 아니라 그저 그들을 위해 들었던 도검을 거둬들이면 되었으니까요. 그 결과 지난 이십여 년간 원이 크게 쇠락하고 그들 중 이름 있는 장수와 책사들이 죽음을 맞았지요. 덕분에 도처에서 원에 대한 반란이 일어났지만 정작 그 반란을 진압할 인물이 원의 조정에는 없는 상태입니다. 만약 혈막이 여전히 원 황실의 곁에 있었다면 결코 일어날 수 없는 일들이지요."

"천하의 정세 뒤에 그런 연유가 있었구려."

"혈막이 원 황실을 위해 한 마지막 일이 과거 남무림을 중심으로 일어났던 송백림의 난이었습니다."

"음…… 송백림의 난에도 혈막이 관여한 거요?"

타유가 놀란 표정으로 물었다.

"기실 송백림의 난을 진압한 백혈랑의 대부분은 혈막에서 내보낸 고수들이었습니다."

'그랬군. 그래서 원왕련이 밀문의 일왕이었던 것이군.'

과거 단천마검을 쫓을 때 자부진인 등나가 가졌던 의문이 풀렸다. 백혈랑의 생존자들이 밀문에 들어온 것이 아니라, 애초에 백혈랑이 혈막오류에서 태어난 존재들이었던 것이다.

"아무튼 송백림의 난 이후 원 황실과 혈막은 거리가 벌어지기 시작했습니다. 원 황실은 지나치게 강력해진 혈막을 경계하기 시작했고 혈막은 그런 원 황실에게서 마음이 떠난 거지요. 그런데 이런 상황이 원의 쇠락만 불러온 것은 아닙니다. 혈막에도 변화를 가져왔지요."

"그렇겠구려."

타유가 고개를 끄덕였다. 원 황실이 혈막이 세상에 만들어낸 야망의 결과였다면 그들과의 관계가 끊어진 이상 혈막은 새로운 야망의 실체를 내놓으려 할 터였다.

"원 황실과의 관계가 멀어지자 혈막오류는 각기 세력을 확장하기 시작했지요. 본래 오류는 세력을 키우지 않았습니다. 그들이 세상을 지배하는 데 필요한 세력은 그동안 원 황실 그자체였으니까요. 그러나 원을 포기한 이상 혈막은 새로운 천하를 열 생각을 하게 되었고, 그 새로운 천하에서 각자가 주인이 되기를 원했지요. 세력이 필요한 시기가 되었던 겁니다."

포상이 오류의 각파가 강호에서 세력을 키우기 시작한 이유를 설명했다. 그러고는 잠시 말을 멈췄다가 다시금 이야기를 이어나갔다.

"지금까지 혈막은 오류 중 한곳인 혈마천, 즉 혈마류가 주도해 왔지요. 이유는 단 하나 원의 철목씨를 세상에 내세우는 일을 주도한 곳이 바로 혈마류였기 때문입니다. 그런데 이제 누군가를 다시 내세워 원을 대체해야 하는 시기가 온 겁니다. 그 대체자를 배출하는 곳이 바로 새로운 혈막의 주류가 될 것이니 경쟁을 아니할 수 없지요."

"음, 그렇다면 오류가 분열할 수도 있겠구려."

"아주 가능성이 없는 것은 아니지요. 그러나 또한 그리 쉬운 일도 아닐 겁니다. 오류의 주인들도 그들이 천하를 주도할 힘은 오류가 하나로 모였을 때에 나온다는 것을 잘 알고 있으니까요. 혈막이 생긴 이유가 그것 아니겠습니까? 과거의 경험은 지금도 유용한 것이지요."

타유는 포상의 말을 들으며 과연 이 포상이라는 노인이 보통 인물이 아니라는 것을 확실히 깨닫고 있었다. 비록 혈막오류의 과거와 현재를 설명하고는 있었지만 간혹 그의 입에서 흘러나오는 세상에 대한 식견은 소위 말하는 현자의 그것과 비슷했다.

"혈막은 이십오 년 주기로 혼돈시라는 독특한 행사를 진행합니다."

포상이 다시 말을 이었다.

"그건 알고 있소."

"그러시겠지요. 어찌 보면 혼돈시는 혈막 오류의 모든 것이라고 할 수 있지요. 혼돈시에서 혈막은 천하의 정세를 논의하고 혈막의 앞길을 정합니다. 태평성세에는 그저 혈막오류의 다섯 주인의 주흥으로 끝나기도 하지만 천하의 정세가 혼란스러우면 혼돈시는 피의 잔치로 변하지요."

포상이 두려운 기색으로 말했다.

"혼돈시를 통해 혈막의 우두머리를 결정하는 것이오?"

"그렇습니다. 본래 혈막오류는 오류의 다섯 주인 중 한 명을 막주로 정해둡니다. 물론 막주라고 해서 다른 오류를 통제할 수 있는 것은 아니지요. 그저 하나의 세력에 중심이 없을 수 없으니 명목상으로 막주를 뽑아두는 겁니다. 그런데 그 막주의 역할이 평시에는 소소하나 천하의 정세가 혼란할 때는 무척 대단해지지요. 특히나 이렇게 새로운 세상을 열려는 시기에는……."

"그렇겠구려. 그의 의도에 따라 혈막이 세상에 드러낼 인물이 결정되겠구려. 당연히 막주를 배출한 곳이 혈막을 주도할 터이고……."

"바로 보셨습니다. 그래서 지금 오류의 주인들이 세력을 확장하기 위해 눈에 불을 켜고 있는 것입니다."

"혼돈시에 대해 좀 더 자세해 말해보시오."

결국 관건은 혼돈시였다. 사왕 이궐령과 밀황이 혼돈시를 그토록 중시하는 데에는 다 그 이유가 있었던 것이다.

"혼돈시는 매번 특별한 장소를 정해 삼 개월 동안 열립니다."

"삼 개월이라……. 길구려."

타유의 말에 포상이 고개를 젓는다.

"그 삼 개월은 사실 그리 긴 시간이 아니지요. 정식으로 열리는 혼돈시는 삼 개월이지만 혼돈시는 기실 앞으로 그 전 몇 년 전부터 시작된다고 할 수 있습니다."

"그건 또 무슨 말이오?"

"혼돈시에는 오류의 일반 무사들은 참여할 수 없습니다. 오직 혈시를 지닌 자만이 참여할 수 있지요. 그 혈시가 석 달 뒤 가한산에서 오류의 고수들에게 배분됩니다. 그리고 그때부터 혈막은 피의 잔치를 벌이게 되지요. 일단 배분된 혈시는 혈막의 일원이라면 누구라도 다른 사람에게서 탈취할 수 있으까요. 그걸 우린 혈시의 난이라고 부르지요."

"이해가 가지 않는구려. 그렇게 귀중한 혈시라면 한곳에 모아 보관하면 될 것 아니오. 각 류의 수장들이 각 파에 배분된 혈시를 모아 보관하다 혼돈시가 열릴 때 수하들에게 건네면 될 일 아니오?"

천하의 누구라도 혈시를 노리고자 오류의 우두머리를 공격할 자는 없을 것이니 오류에 배분된 혈시를 한데 보관해 혼돈시까지 지켜내는 것은 그리 어려운 일이라고 할 수 없었다.

"그렇게 간단한 문제가 아닙니다."

포상이 고개를 저으며 말했다.

"그게 무슨 소리요? 내가 말한 방법이 가능하지 않다는 것이오?"

"그렇습니다."

"어째서 그렇소?"

타유가 이해할 수 없다는 듯 물었다.

"삼왕께서 한 가지를 오해하고 계시기 때문입니다. 혈시란 이름 그대로 피의 열쇠라는 뜻인데 사실 실물의 열쇠는 중요치 않습니다. 혈시란 혼돈시에 참여할 지위를 나타내는 것이지, 그 작은 열쇠를 지칭하는 것은 아니기 때문입니다."

"지위를 나타내는 말이다? 그럼 사람의 이름으로 정해지는 것이겠구려."

"그렇습니다. 혈시는 혼돈시에 참여할 수 있는 권리 그 자체입니다. 존재하는 것은 명분이지요. 가한산의 회합에서 오류의 수장들은 각 파에 배정될 혈시의 숫자를 정합니다. 그 기준이야 저도 정확히 알 수 없지만 대체로 보면 가한산 회합 당시의 각파의 세를 평가해 혈시를 배분하는 것으로 알고 있습니다. 그 때문에 지금 이렇게 밀문도 세력을 모아가고 있는 것이지요."

"분란이 있을 터인데? 각 파의 세를 누가 공정하게 평가한단 말이오?"

"그 일을 하는 것이 바로 혈막의 총사입니다. 그리고 지금껏 혈막의 총사가 평한 각 파의 세력과 그에 따른 혈시의 배분에 불만을 나타낸 사람은 한 명도 없었지요."

"음……. 정말 이해할 수 없는 일이군. 어찌 한 사람이 내린 평가에 불만이 없을 수 있단 말인가?"

타유가 고개를 저었다. 그로서는 정말 이해할 수 없는 일이었다. 그러자 포상이 다시 입을 열었다.

"사소한 불만이야 어찌 없을 수 있겠습니까? 단지 오류의 수장들이 이의를 제기할 만큼의 불만은 없는 것이겠지요. 그만큼 혈막의 총사는 오류의 수장들에게 신뢰를 받고 있다고 할 수 있지요."

"도대체 총사는 어떤 사람이 되는 것이오?"

"총사는 오류의 수장 모두가 동의해야만 될 수 있습니다. 혈막은 무척 느슨한 조직이기는 하나 그래도 하나의 이름으로 모여 있는 세력이니 대소사를 관장할 사람이 반드시 필요하지요. 혈막의 총사는 바로 평시에 오류의 수장들을 대신해 혈막의 대소사를 수행하는 사람입니다."

"엄청난 권한을 지닌 자구려."

그러자 다시 포상이 고개를 저었다.

"사실 그리 큰 권한은 없습니다. 총사라 해도 혈막의 무사들을 통제할 권한이 없으니까요. 어찌 보면 일개 심부름꾼이라고 할까요. 아니면 공정한 중재자 정도가 좋겠군요. 혈막의 진로를 결정하는 일에도 총사는 발언권이 없습니다. 그 모든 것은 오류의 수장들이 결정하지요. 총사는 단지 오류의 수장들이 결정한 일을 집행할 뿐입니다. 그런 총사에게 가장 중요한 일이 바로 공정하게 혈시를 배분하고 이후 혼돈시를 진행하는 일이지요. 만약 총사가 사심이 가지고 혈막의 일을 처리한다면 그 순간 그의 목은 오류의 수장 누구에게라도 떨어질 테지요."

"이제 보니 엄청난 권력을 지닌 자리가 아니라 세상에서 가장 위험한 자리구려."

"맞습니다. 오류의 수장들 중 누구라도 총사의 목을 벨 권한을 가지고 있으니까요."

"참으로 고약한 자리군."

타유가 탄식을 흘렸다. 포상의 말대로라면 혈막의 총사 자리는 그야말로 칼날 위에 목을 드리우고 있는 자리라고 할 수 있었다.

"그래도 대단한 명예이기도 하지요. 뭐, 지금껏 혈막에 십여 명이 넘는 총사가 있었지만 실제로 목이 잘린 사람은 오직 한 사람밖에 없습니다."

"그렇소? 있기는 있었소?"

"삼대 총사로 알고 있는데… 그 또한 오해로 인해 억울하게 당한 죽음이었지요. 해서 그 이후로는 오류의 주인들도 당대의 혈막 총사에게 함부로 검을 겨누지 않지요."

"그나마 다행이구려."

타유가 혀를 차며 말했다.

"아무튼 그렇게 당대의 총사에 의해 오류에 혈시가 배분되면 그 혈시를 소유할 사람을 오류의 수장들이 정하지요. 혈시의 소유자로 지목된 고수들은 소맷깃에 금실로 만들어진 문양을 새기게 됩니다. 또한 실물로 붉은 혈시를 받지요. 그리고 그 이름을 혼돈록이라는 책자에 올립니다."

"그 붉은 혈시가 어떤 가치가 있소?"

"말씀드렸듯이 그건 아닙니다. 단지 자신이 혈시의 소유자라는 것을 드러내는 도구일 뿐이지요. 그런데 혈시(血矢)를 소유하게 된 자들은 바로 그 순간부터 죽음 위에 서게 됩니다. 누구를 막론하고 오류에 속한 자는 혈시의 소유자를 베고 그자격을 취할 수 있지요. 실물의 혈시를 빼앗는 것이 아니라 혈시의 소유자라는 그 지위를 빼앗는 것입니다. 물론 벤 자의 소맷깃에서 금실 고리를 잘라내고 품에 든 혈시를 빼앗기는 하지만 그거야 그저 요식행위일 뿐이지요."

"반드시 죽여야 하오?"

"가끔 살기 위해 스스로 혈시의 지위를 포기하는 자도 있긴 하지만, 그 경우에는 향후 혈막에서 제대로 대접받고 살아가기가 쉽지 않지요. 아무튼 그렇게 혈시의 소유권을 취한 자는 그 즉시 총사에게 그 사실을 알리게 되고 총사는 혼돈록에 새로운 사람의 이름을 올리지요. 그때가 되어야 혼돈시에 참가할 자격을 얻게 되지요. 물론⋯ 그가 혼돈시가 열릴 때까지 살아남아야 하겠지만 말입니다."

잔혹한 일이다. 타인의 생명을 빼앗아 자신의 명예를 얻는다는 것은 금욕보다도 추악한 일이 아니던가. 그러나 혈막에선 그것이 영예로운 일로 여겨진다.

"혼돈시에 참여하는 것이 그렇게 중요하오?"

"중요하지요. 다른 때라면 몰라도 특히나 이번에는 무척 중요합니다. 결국 혈시를 많이 얻어 혼돈시에 참여할 수 있는 고수가 많은 문파가 막주를 배출하게 될 테니까요. 그리고 이미 말씀드렸듯이 막주를 배출한 문파에 의해 새 세상을 열 인물이 지목되겠지요. 그리되면 그 문파는 향후 수백 년간 혈막을 주도하게 될 것입니다. 천하가… 손에 들어오는 것이지요."

"한 가지 간과하는 것이 있구려."

타유의 말에 포상이 의아한 표정을 짓는다.

"제가 무엇을 놓쳤는지요?"

"물론 혈막이 대단한 힘을 지니고 있다는 것은 알겠으나 강호에 혈막을 대적할 만한 세력이 없다고 장담할 수 없지 않소?"

타유의 말에 포상이 빙그레 미소를 짓는다.

"물론 삼왕님의 지적도 틀리지는 않지요. 그러나 제 짧은 소견으로는 현 강호에서 혈막을 상대할 세력은 존재하지 않을 것 같습니다. 혈막은 처음 탄생했을 때보다도 수배는 더 강해졌지요."

"정말 혈막은 적수가 없소?"

타유가 무겁게 물었다. 그러자 포상이 즉시 대답을 하려다 말고 살짝 아미를 모으며 말했다.

"아주야 없다고는 말 할 수 없지만 그래도……."

"꺼려하는 곳이 있다는 말이구려."

"그렇습니다."

"그게 어디요?"

타유도 무척 궁금했다. 이 거대한 세력을 견제할 세력이 세상에 또 존재한다는 것은 놀라운 일이었다.

"그것이… 처음 제가 말씀드렸던 바로 그 이야기입다만, 혈막의 주인들도 두려워하는 존재들, 그래서 혈막의 주인들이 세상에 나가지 않는다는 그 사람들에 대해 전설처럼 전해지는 이야기라……. 혹 조화오경에 대한 이야기를 알고 계십니까?"

"조화오경? 금시초문이오."

"그러시군요. 하긴 오경에 대한 소문을 눈으로 확인한 사람은 없으니. 하지만 오경은 분명 존재하는 전설이지요. 강호의 현자들 중 과거 오경의 경주들이 강호사에 관여했던 흔적을 알고 있는 사람들이 여럿 있지요. 물론 그들이 결국에는 무림을 떠났기에 그저 전설처럼 전해지지만 사실 오경의 경주들만 한 고수들은 고금 이래로 존재하지 않았다고 봐야겠지요."

"도대체 오경이 무엇이오?"

타유가 답답한 듯 물었다. 그러자 포상이 마치 큰 비밀이라도 털어놓듯 목소리를 낮추며 말했다.

"아주 오래전 무림이 막 태동하던 시기에 신인 도명이라는 전설적인 무공의 고수가 있었다고 합니다. 홀로 천하 무림을 정복하고 자신의 발아래 두었던 고수라지요. 그가 죽으면서 다섯 개의 신령스런 동경에 다섯 개의 무공을 남겼는데 그것을 바로 조화오경이라 부른답니다. 오경의 주인들은 이후 수천 년 동안 암중에서 무림의 천외천으로 존재해 왔다고 하지요."

"그런 자들이 어째서 강호에 나서지 않을 것일까?"

타유가 고개를 갸웃했다.

"어쩌면 그들에게 속세의 무림은 너무 가벼운 존재일지도 모르지요."

"그들이 여전히 지금도 존재하고 있다고 보는 거요?"

"알 수 없지요. 그러나 오류의 주인들이 은연중에 그들의 존재에 대해 크게 관심을 두고 있음은 분명한 것 같습니다."

"그렇구려. 그러나 내가 보기에는 기우 같구려."

"어째서 말입니까? 조화오경의 존재를 믿지 않으시는 건지요?"

"그건 아니오. 실존했던 증거들이 있으니 어찌 믿지 않겠소. 다만 그들이 무림사에 관여할 가능성이 거의 없다는 거요. 만약 혈막의 적이 되었을 거라면 원이 중원을 장악할 때 당연히 모습을 드러냈어야 할 것 아니오?"

"그야 그렇지만 그들에게도 무슨 사정이 있었을 수도 있지요."

포상은 여전히 조화오경의 주인들을 두려워하는 모습을 보였다. 그러자 타유에게도 조화오경에 대한 호기심이 문득 들었다. 그러다 이내 고개를 저었다.

천외천의 인물들이라면, 그들이 무림사에 관여치 않는 자들이라면 타유 자신의 복수행과는 아무런 상관이 없는 사람들이다. 지금은 혈막이 그리고 밀문이 중요했다.

"구름 뒤의 사람들은 지금 논의할 바가 아니고, 아무튼 이제 혈시의 배분이 가한산에서 이뤄지고 나면 혈막의 내전이 시작되는 것이라 보면 된다 이것이구려."

"그렇지요."

"재밌군."

"위험한 시절이지요."

포상이 짐짓 두려운 빛을 보인다. 그러자 타유가 미소를 지으며 말했다.

"세상일에 위험이 없다면 무슨 재미로 살아가겠소."

사실 타유로서는 혈시를 둔 혈막의 내전이 한편으로는 반가웠다. 균열이 없는 조직에선 복수행이 쉬울 리 없다. 그런데 반갑게도 곧 혈시를 둔 싸움이 시작된다니 그 싸움이 필시 밀문에 커다란 균열을 일으킬 터였다.

"아마도 삼왕께서는 혈시의 주인 중 한 분으로 이름을 올리게 될 것입니다."

포상이 은근한 눈으로 타유를 보며 말했다.

"날 걱정해 주는 거요?"

"제가 어찌 삼왕님의 안위를 걱정하겠습니까? 듣기로 삼왕님의 무공은 적수를 찾기 어렵다고 하더군요. 그러니 저와 같이 미천한 것이 삼왕님의 안위를 걱정할 바가 못 되지요. 다만……."

"다만 무엇이오?"

"혹여라도 내부의 적이 있지 않을까 그것이 걱정입니다. 밖의 적이야 삼왕님의 무공으로 능히 대적할 수 있을 것이나 내부의 적이 등 뒤에서 칼을 들면 아무래도……."

"내부의 적이라 누굴 말함이오?"

타유가 말을 돌리지 않고 물었다. 너무 직설적인 물음에 포상이 오히려 조금 당황한 빛을 보였다. 그러나 그는 이내 정신을 차리고 입을 열었다.

"누구라도 특정할 수는 없습니다만, 그래도 밀문이란 곳이 워낙 야심가들이 모인 곳이라서⋯⋯. 그리고 기존의 오왕님들도 경계를 해야겠지요. 사실⋯ 삼왕님이 오왕의 자리에 오를 것이라고는 누구도 예상치 못했으니 이 결정에 반발하는 사람이 반드시 있을 겁니다."

포상의 말에 타유가 살짝 눈을 감았다. 포상은 아마도 사왕 이궐령을 두고 하는 말일 터였다. 타유가 밀황에 의해 삼왕으로 지목된 후 가장 당황한 인물은 사왕 이궐령일 터였다.

그는 타유를 밀문에 들여 자신의 심복으로 쓰려 했는데 갑작스레 밀황이 타유를 삼왕에 봉하며 순식간에 자신과 같은 위치에 올랐으니 그로서는 당황하지 않을 수 없는 일일 터였다.

그러나 당황했다고 해서 무턱대고 타유에게 검을 들이밀 이궐령은 아니다. 그에게는 타유를 베어야 할 좀 더 직접적인 이유가 있었다. 그건 바로 모가장의 존재였다.

타유와 모잠이 삼전의 왕과 부왕으로 정해지는 순간 사왕 이궐령은 모가장에 대한 지배권을 상실했다. 타유와 모잠은 모가장의 사람들이다. 그들이 이궐령 자신과 동등한 위치에 올라서게 되었으니 더 이상 그들은 이궐령의 명을 따를 필요가 없었다.

밀문에서 이궐령이 가지고 있던 권력의 기반은 모가장이었다. 모가장의 막대한 부를 끌어오는 이궐령을 밀황조차도 무시할 수 없었다. 비록 한 팔을 잃은 후 부침을 겪기는 했지만 밀문 내에서 이궐령의 위치는 공고했다.

그런데 그런 이궐령의 권력이 한순간에 무너질 위기에 처했으니 그가 그저 앉아서 이 모든 일을 감당할 것이라고는 생각할 수 없었다.

"사왕이 검을 들 것 같소?"

언제나 타유의 질문은 지나치게 직설적이다. 그래서 포상은 타유의 입에서 하나씩 질문이 흘러나올 때마다 당혹해했다. 이번 역시 마찬가지다. 비록 그 자신이 밀문 내에서 타유의 적이 생길 수 있다는 경고하기는 했으나 감히 사왕을 특정하여 지목하지는 못했는데 타유는 망설임없이 이궐령을 입에 올리고 있었다.

"그것은 제가 감히……."

"아마도 그는 먼저 대화를 하려 할 거요."

타유가 말했다.

"그럴까요?"

포상은 반신반의하는 듯했다.

"그는 생각보다 노련한 사람이오. 나와는 친분도 제법 있지. 날 밀문으로 인도한 사람이니까. 세상일이란 결국 생각하기 나름이라오. 내가 삼왕이 됨으로써 당장은 그가 손해를 보는 듯하나 삼왕이 된 나를 자신의 그늘에 둘 수 있다면 오히려 큰 이득이 아니오? 그러니 그는 필시 먼저 나와 대화를 하려할 거요. 그와 내가 손을 잡는다면… 흐흠, 사람의 일이란 알수 없지."

타유의 말에 포상이 당황한 빛을 보였다. 충분히 가능성이 있는 일이기 때문이었다. 만약 삼왕 타유와 사왕 이궐령이 손을 잡는다면 그건 밀황을 위협할 수도 있는 권력이 밀문 내에 생긴다는 것을 의미한다.

그렇게 되면 사왕의 힘을 약화시키고자 타유를 삼왕으로 지목했던 밀황의 의도는 완전히 어긋나게 된다. 오히려 그 일이 긁어 부스럼을 만든 결과를 낼 수도 있었다.

그런데 그때 타유는 그들이 말하는 이궐령이 아니라 전혀 다른 사람에게 관심을 두고 있었다. 그건 바로 눈앞에 있는 포상 그 자신이었다.

사왕과 손을 잡을 수도 있다는 타유의 말에 포상은 지금까지 그가 보였던 모습과는 달리 당황하고 있었다. 그건 곧 포상이 결국 밀황과 밀접한 연관이 있는 사람이라는 것을 의미한다.

'역시 나보다는 밀황을 위해 일할 사람이야. 조심해야겠어.'

한순간에 포상의 진심을 알아챈 타유가 자신의 목적을 달성했다는 듯 자리를 털고 일어난다.

"음, 이야기가 길어지니 지루하군. 나머지 이야기는 나중에 하기로 합시다. 오늘은 이만 쉬고… 오류의 다른 문파들에 대해 좀 더 설명을 해주시오."

"아, 알겠습니다, 삼왕!"

포상이 얼른 일어나 고개를 숙여 보인다. 그러자 타유가 미련없이 그 자리를 떠났다.

"간단한 이치인데 왜 그걸 예상치 못했을까? 밀황께선 그를 삼왕으로 임명하는 순간 사왕과 그가 적으로 변할 거라 판단하시고 한 일이신데……. 아무래도 밀황님을 만나 뵈야 할 것 같군."

포상이 혼잣말을 중얼거리고는 서둘러 자리를 벗어났다.

"참으로 일이 곤란하게 되었소이다."

타유가 모잠을 보며 은근한 어조로 말했다. 언뜻 미안한 기색도 감돈다. 어제까지 장주와 호법의 관계였던 두 사람이 오늘은 전혀 다른 신분으로 마주하고 있었다.

두 사람은 아침 일찍부터 타유의 천막에서 함께 요기를 하고 있었다. 타유로서는 다시 밀황의 회합에 참석하기 전에 모잠과의 관계를 확실히 해둘 필요가 있었기에 이른 아침부터 그를 자신의 막사로 불러들였던 것이다.

"곤란한 일이 뭐가 있겠소이까? 좌호법… 음, 삼왕께서는 그 능력으로 보건대 결코 본 장의 좌호법에 머물 분은 아니지요. 밀황께서 밝은 눈으로 우 대협의 능력을 알아보시고 삼왕의 지위를 내리셨으니 그는 어찌 보면 당연한 일이라고 할 수 있지요."

"그러나 어제까지 장주를 모시던 사람으로서……."

"아아, 그런 말씀 마시오. 비록 삼왕께서 본 장의 좌호법으로 계셨다고는 하나 그는 어디까지나 이 모잠의 부족함을 가엾게 여겨 날 도와주시기 위해 모가장에 들어오신 것 아니오이까? 삼왕께서는 애초부터 우리 모가장에 매인 몸은 아니셨지요."

"서운치 않으시오?"

타유가 재차 물었다.

"서운한 것 하나도 없소이다. 우리의 우정이 이미 깊어졌으니 누가 앞에서고 누가 뒤에 서는가는 중요치 않소이다. 오히려 이렇게 함께 삼전의 왕과 부왕이 되었으니 앞으로 좀 더 큰 일을 수월하게 해나갈 수 있지 않겠소이까?"

모잠이 호기롭게 말했다. 한편으로는 그에게서 편안한 느낌조차 느껴졌다. 아마도 그동안 자신보다 출중한 능력을 지닌 타유를 수하로 데리고 있었던 것이 부담스러웠을 수도 있었다.

그런 면에선 타유가 밀문 삼왕이 된 것이 그에게는 편한 일일 수도 있었다. 물론 사람의 심중이야 알 수 없는 것이기는 해도 말이다.

"그리 생각해 주니 고맙소. 지위야 어찌 되었든 결국 우리 두 사람은 하나의 운명을 지니고 있소. 그러니 앞으로 최선을 다해 우리의 운명을 시험해 봅시다."

"바로 제가 바라던 바요."

모잠이 대답했다. 그러자 타유가 은근한 어조로 말했다.

"그런데 장주, 사왕은 어찌 나올 것 같소?"

비록 자신을 보좌해야 할 부왕이지만 타유는 모잠을 깍듯이 장주라는 호칭으로 불렀다. 그가 결코 자신의 아랫사람이 아니라는 느낌을 주기 위함이었다.

"음… 나도 사실 그 일이 걱정이오. 그는 우리 모가장을 자신의 것으로 생각하고 있었는데…….."

"모가장이 그의 손에서 독립을 하려면 지금이 좋은 기회요."

타유가 은근히 모잠을 부추겼다.

"그가 가만히 있겠소?"

"밀황의 명이면 그도 어쩔 수 없을 거요. 이제 모가장은 사전이 아니라 우리 삼전이 관할하는 것이 순리고 말이오."

"그야 당연한 일이지요. 에이, 그가 뭐라 한들 무슨 소용이 있겠소. 이미 쌀이 익어 밥이 되었으니 그도 어쩔 수 없지 않겠소?"

모잠이 손을 저으며 말했다. 그러자 타유가 고개를 저었다.

"그게 그렇게 단순한 문제가 아니오."

"어째서 그렇소?"

"밀문이 어떤 곳이오. 권력을 위해선 어제의 친구도 오늘 벨수 있는 곳이 밀문이오. 모가장을 지키기 위해 우릴 베지 않을거라 어찌 장담할 수 있겠소. 예를 들어 우리를 벤 후 이공자를 모가장의 장주로 세워 다시 모가장을 장악할 수도 있지 않겠소?"

타유가 모잠에게 겁을 주기 위해 한 말이기는 해도 그의 말이 온전히 허황된 것은 아니었다.

지금의 상황에서 사왕이 모가장의 지배권을 되찾는 길은 서로 뜻을 합치거나 혹은 모잠과 타유를 베는 것이 거의 유일한 방법이었다. 다행스럽게도 밀문에선 그런 싸움을 용납하지 않던가.

"정말 그럴 수도 있겠구려. 이걸… 어찌해야 하나?"

타유의 의도대로 모잠이 공포에 질렸다. 그러자 타유가 은근한 어조로 말했다.

"일단은 사왕과의 관계가 악화되지 않도록 지금까지처럼 그를 존중하도록 합시다. 그리고 만약을 위해 장주의 호위를 강화해야 할 것이오. 다행히 지난번 날 찾아온 친우들이 도검에 능하니 그들 중 한둘을 장주의 곁에 두는 것이 어떻겠소?"

타유의 말에 모잠이 반색을 하며 말했다.

"그 천 대협 일행 말이오?"

"그렇소이다."

타유가 고개를 끄덕였다. 금석촌이 은밀히 기른 무재들인 천소관 등은 모가장에 들어와 타유의 식객으로 머물고 있었다.

"그들의 능력은 어떻소?"

모잠이 물었다.

"무공으로 보자면 강호 일류 고수 소리를 들을 만하고, 중년의 나이들이므로 노련하오. 그러나 무엇보다 중요한 것은 그들의 심성이오. 믿을 수 있는 사람들이라 할 수 있소이다. 이렇게 험한 시절에는 믿을 수 있는 사람이 가장 큰 보물이 되는 법이 아니겠소?"

타유의 말에 모잠이 고개를 끄덕였다.

"맞는 말씀이시오. 믿을 만한 사람을 찾는 것은 참으로 어려운 일이지요. 그럼 이번 회합이 끝나고 돌아가면 그들을 만나보지요."

"진중한 사람들이니 부디 대접을 잘해야 할 것이오."

"여부가 있겠소. 더군다나 삼왕의 손님들이니 내 어찌 소홀히 대하겠소이까?"

모잠이 진심을 담아 대답했다. 그런데 그때 문득 막사 밖에서 포상의 목소리가 들린다.

"삼왕! 포상입니다."

"들어오시오!"

타유의 말에 포상이 천막의 입구를 열고 안으로 들어왔다. 그러고는 타유를 향해 정중히 인사를 올린 후 다시 모잠에게도 인사를 한다.

"부왕께서도 계셨군요."

"어서 오시오. 아침부터 무슨 일이오?"

타유를 대신해 모잠이 물었다. 그러자 타유가 얼른 대답을 대신했다.

"내가 불렀소이다. 어제 듣지 못한 말들이 많아서……."

"그러셨소이까? 알겠소이다. 그럼 난 그만 나가보겠소이다."

"그러시구려."

타유가 고개를 끄덕이자 모잠이 자리에서 일어나 막사를 벗어났다. 그러자 그 모습을 보고 있던 포상이 살짝 아미를 모은다. 뭔가 불만스런 것이 있는 모습이다. 그런 포상의 표정을 타유가 놓치지 않았다.

"무슨 문제라도 있소?"

타유가 물었다. 그러자 포상이 대답했다.

"어제까지의 신분이야 어찌 되었든 이제 모가장의 장주께서는 삼왕님을 모시는 부왕입니다. 그런데 그 말투와 행동이……."

"하하하, 사람의 말과 행동이 어찌 하루아침에 변하겠소."

"그러나 그리되면 삼왕님의 권위가 제대로 서지 않을 것입니다."

"권위라……. 밀문과 같은 곳에서 사람을 움직이려면 당연히 권위가 있어야겠지. 그러나 난 권위를 사람의 지위와 행동으로 얻는 사람이 아니오."

"무슨 말씀이시온지……?"

"무림에서 한 사람의 권위는 그 지위에 있지 않소. 오직 검에 있을 뿐이지. 삼전의 무사들이 나에게 굴신한다 한들 그 마음속에 어찌 진실한 복종심이 있겠소. 결국 시간이 지나고 나의 검에 수긍할 때 진실한 복종심이 생기겠지. 그러니… 허례에 너무 신경 쓰지 마시구려. 자, 그건 그렇고, 어제 하던 이야기나 계속합시다."

타유의 말에 포상이 기이한 시선으로 타유를 바라보다 이내 입을 열었다.

"무엇부터 아뢰오리까?"

"다른 오류의 사정을 들어봅시다."

"알겠습니다. 그럼 제가 아는 것을 고하겠습니다."

포상이 정중히 대답한 후 혈막오류의 제 문파에 대해 설명하기 시작했다.

바람이 불어와 아침의 차가운 기운을 모두 몰아낼 때까지 포상의 이야기는 계속되었다. 어느 때부터인가는 청풍이 타유의 막사를 찾아들어 조용히 포상의 이야기를 경청했다.

포상 역시 청풍이 타유의 아들임을 알고 있기에 청풍의 등장에 크게 개의치 않았다.

포상은 겪을수록 특별한 사람이었다. 삼전의 일개무사라기에는 놀라울 정도로 강호의 소식에 밝았고, 혈막 오류의 연원과 성세에 대해서도 제법 자세히 알고 있었다.

또한 이야기를 무척 조리있게 하는 재주가 있어서 타유와 청풍은 그의 이야기를 한 시진 정도 듣고 나자 이제 혈막오류가 움직이는 강호사에 대해 눈에 보듯 환하게 이해할 수 있었다. 그런데 어느 순간 타유과 청풍의 눈을 번쩍 뜨이게 하는 말이 포상의 입에서 흘러나왔다.

"그래서 살막의 삼대살문 중 최대방파인 흑룡문의 주인이 바뀌고 말았지요."

"흑룡문의 주인이 바뀌었소?"

"그렇습니다. 새로 문주가 된 자는 홍화적이라는 자인데, 과거에는 홍암이라는 이름으로 천살문이라는 살문을 이끌었었지요. 비록 그가 흑룡문에 들어오면서 이름을 바꾸고 천살문에서의 삶을 지우려고 하지만 사람의 과거란 것이 그리 쉽게 사라지지는 않지요. 오류의 수뇌들은 이미 그의 과거 행적에 대해서 소상히 알고 있습니다. 그러나… 설마 그가 흑룡문을 손에 넣으리라고는 누구도 예상치 못했지요."

"그럼… 흑룡문의 문주였던 살왕 악천우는 어찌 되었소?"

"그에 대한 소식은 자세히 전해지지 않았습니다. 다만 흑룡문의 수장이 악천우에서 홍화적으로 바뀌었다는 것 말고는……."

'문주, 정말 대단하시구려. 그 야망이 큰 줄은 알았지만 설마 흑룡문을 손에 넣었을 줄이야.'

타유가 내심 천살문주 홍암에 대해 진심으로 감탄했다. 물론 그는 타유와 원한을 맺은 사이지만 그 원한과 별개로 능력에 있어서는 뛰어난 사람이 아닐 수 없었다.

타유의 표정이 변한 것을 눈치챈 포상이 무슨 일인가 하는 표정으로 타유를 살피다가 다시 입을 열려는데 문득 천막 밖에서 누군가의 목소리가 들려온다.

"삼왕께 아뢰오!"

"누구냐?"

"밀황님의 명을 전하러 왔습니다."

"무슨 일이냐?"

"이각 뒤에 다시 회합을 여신다는 전갈입니다."

"이각이라… 지금 가야겠군. 알겠다."

"그럼 물러가겠습니다."

그 대답을 끝으로 천막 밖에서 사람의 인적이 사라졌다. 그러자 타유가 포상을 보며 말했다.

"난 밀황님을 뵈러 가야겠소."

"알겠습니다."

"한 가지 부탁할 게 있소."

"부탁이라니요. 명을 내리십시오."

포상이 고개를 조아리며 말했다. 속을 알 수 없는 포상이므로 그런 모습이 과히 눈에 기껍지는 않다.

"내가 밀황님을 만나고 오는 동안 삼전의 식구들에 대해 정리를 해놓으시오. 형제들의 숫자가 몇이라고 했더라……."

"모두 마흔넷입니다."

"그대까지 말이오?"

"그렇습니다. 삼왕님과 부왕님은 제외한 숫자입니다."

"좋소. 그들의 이름과 나이, 출신과 밀문에서의 행적을 간단하게 기록해 두시오. 회합이 끝나면 다시 강호로 나가야 할 테니 일일이 그들을 만나 그 사정들을 들을 시간이 없을 것이오."

"알겠습니다. 준비하겠습니다."

"넌 나와 함께 가자."

타유가 청풍을 보고 말하자 청풍이 자리에서 일어났다. 두 사람은 서둘러 막사를 벗어나 밀황이 있는 곳으로 향했다.

"괜찮을까요?"

멀리 밀황이 초지 위에 태사의를 놓고 각 전의 수뇌들을 기다리고 있는 모습이 눈에 들어오자 청풍이 물었다.

"뭐가 말이냐?"

"그 천살문주……."

"음, 결국 문제가 되기는 하겠지."

"밀문의 삼왕이 되셨으니 혈막오류의 다른 곳에서도 아버지에 대해 알아내려 할 거예요. 하면 당연히 그에게도 아버지에 대한 소식이 들어가겠지요. 하면……."

"너무 걱정할 것 없다. 예전이라면 몰라도 밀문의 삼왕이 된나를 문주도 함부로 도발할 수는 없을 것이다. 물론 내가 천살문 출신이란 것을 밝힐 수도 있겠지. 그러나 그것 역시 그에게도 위험한 일이다. 그리되면 자신의 과거 역시 밝혀지게 될 테니까. 날 배신했던 일이 강호에 알려지는 것은 그도 원치 않을 거야. 내 생각에는 아마도 그가 내 존재를 알게 된다면 나와 거래를 하려 하지 않을까 그리 생각되는구나."

"그럴까요?"

"그게 그다운 행동이지. 자신의 목적을 위해선 어제의 적도 오늘의 친구로 만들 수 있는 사람이다. 하지만 등 뒤에는 언제나 날카로운 칼을 숨기고 있지. 그게 그의 무서움이다. 보통 사람들의 생각을 뛰어넘은 행동을 서슴없이 할 수 있기에 사람들이 그를 두려워하는 것이란다."

"아버지도 그가 두렵나요?"

"두렵다."

타유가 단호하게 말했다. 수십 년 전에 끊어진 인연이지만 타유로서는 어려서부터 천살문주 홍암에게 느꼈던 절대적인 공포심이 여전히 머릿속 깊이 남아 있었다.

"밀황에 비하면요?"

"그가 더 두렵다."

타유가 망설이지 않고 대답했다.

"천살문주가 더 강하다는 건가요?"

"그런 건 아니다. 그의 무공이 지금 어떻게 변했을지 모르지만 내가 보기에 밀황을 넘어서는 것은 어려울 것 같구나. 밀황은… 절대고수지."

"그런데 왜 그가 더 두려운 건가요?"

"그는 사냥개를 부릴 줄 아는 사람이다."

"그게 무슨 말씀이세요?"

청풍이 타유의 말을 언뜻 이해하지 못하고 고개를 갸웃했다.

"사냥꾼이 사냥개를 풀어 호랑이를 사냥한다고 하자. 사냥개가 호랑이를 당할 수 없는 것은 자명한 이치지. 그러나 잘 훈련된 사냥개는 망설이지 않고 호랑이를 쫓게 되어 있다. 이유는 하나 호랑이보다도 사냥꾼이 더 무서우니까. 그러나 사실 냉정하게 따지고 보면 호랑이가 사냥꾼보다 더 강한 경우가 훨씬 많거든. 그래도 사냥개는 사냥꾼의 지시에 따라 호랑이를 따라가지. 기이한 일 아니냐?"

"아버지가 사냥개라는 말인가요? 너무 자신을 비하하시네요."

"후후, 그래서 사람의 버릇이 무서운 거지. 어릴 때의 기억이 지금의 나를 지배하니까. 내가 그를 두려워하지 않으려면 천살문 시절의 나로부터 완전히 자유로워야 할 것이다."

타유의 말에 청풍이 곰곰이 생각에 잠겼다가 말했다.

"능력으로는 이미 벗어나셨어요."

"말하지 않았느냐? 능력의 문제가 아니라 마음의 문제라고."

"이미 벗어나셨을지도 몰라요."

청풍이 고집을 피운다. 그러자 타유가 미소를 지으며 청풍의 어깨를 두드렸다.

"그렇게 생각해 보자꾸나. 언젠가 그를 만나게 되면 알게 되겠지. 내가 그로부터 온전히 벗어났는지 아니면 영원히 벗어날 수 없는지."

"어서 오시게, 삼왕!"

약삭빠른 자다. 사왕 이궐령이 그동안 보이지 않았던 정겨움을 드러냈다. 그가 삼왕이 된 타유의 존재가 기회이면서도 위험이란 것을 모를 리 없었다. 그러니 이렇게 자신이 먼저 나서서 타유를 기껍게 맞이하는 것이 아닌가.

"늦었습니다."

타유가 가볍게 이궐령에게 고개를 숙여 보인다.

"늦기는……. 이리로. 밀황께서 기다리시네."

마차 문지기라도 되는 듯이 이궐령이 성한 쪽 손을 들어 타유를 밀황 앞으로 인도한다. 타유는 밀황 앞으로 다가서자 정중하게 고개를 숙여 인사를 했다. 그러자 밀황이 타유를 보며 물었다.

"그래 혈막에 대해서는 좀 들어두셨는가?"

"워낙 대단한 곳이니 하루아침에 혈막의 내력을 모두 깨우치기는 쉽지 않을 것 같습니다."

"그렇긴 하지. 시작도 복잡하고, 인연도 복잡하고. 수백 년 이어오는 동안 나 자신도 모르는 일들이 많이 벌어졌으니까."

밀황이 고개를 끄덕였다. 그러다가 문득 주변을 돌아보며 말했다.

"모두 모였는가?"

"그렇습니다."

이번에는 일왕 원왕련이 대답한다.

"좋아. 그럼 이제 향후 본 문의 행보에 대한 명을 내린다."

"명을 받듭니다."

오전의 왕과 부왕들 그리고 밀황의 심복들이 일제히 고개를 숙이며 대답한다.

"삼왕!"

기이한 일이다. 밀황이 가장 먼저 찾은 사람이 타유다.

"예, 밀황!'

"그대는 이번 회합이 끝나는 즉시 중원에서의 본 문 거처를 만들라. 그동안 밀문은 강호에 특별한 거처를 두지 않고 움직였다. 그러나 이제 혈시가 풀리고 오류간의 경쟁이 시작되면 거처를 만들지 않을 수 없다. 본래 밀문의 뿌리는 곤륜의 너머에 있으나 그곳을 근거지로 삼을 수는 없다. 그러니 삼왕은 조속히 중원에 본 문의 거처를 만들라."

"명대로 하겠습니다."

다분히 모가장의 재력을 염두에 두고 내린 명이다. 최근 몇 년 동안 밀문에서 소요되는 재력의 절반은 모가장에서 나오고 있었다. 그러니 중원에 거처를 만드는 일 역시 모가장이 맡을 수밖에 없었다.

"모가장주는 삼왕을 잘 도와주게."

밀황이 넌지시 모잠에게 당부를 한다. 재물을 내놓으라는 말이다.

"그리하겠습니다."

이미 밀문의 중심에 들어온 이상 모잠은 모가장의 뿌리라도 뽑을 각오가 되어 있었다. 더군다나 자신이 손과 재물로 밀문의 거처를 만들면 이후 밀문에서 그의 위치는 더욱 공고해질 터이니 그가 밀황의 명을 거부할 이유가 없었다.

"그런데 위치는 어디로 하오리까?'

문득 타유가 물었다. 그러자 밀황이 지체없이 대답했다.

"함양 인근으로 한다. 천하 교통의 요지이고 혼돈시가 벌어질 북방과 가까우니 그곳이 좋으리라."

"명대로 따르겠습니다."

타유가 다시 고개를 숙였다.

"얼마나 걸리겠는가?"

"밀황께서 가한산에서 돌아오시기 전에 준비하겠습니다. 물론 방비를 든든히 하는 것은 시간이 걸리겠지만……."

"좋아, 터를 잡고 거처로 쓸 만한 건물 몇 채 준비하는 것으로 시작하라. 이후의 방비는 세월을 두고 하기로 하지."

"명대로 따르겠습니다."

타유가 고개를 숙여 대답했다. 그러자 밀황이 고개를 끄덕이다가 문득 사왕 이궐령을 보며 말했다.

"사왕은 곤륜엘 한 번 다녀와야겠어."

순간 이궐령이 당황한 표정으로 물었다.

"곤륜에는 무슨 일로……?"

"중원에 본 문의 거처가 생기면 본 문의 성물 한두 개는 가져다 두어야지 않겠는가? 곤륜의 성지에 가서 오성물들을 가져오게."

"그, 그리하겠습니다."

이궐령의 표정이 일그러진다. 성물을 가져오는 일 정도야 밀문의 고수 누구라도 할 수 있는 일이다. 그런데 그 일을 이궐령에게 시킨다는 것은 밀황의 심중에 다른 생각이 있다는 의미였다. 그리고 그의 본심이 이내 드러났다.

"사왕이 잠시 중원을 떠나 있어야 하니 이제부터 서남삼성의 일은 삼왕이 맡는다."

밀황의 진심은 바로 이것이었다. 이궐령으로부터 모가장을 완전히 분리해 내려는 의도인 것이다. 자신의 귀로 밀황의 내심을 확인한 이궐령의 얼굴이 붉어진다.

한 팔이 잘리면서까지 손에 넣은 모가장이었다. 그 모가장을 이용해 지난 십수 년간 그는 서남삼성의 무림을 장악했다. 그건 밀문의 그 어떤 고수보다도 대단한 공적이었다.

그런데 그 공적의 열매가 하루아침에 자신의 손에서 사라지고 있었다. 그러나 그로서는 원통한 일이지만 밀황의 명을 거부할 밀문의 문도는 장내에 없다. 하물며 이궐령을 시기하는 자도 적지 않은 곳이 밀문이다.

"명을 받들겠습니다."

타유가 슬쩍 이궐령의 눈치를 보고는 머리를 숙여 대답한다. 그러자 밀황의 얼굴에 미소가 지어졌다.

"음, 삼왕과 부왕 그대들 둘이라면 잘해낼 수 있을 거야. 본래부터 그곳은 그대들의 뿌리가 아니던가."

"최선을 다하겠습니다."

"지금 상황에서 특별하게 세력을 더 키우려고 하지 마라. 그대들은 지금의 세력을 유지하고, 내실을 기하는 것에 집중해야 할 것이야. 모래 위에 쌓은 성은 금세 무너지듯이 기반이없이 키운 세력은 한낱 모래성에 지나지 않는다. 혈시의 배분이 끝나면 모래성은 필요없다. 이제부턴 단단한 바위가 필요하다. 혈시를 지켜낼 수 있는 바위 말이야."

"명심하겠습니다."

"일왕!"

"예, 밀황!"

"일왕은 오늘부터 일전의 모든 전력을 기울여 오류의 주요 고수들 행적을 추적하시오. 혈시가 배분되었을 때 그 혈시의 주인들 위치를 찾아내는 것이 무엇보다 중요하오. 아, 그 일은 나중에 상원의 힘을 이용해야 할 수도 있네."

밀황이 타유를 보며 말했다. 그러자 타유와 일왕 원왕련이 동시에 대답한다.

"알겠습니다."

"이왕!"

"하명하십시오."

이왕 여선이 앞으로 나선다.

"이왕은 나를 따라 가한산으로 간다."

"따르겠습니다."

"이전의 형제들에게는 동패를 내린다. 이전의 모든 문도들은 동패를 지니고 나의 소식을 전하는 입과 발이 되리라. 오직 동패를 지닌 자만이 나의 말을 전하는 자이니 이를 명심들 하라."

"충실히 따르겠습니다."

장내의 고수들이 일제히 대답한다. 그러자 밀황이 천천히 고개를 끄덕이고는 마지막으로 오왕 탄미를 부른다.

"오왕!"

"하명하십시오."

오왕 탄미가 날카로운 눈빛을 빛내며 대답했다.

"살수들을 정비하라."

"명을 받듭니다."

탄미가 고개를 숙여 보인다.

"가한산에서 돌아오는 순간 피의 쟁투가 시작된다. 이 피의 바람에서 누가 살아남을지는 나도 장담할 수 없다. 그러니 각자 자신의 목숨을 보존하고 혈시의 주인들은 죽음으로 혈시를 지켜라. 또한 혈시를 받지 못한 자는 문을 위해 혈시를 얻어내라."

"명을 받듭니다."

다시 장내의 고수들이 일제히 대답한다. 그러자 밀황이 태사의에서 일어났다. 그리고는 천천히 좌우로 걸음을 옮기며 말했다.

"알 수 없는 것이 세상의 일이다. 혼돈시에서 누가 혈막의 막주가 될지는 아무도 예측할 수 없다. 그러나 한 가지 확실한 것은 있다. 혈막의 막주를 배출하는 곳이 향후 수백 년 천하를 움직이게 될 것이란 것이다. 오류의 나머지 문파는 그 와중에 흔적도 없이 사라질 수도 있겠지. 그러니 이 싸움을 야망을 위한 싸움으로 생각지 말라. 이는 생존을 위한 싸움이다. 모두 명심하라."

"명심하겠습니다."

수하들의 대답에 밀황이 손을 들어 허공을 움켜쥐었다.

"세상의 권세란 이처럼 한낱 허무한 꿈에 지나지 않을 수도 있다. 그러나 인간은 그 꿈에서 벗어나지 못한다. 나 역시 마찬가지. 기왕에 꿈을 꾸려면 화려한 꿈을 꾸어야겠다. 모두 나와 함께 천하를 얻으려 갈 준비가 되었는가?"

"명을 따를 뿐입니다."

일왕 원왕련이 대답했다.

"좋아, 그럼 오늘의 회합은 이것으로 마친다. 다음 회합은 새로운 밀문의 본거지에서 만나게 될 것이다!"

"존명!"

밀문의 수뇌들이 일제히 대답했다. 그렇게 장강변에서 벌어진 밀문의 회합은 끝이 났다.

*　　　　*　　　　*

타유가 강변의 초지에서 마흔네 명의 삼전 무사를 바라보고 있었다. 제각기 자유롭게 초지 이곳저곳에 자리를 잡고 앉아 타유를 마주보고 있는 밀문 삼전의 무사들은 모두 여섯 무리로 나뉘어져 있다.

삼전의 전대 왕이었던 불탁불은 여섯 명의 사자를 두어 삼전의 무사들을 움직였다. 불탁불의 죽음 이후 줄곧 삼전의 우두머리를 비어 있었기에 여섯 명의 사자가 삼전을 꾸려오고 있었다. 그런데 이제 삼전의 왕이 정해졌으니 그들도 새로운 우두머리를 맞은 것에 대한 긴장이 없을 수 없었다.

타유의 명에 의해 각자 자유롭게 앉아 있기는 했지만 삼전 무사들의 눈에는 두려움과 시기, 혹은 불안함이 공존했다.

"세상에는 두 가지 사람이 있다."

문득 타유가 입을 열었다. 밀문이라는 문파가 힘과 권력이 지배하는 곳이므로 타유의 말투는 자못 서늘하기 이를 데 없었다. 타유가 입을 열자 삼전의 무사들이 일제히 타유를 바라봤다.

"믿을 수 있는 사람과 믿을 수 없는 사람! 난 세상 사람들을 이 두 가지 기준으로 본다. 믿을 수 있는 사람은 친구고, 믿을 수 없는 사람은 적이다. 그러니… 그대들은 명심해야 할 거야. 만약 누구라도 내게 믿음을 주지 못하는 자가 있다면 그자는 곧 나의 적이 될 것이다."

타유의 협박 아닌 협박에 삼전 무사들의 표정이 딱딱하게 굳는다. 그러자 여섯 사자 중 가장 우두머리인 포상이 입을 열었다.

"감히 누가 있어 삼왕님을 두고 다른 생각을 하겠습니까?"

"일사자, 그대는 정말 그렇게 생각하오?"

"그렇습니다. 삼전의 형제들은 그 누구라도 삼왕님의 명에 따를 것입니다."

"그러나 전대 삼왕은 지키지 못했지."

"그, 그건… 그때는 전대 삼왕께서 형제들과 떨어져 홀로 적을 추격하시는 바람에……."

"그 일이 의천맹의 간자를 추격하다 일어난 일이었다고

했소?"

"그렇습니다."

포상이 대답했다. 그러자 타유가 의미심장한 표정으로 물었다.

"그럼 그 의천맹의 간자라는 자는 누구였소?"

"나중에 확인한 바로는 청음덕이라는 자로 화산의 고수였지요."

"좋아. 그럼 그 청음덕이라는 자가 간자임이 밝혀지기 전에는 어디에 속해 있었소?"

"그는 삼전의 무사로… 아……!"

갑자기 포상이 말을 하다 말고 입을 닫았다. 좀 전에 삼전의 모든 무사는 믿을 수 있다고 말한 것이 실수라는 것을 금세 깨달은 것이다. 그러자 타유가 천천히 삼전의 무사들을 둘러보며 말했다.

"그대들은 나에 대해 잘 모르지. 그래서 아마도 누군가 내가 삼왕이 된 것을 부러워하고, 누구는 시기하고, 또 누구는 내게 그런 능력이 있는지 불신하겠지. 이유는 하나 그대들이 날잘 모르기 때문이야. 그런데 그건 나 또한 마찬가지다. 나도 그대들을 모른다. 그러니 나도 그대들을 경계할 수밖에 없다. 밀문이란 곳이 어떤 곳인가? 힘있는 자가 권력을 취하는 곳이 아닌가 말이야. 혹은 그대들 중 여전히 다른 세력을 위해 일하는 사람이 있을 수도 있겠지."

"으음……."

"음……."

좌중에서 나직한 침음성이 흘러나온다. 불만의 목소리일 수도 있었고, 타유에 대한 두려움일 수도 있었다. 대저 의심이 많은 상전은 모시기가 극히 어려운 법이다.

"만약 나에게 충분한 시간이 주어졌다면 난 내가 아는 사람들로 삼전을 채워가며 밀황의 명을 수행할 것이다. 그러나 내겐 그럴 시간이 없어. 내게 주어진 시간은 겨우 몇 개월 남짓이다. 그 안에 그럴 듯한 밀문의 본거지를 만들어 내야 한다. 그러니… 그대들을 믿고 쓸 수밖에! 어쩔 수 없는 일이지만 그래서 나도 한 가지 경고를 해두겠다."

"하명하십시오."

포상이 대답했다.

"내게 그 어떤 의심을 살 행동도 하지 마라. 만약 누구라도 내게 의심을 사는 자가 있다면 난 그 자리에서 그를 베겠다. 이것이 내가 삼전을 움직이는 유일한 방법이 될 것이다. 알겠는가?"

"명심하겠습니다."

대답은 모든 무사들로부터 일제히 흘러나왔다. 어느새 이곳 저곳에 편히 앉아 있던 자들이 몸가짐을 바로 하고 타유를 향해 무릎을 꿇고 있다.

"내 그대들의 신상에 대한 것은 일사자가 정리해 준 것을 보고 대충 알아두었다. 그러나 몇 자의 글로 어찌 그 사람을 평가할까. 그대들에 대한 평가는 향후 그대들의 행동을 보고 판단하겠다. 그러니 모두 최선을 다하도록!"

"명심하겠습니다."

다시 삼전의 무사들이 일제히 대답한다. 그러자 타유가 고개를 한 번 끄덕이고는 여섯 무리의 우두머리를 불렀다.

"육사자는 내게 오시오. 나머지는 편히 쉬고들 있으라. 향후의 명은 육사자를 통해 내려질 것이다."

타유의 말에 포상을 비롯한 여섯 명의 사자가 타유에게로 다가왔다.

여섯 명의 사자가 주위로 모여들자 타유가 여섯 사람을 하나하나 살펴보았다. 제각기 그 특징이 다른 여섯 사람은 다른 삼전의 무사들과 달리 타유에 대한 두려움이 없는 듯 보였다.

삼전의 여섯 사자는 포상, 손숙보, 왕사미, 능예, 유창, 갈목생이라는 이름을 가지고 있었는데 그중 왕사미가 유일한 여인이었다. 포상과 손숙보는 밀문에 가장 오래 몸담았던 사람들로 각기 일, 이사자의 자리를 차지하고 있었고, 왕사미는 삼사자, 나머지 능예와 유창 그리고 갈목생이 각기 사, 오, 육사자로서 삼전을 이끌고 있었다. 사, 오, 육사자 세 명은 그 나이가 타유와 엇비슷했는데 그래서 그런지 타유를 보는 시선이 자못 도전적이다.

그에 비하면 오히려 나이가 많은 포상과 손숙보는 처음부터 타유를 삼왕으로 인정하는 충실한 모습을 보였다. 왕사미의 경우에는 나이를 짐작키 어려운 외모를 지니고 있어 그 속내를 알 수 없었는데 포상의 보고에 의하면 그녀는 외모와 달리 이미 육십을 넘긴 노파였다.

또한 그녀는 삼전에 속해 있지만, 밀문의 모든 정보를 취급하는 전서구를 관리하는 일을 도맡고 있다고 했다. 세간에는 그녀가 비둘기와 이야기를 나눌 수도 있다고 믿는 사람이 있을 정도로 전서구를 다루는 솜씨가 남다른 왕사미였다.

"앉으시오들!"

육사자가 다가서자 타유가 손을 들어 보이며 말했다. 그러자 여섯 사람이 타유를 중심으로 반원을 그리며 둘러앉았다.

"내가 비록 삼전의 우두머리라고는 하나 난 여전히 밀문의 사정에 어두운 사람이오. 그러니 앞으로 그대들의 도움이 꼭 필요하오."

"언제든 명만 내려주십시오."

포상이 여섯 사람을 대신해 대답했다.

"고맙소. 일단 밀황께서 명을 내리셨으니 앞으로 우리 삼전은 본 문의 터전을 마련하는 데 전력을 기울이게 될 것이오."

"시간이 촉박하여 어찌해야 할지······."

이 사자 손숙보가 난감한 표정을 지으며 말했다. 그러자 타유가 대답했다.

"짧은 시간에 좋은 땅을 찾아 건물을 세우는 것은 불가능하오. 그러니 일단 장안 근처에서 부호들이 소유한 장원을 알아보고 적당한 곳을 골라 그 장원을 사들이도록 합시다. 연후에 사들인 장원을 본 문에 쓰임에 맞게 고치면 시간이 단축될 것이오."

"그러나 그리해도 시간이······."

다시 손숙보가 말했다. 그러자 타유가 고개를 끄덕였다.

"물론 그래도 시간이 많이 부족하긴 하오. 그러나 밀황의 명이시니 하지 않을 수 없는 일이오. 일단 사람들을 나누어 일을 동시에 진행하도록 합시다."

"알겠습니다. 어찌 나누면 되겠습니까?"

포상이 물었다.

"사람을 세 패로 나누겠소. 일사자와 육사자는 나를 따라 적당한 장원을 찾아봅시다. 이사자와 오사자는 미리 본 문의 거처를 만드는 데 필요한 자재들을 사 모으시오. 그리고 부왕!"

"말씀하시지요."

모잠이 제법 정중하게 대답한다. 둘이 있을 때는 몰라도 삼전의 모든 고수들이 모여 있는 상황에선 그로서도 타유에게 최대한 공손할 수밖에 없었다.

"부왕께서는 사사자를 데리고 모가장으로 돌아가 급히 재물을 모은 후 장안으로 오시구려. 그사이 난 장원을 물색해 놓고 장원의 주인과 흥정을 마치겠소이다. 시간이 촉박하니 모가장에 돌아가신다 하여도 지체할 시간은 없소이다."

"알겠소이다. 그리하지요. 그런데……."

"달리 하실 말씀이라도……?"

"모가장의 일이 어찌 될지 모르니 어쩌면 제가 장안까지 동행하지 못할지도 모르겠소이다."

한결 정중하기는 해도 그래도 모가장 시절의 말투를 고치기 어려운 모잠이다. 더군다나 삼왕 타유의 말에 이의를 다는 그의 말에 여섯 명의 사자가 불쾌한 표정을 짓는다.

수십 년 밀문에서 지내온 자신들조차 새로운 삼왕에게 공손함을 잃지 않는데 타유를 대하는 모잠의 태도가 눈에 거슬린 것이다.

그러나 모잠은 다른 사람의 시선에는 별반 관심이 없었다. 그는 비록 타유를 따르는 부왕이 되기는 했지만 삼전에서는 일인지하 만인지상의 자리에 있었으므로 육사자들의 시선이 눈에 들어올 리 없었다.

"좋소. 그럼 이제 모두 각자 맡은 일을 충실히 해주시기 바라오. 이 몇 개월의 시간이 우리의 운명을 결정할 것이니 작은 일 하나라도 허투루 하지 마시오."

"삼왕의 명에 따르겠습니다."

여섯 명의 사자가 일제히 고개를 숙여 대답했다. 그렇게 삼일간 이어졌던 밀문의 회합은 완전히 막을 내렸다.

*　　　*　　　*

"과하셨구려."

선승 묵철이 무심하게 말했다. 그러자 당대의 화마경주 방남산이 고개를 끄덕였다.

"지금 생각해 보니 그런 듯합니다. 그저… 전장에나 데리고 다닐 걸. 굳이 내 손에 피를 묻힐 필요는 없었는데 말입니다."

"음……. 그렇다고 아주 나쁜 것은 아니오."

"선사께선 그리 보십니까?"

방남산의 얼굴에 약간의 화색이 돈다.

"애초에 화마경의 정수를 얻기 위해선 반드시 필요한 일이 아니었소? 가장 아픈 곳을 건드리는 것이 근본에 다가가는 지름길이지."

"그러나 그러다가 아이가 아예 이 일을 놓게 될까 그게 두렵지요."

방남산이 다시 걱정스레 말을 한다. 그러자 묵철이 물었다.

"그 아이는 지금 어디 있소?"

"흥안령 남쪽 초원에서 양을 몰고 있습니다."

"목동이라. 하하하, 그럼 크게 걱정할 필요가 없겠구려."

"어째서 그리 생각하십니까?"

"양을 돌보는 것은 생명을 돌보는 일이오. 그 아이가 심마에 빠졌다면 절대 그런 일을 하고 있지는 않을 거요."

그러자 방남산이 고개를 저었다.

"내가 걱정하는 것은 그 아이가 마에 빠지는 것이 아니라 무기력에 빠지는 일이지요."

"그 또한 걱정할 바가 아니오. 목동일이 무기력자들이 하는 일은 아니잖소? 그러나 한 번 만나볼 필요가 있겠구려."

"그래 주시겠습니까?"

"시간이 많지 않소."

그즈음에는 선승 묵철의 표정도 어두워졌다.

第五章 천중원 (天中院)

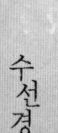
수선경

쏴아아!

시원한 물줄기가 백여 장 높이의 절벽 위에서 떨어지고 있었다. 절벽은 사방으로 칠팔 리를 둘러서 있었는데 그 높이가 가장 낮은 곳이라 해도 수십 장에 이르렀다.

아래에서 올려다보면 가마득한 높이로 인해 그 위가 마치 하늘의 세계인 것처럼 보였다. 하늘의 담장처럼 길고 둥글게 이어진 절벽은 보통 사람이라면 도저히 오를 수 없는 지형이었다. 타유와 청풍은 그 절벽 아래 서서 폭포를 바라보고 있었다.

"기이한 지형이구나."

타유가 중얼거렸다.

"정말 그래요. 이런 지형이 있을 거라고는 생각지 못했는데……."

"그러게 말이다. 더 놀라운 것은 어떻게 이런 절벽 위에 장원을 지었을까 하는 것이지."

"사람은 참 대단한 존재인 것 같아요. 불가능한 일이 없으니……."

"조심하거라. 그건 오만일 수 있어. 그런 오해를 하고 사는 자들이 가끔 세상을 망친다."

"그럴까요?"

"혈막만 해도 그렇다. 자신들이 세상을 움직일 수 있다고 생각하고 있지 않느냐?"

"실제로 지난 몇백 년은 그러했잖아요?"

청풍의 말에 타유가 고개를 저었다.

"그렇지가 않단다. 그들은 그저 변하는 세상의 물줄기의 가장 앞쪽에 잠시 배를 띄운 사람들일 뿐이야. 그들이 아니었더라도 세상은 크게 달라지지 않았을 거다. 송은 부패했고, 거란과 여진은 강성했지. 또한 거란과 여진이 환락에 빠져 나약해져 가는 순간에도 몽골의 전사들은 추운 땅과 열사의 사막을 횡단하며 강인한 정신을 유지했다. 싸움의 단초야 혈막이 만들 수 있었을 테지만 결국 그 왕조들의 탄생은 왕도 아니고 혈막도 아닌 그 시대를 산 사람들의 힘에 의해 이뤄진 것이다."

"그런가요? 하지만……."

"이렇게 생각해 보거라. 만약 지금이라도 혈막이 원 황실을 돕기로 결정한다면 몰락해 가는 원이 다시 살아날까?"

그러자 청풍이 잠시 생각에 잠겼다가 고개를 저었다.

"생각해 보니 그렇지는 않을 것 같네요. 누구도 지금의 원 황실을 되살릴 수는 없지요."

"바로 그렇다. 원은 나약해졌어. 단지 황실의 문제만이 아니라 원의 기병들도 중원의 환락을 경험하고는 초원과 사막을 질주하던 용맹을 잃어버렸지. 운명이 그들을 벗어나기 시작한 것이다."

"그렇군요. 결국 황실의 문제가 아니라 그 안에서 살아가는 사람들의 문제인 거군요."

"그렇다. 그래서 혈막도 마찬가지다. 그들이 아무리 자신들의 세상을 만들어가는 자들이라 말한다 한들 결국 인간사의 큰 강물에 떠가는 배와 같은 것, 운명의 흐름은 거스를 수가 없는 거지. 그 물길 앞에서 고기를 낚든 풍파를 만나든 상관없이 앞선 자들이라고 강의 물줄기를 바꾸는 것은 아니지 않느냐?"

"그렇기는 하지만……."

"내 생각이 틀릴 수도 있다. 그러나 난 세상을 보는 눈이 그래. 인간은 나약한 존재라는 거다. 운명의 강 위에 던져진 존재지. 그래서 일단은 그 강 위에서 나 자신을 지켜 나가는 것이 중요하다고 생각하는 사람이란다. 앞으로 나아가 배를 몰 생각도 없다. 그래봐야 모아 두면 썩을 고기 몇 마리 더 잡는 것밖에 이득이 더 있느냐? 그것보다야 조금 느리게 가더라도 강을 즐기고, 주변의 숲을 즐기고 지나온 길을 돌아보는 것이 더 좋은 삶이 아닐까 한다. 물론 너와 같은 젊은이들에게는 어울리지 않는 충고지. 젊은이는 누구나 앞으로 나가 파도를 헤치고 물고기를 많이 잡기를 원하거든."

"욕심을 내지 말라는 충고로 알아들을게요."

"하하, 그래, 그 정도면 되었다. 그나저나 왜들 오지 않지?"

타유가 숲 주변을 돌아본다. 그러자 그 순간 멀리서 인기척이 느껴졌다.

"이제 오는 모양이군."

타유의 말이 끝나기 무섭게 일사자 포상과 육사자 갈목생이 타유 앞에 모습을 드러냈다. 그들 뒤로 십여 명의 삼전 무사가 따르고 있다.

"왔소?"

타유가 먼저 입을 열었다. 그러자 포상과 갈목생이 정중하게 타유에게 고개를 숙여 보이고는 입을 열었다.

"천중원의 주인은 야율령이라는 자입니다."

"야율령이라…… 이름이 있는 자요?"

"아닙니다. 강호나 상계에 알려지지 않은 자입니다."

"그런데 어떻게 이렇게 대단한 장원을 소유하게 되었지?"

타유가 고개를 갸웃했다. 그들이 보고 있는 절벽 위에는 제법 너른 숲이 존재한다. 사방으로 칠팔 리는 족히 될 듯한 절벽 위 숲에는 한 채의 장원이 있는데 사람들의 눈에 띄지 않아 그 존재를 아는 사람이 극히 적었다.

장원의 이름은 천중원. 장원의 존재를 아는 사람들이 하늘

위에 존재하는 장원이란 뜻으로 붙인 이름이다.

"확실한 것은 아니지만 야율령이란 자는 과거 요황실의 후인이라는 소문이 있습니다. 요가 금에 멸망할 때 그의 조상 중 하나가 막대한 금자를 빼돌려 이곳에 천중원을 지었다고 하더군요. 숨어살기에 적당한 곳이라……."

"음, 그럴듯한 소문이군. 그래 그에 대해선 알아보셨소?"

그러자 이번에는 육사자 갈목생이 대답했다.

"그동안은 특별히 하는 일은 없는 것으로 알려졌습니다. 아마도 과거 그의 조상이 막대한 금자를 숨겨놓았기에 그것으로 충분히 장원을 유지할 수 있었던 듯싶습니다."

"틈을 찾아야 하오, 거래를 쉽게 하려면. 도검을 들이미는 것은 최후의 수단이지."

"이곳으로 정하신 겁니까?"

포상이 물었다. 그러자 타유가 고개를 끄덕였다.

"밀문이 들기에 적당한 곳이오. 세인의 눈길도 닿지 않고, 사방이 절벽이니 외부의 침입도 어렵소. 더군다나 멀리 장안까지 시야가 닿으니 주변을 경계하기도 쉬울 거요. 저 폭포를 따라 내려가면 황하의 지류와도 연결되니 수로도 만들 수 있을 것 같고……."

"저 또한 그리 보았습니다."

"시간이 없소. 내일까지 좀 더 자세히 그에 대해 알아오시오. 틈이 없다면 결국 도검을 써야 할 거요."

"알겠습니다."

포상이 고개를 숙여 보인다.

"그럼 수고들 해주시오."

타유의 말에 포상과 갈목생이 고개를 숙여 보이고는 서둘러 자리를 떴다. 그러자 장내에는 다시 타유와 청풍 두 사람만이 남게 되었다.

"야율령이란 자가 장원을 넘길까요?"

"어떻게든 넘겨받아야지."

그러자 청풍이 한숨을 쉬었다.

"왜 그러느냐?"

"그냥 걱정이 되어서요. 복수를 위해 밀문의 사람이 되기는 했는데 그 이유로 다른 사람에게 해를 입히게 되는 것이……."

그러자 타유의 마음이 갑자기 무거워졌다. 단 한 번도 다른 사람에게 해를 입히지 않은 청풍이다. 그러나 자신의 삶은 어떠한가. 비록 천살문주에게서 강요된 삶이긴 하지만 자신과 아무런 원한도 없는 사람들을 베며 살았던 타유다. 그 업의 무게가 새삼스레 무겁게 느껴진다.

"가급적 그런 일은 없어야겠지."

타유가 우울한 표정으로 대답했다. 타유의 기분이 우울해진 것이 자신 때문이란 것을 알아챈 청풍이 짐짓 큰 목소리로 말했다.

"뭐, 그만큼 또 좋은 일을 하면 되죠. 혈막이라는 거대한 복마전을 상대하는 것도 세상에는 좋은 일이죠."

"녀석……."

타유가 자신의 심정을 헤아려 농담을 던지는 청풍의 어깨를 검집으로 툭 쳤다.

"가요. 일단 요기를 해요."

"그러자꾸나!"

"그나저나 밀문이 대단하기는 하군요."

"어째서?"

"천중원 같은 곳을 이렇게 쉽게 찾아내다니요."

"그러게 말이다. 마치 내가 이런 곳을 찾고 있었던 것을 알고 있기라도 하듯 회합이 끝나자마자 이런 곳을 찾아냈어."

"역시 그가 보통 사람은 아니죠?"

"그래 일사자 포상은 정말 보통 인물이 아니구나. 어쩌면 그는 오래전부터 이곳을 알고 있었을지도 모르겠어."

"혹, 그와 인연이 있는 곳일까요? 그럼 위험할 수도 있을 텐데……."

"두고 보자. 조심은 해야겠지."

타유가 고개를 끄덕였다.

포상과 갈목생은 그날을 넘기지 않고 다시 타유를 찾아왔다. 그런데 그들의 얼굴에 희색이 가득했다. 천중원을 넘겨받을 방도를 찾았다는 의미다.

"그가 어쩌다 그렇게 많은 손실을 보게 되었을까?"

문득 타유가 고개를 갸웃한다. 포상과 갈목생이 가져온 소식에 의하면 당금의 천중원주 야율령이 큰 빚을 지어 지금 무척 곤란한 지경에 빠졌다는 것이었다.

"그것이 아마도 그자가 세상에 욕심이 있었던 듯합니다."

포상이 대답했다.

"어떤 욕심 말이오?"

"과거 요의 영화를 다시 한 번 구현해 보고픈 야망이지요. 그동안은 원의 세력이 워낙 강성해 목숨 보존하는 것으로 만족했으나 원이 쇠락하니 세상을 뒤엎어볼 생각을 했던 모양입니다."

"음⋯⋯. 그래서 무리를 한 모양이구려."

"그렇습니다. 은밀하게 요의 후손들을 찾아 규합하는 것은 물론 천중원의 재물을 밑천으로 큰 거래를 하려 했던 것 같습니다. 그러나 장사란 것이 하루아침에 마음먹는다고 되는 일이 아니라서⋯ 그만 조상이 물려준 거의 모든 재산을 잃은 것은 물론 큰 빚을 져 몰락할 위기에 처했다고 합니다."

"어떤 거래를 하려 했기에⋯⋯?"

"그것이 참으로 허무맹랑하여⋯⋯."

포상이 기가 막히다는 듯 중얼거렸다.

"무엇이오?"

"누군가가 그자에게 모가장의 재원인 금석촌의 철을 모두 넘기겠다는 제안을 한 모양입니다. 그로서는 금석촌의 철을 얻을 수 있다면 무엇이라도 내놓을 수 있었겠지요. 철을 거래해 남기는 이문도 이문이지만 큰일을 도모하려면 병장기가 필요한데 금석촌의 철이라면⋯⋯."

"누군지 그자의 약점을 교묘하게 파고들었군."

"그렇습니다. 아무래도 지독하게 교활한 자에게 걸린 듯합니다."

"그가 누군지 아시오?"

"거래 상대 말입니까?"

"그렇소."

"그건 아직……. 아무튼 그는 자신이 가진 재력 이상의 재물을 이 일에 투입했는데 그만 그와 거래를 튼 자가 재물을 가지고 사라져 버린 것이지요. 덕분에 그는 자신의 금고를 모두 털어낸 것으로도 빚을 갚지 못해 그에게 금자를 빌려준 사람들과 그로부터 금석촌의 철을 넘겨받기로 한 사람들에게 목숨을 위협받는 지경이랍니다."

"이건 마치 누가 날 위해 미리 이 일을 꾸며 놓은 것 같군."

"그렇습니다. 이런 좋은 기회가 없지요."

포상이 고개를 끄덕였다.

"내일 당장 그를 만나겠소."

"그리 준비하겠습니다."

미로 같은 길이 절벽 사이로 이어져 있다. 도저히 길이 날 수 없을 것 같아 보이는 절벽에 가려진 길이 있었다. 길은 외길이라 두 사람이 지나치기도 좁다. 담이 약한 사람은 수직으로 이어진 길을 걸어오르기도 힘들 터였다.

"어디서 오는 사람들이오?"

문득 타유의 머리 위에서 굵직한 사내의 목소리가 들린다. 타유가 고개를 들어보니 변발을 한 자가 절벽 사이로 난 계단을 내려다보고 있다. 호풍(胡風)이 만연한 세상이라지만 그래도 중원에서 변발을 한 자를 보는 것은 드문 일이다. 그것도 사내의 변발은 몽골인들의 그것과는 조금 다른 면이 보였다.

'거란의 후손들이라더니, 과연 그런 모양이군.'

아마도 사내의 변발은 과거 하북을 지배했던 거란족의 풍습이리라. 천중원의 원주 야율령이 거란의 후예라니, 능히 짐작할 수 있는 일이다.

"어제 약속한 사람들이오."

"음……. 어느 분이 우 대인이시오?"

사내가 묻자 타유가 포상을 뒤로하고 앞으로 나섰다.

"내가 바로 우겸이오."

타유가 앞으로 나서자 사내가 불타는 듯한 눈으로 타유를 응시하다가 이내 고개를 끄덕였다.

"올라오시오."

사내의 허락이 떨어지자 타유가 청풍과 포상 그리고 삼전 무사 다섯을 데리고 마지막 계단을 올랐다. 그러자 일행의 눈에 예상치 못했던 광경이 펼쳐졌다.

절벽 위에 사람이 사는 장원이 있다는 것은 알고 있었지만 그들의 눈앞에 펼쳐진 장원의 광경은 타유 등이 상상했던 것보다 훨씬 크고 웅장했다.

'이런 거대한 장원을 어찌 이 위에 지었을까?'

타유가 새삼 이곳에 장원을 지은 야율가의 집념에 감탄하며 가만히 고개를 끄덕였다.

"원주께서 기다리고 계시오. 날 따라오시오."

그들을 맞이했던 사내가 앞으로 걸어가며 말했다. 일행이 얼른 사내의 뒤를 따라나섰다.

장원은 웅장한 것만이 아니었다. 크기에 비해 그 짜임새가 무척 세심해서 길을 모르는 사람은 그 안에서 길을 잃기 십상이었다.

'마치 거대한 요새와 같구나. 과연 야율가가 이곳에서 새로운 세상을 꿈꿀 만하다.'

크면서도 세심한 장원에는 그러나 화려한 모습은 없었다. 전체적으로 어두운 분위기였으며 당장에라도 전쟁을 치를 듯한 날카로움이 공존했다. 일대의 패업을 위해 만들어진 장소임이 분명하다.

타유 일행이 빠르게 나아가자 드디어 그들 앞에 한 채의 커다란 기와집이 나타났다.

"이곳이오. 잠시 기다리시오."

사내가 타유 등을 세워두고 집안으로 들어갔다. 그리고 잠시 후 다시 문을 열고 나온 그가 일행을 안으로 인도한다.

"따라오시오."

사내를 따라 정문을 넘자 아담한 마당이 모습을 드러낸다. 그 마당 끝에 대청을 둔 기와집이 자리잡고 있었는데, 대청 위에 육십대 초반으로 보이는 초로의 노인이 깊은 시름에 잠긴 표정으로 타유 일행을 바라보고 있었다.

"원주, 손님들을 데려왔습니다."

사내가 노인을 보며 말해다.

"모시게."

노인이 자리에서 일어나지도 않고 말했다. 마치 귀찮은 사람이 찾아온 듯한 표정이다. 아마도 자신의 고민을 이들은 절대 풀어줄 수 없을 거란 듯 생각하는 모양이었다.

"이리 오시오."

사내가 타유 일행을 조심스럽게 대청 위로 안내했다. 그가 노인의 앞에서 행하는 모든 동작은 마치 황제를 앞에 둔 사람 같았다. 한 걸음 한 걸음이 조심스러웠고, 절벽을 흔들던 목소리조차 여인처럼 나긋나긋했다.

"어서 오시오."

타유 등이 대청에 오르고 나서야 노인이 자리에서 일어났다. 그러면서도 타유 등을 대하는 태도는 건성이다. 그의 생각이 온통 다른 곳에 가 있는 듯 보였다.

"야율 대인을 뵙게 되어 반갑소이다."

타유가 노인을 보면서 가볍게 포권을 했다. 그러자 노인이 타유 등에게 자리를 권한다.

"일단 자리에 앉으시구려. 내 지금 골치 아픈 일이 있어 시간을 많이 낼 수 없으니 양해하시구려."

노인은 지금이라도 타유 등을 물리치고 싶은 모양이다. 그러나 그런 그의 태도는 타유의 한마디 말에 정반대로 변했다.

"제가 온 것은 대인의 바로 그 골치 아픈 일을 해결해 드리기 위함이오."

순간 노인의 눈빛이 번쩍였다.

"내 문제를 해결해 주시겠다고?"

"그렇소."

"내 문제가 뭔지는 알고 있소?"

노인이 마치 타유가 자신을 곤란하게 만들고 있는 사람이라도 되는 듯 따져물었다. 그러자 타유가 침착하게 대답했다.

"내가 장안을 거쳐 이곳으로 오다 보니 장안의 여러 부호들과 무가들이 이 천중원을 향해 출정할 준비를 하는 듯하더구려. 강호의 고수들을 모으고 마필을 준비하는 것이 마치 전쟁을 치르려는 사람들 같았소. 야율 대인의 문제는 바로 그들을 상대하는 것 아니오?"

"으음……. 모든 것을 알고 왔구려. 그래 내게 원하는 것이 뭐요?"

노인 야율령이 물었다.

"어려운 문제지요."

타유가 말하기를 망설인다. 그러자 노인이 타유의 말을 재촉했다.

"말하지 않고 돌아가지는 않을 것 아니오? 말하시오. 이 지경에 무슨 이야기를 듣지 못하겠소."

옛 황족의 후예란 자존심이 여전히 남아 있는 야율령의 태도다. 그러자 타유가 고개를 끄덕이며 입을 열었다.

"알겠소. 우린 거래를 원하오. 거래에 응한다면 대인께서 장안의 부호들과 무가에 치러야 할 금자를 우리가 제공하겠소."

순간 야율령의 눈이 커졌다. 그가 갚아야 할 빚들은 결코 작은 것이 아니다. 본래 이 천중원에도 막대한 금자가 있었지만 그것들로는 도저히 감당하기 힘든 빚이었다.

"어디서 오셨소?"

신분을 알아야 거래를 할 수 있다. 이미 한 번 크게 속은 야율령이다. 그 때문에 수백 년 대업이 물거품이 되지 않았던가. 다시 한 번 속을 수는 없는 일이다.

"우린… 모가장에서 왔소."

"모가장!"

야율령의 눈이 커졌다. 모가장을 어찌 모르겠는가. 모가장이 관할하는 금석촌의 철이 그가 몰락한 원인인 것을.

"우리 모가장에서도 야율 대인의 이야기를 들었소. 본 장의 장주께서는 비록 우리가 행한 일은 아니지만 본 장의 금석촌을 두고 일어난 일이라 무척 안타깝게 생각하셨소. 해서… 이번 거래를 제의하게 된 것이오."

타유의 말에 야율령의 눈빛에 믿음이 생겨났다. 모가장이라면 자신의 처한 이 난국을 해결해 줄 재력이 있는 가문이다.

"내가 뭘 내어주면 되오?"

야율령이 물었다. 세상에 공짜는 없다. 필시 이들이 원하는 것은 작은 것이 아니리라. 야율령의 얼굴에서 약간의 두려움마저 느껴졌다. 그리고 타유가 뱉은 말은 과연 그를 절망에 빠뜨렸다.

"모가장에서는… 이 장원을 원하오. 이 장원을 내어주시면 대인의 부채는 모두 우리가 감당하겠소. 또한 만금을 드려 다른 곳에 가서라도 충분히 재기할 밑천을 마련해 드리리다."

"음, 천중원을……!"

야율령이 신음하듯 말했다. 그런데 그 순간 타유 등을 야율령에게 데려온 사내가 갑자기 도로 대청 바닥을 찍었다.

쿵!

강력한 공력이 깃든 그의 도가 지축을 울린다. 한순간에 절벽 위에 세워진 천중원이 무너질 듯 흔들리는 것 같다.

"감히 천중원을 요구하다니. 감히 우리를 모욕하는 것인가? 그대는 목숨이 몇 개나 있는가?"

사내의 입에서 노성이 흘러나왔다. 그의 눈에서 당장 도를 뽑아 타유를 벨 듯한 살기가 흐르기까지 했다. 순간 타유가 불쾌한 기색을 보이며 슬쩍 곁에 앉아 있던 포상과 갈목생을 바라봤다. 그러자 갈목생이 고개를 끄덕이더니 슬쩍 몸을 일으키며 번개처럼 사내의 도를 자신의 도로 쳐 갔다.

"이자가?"

사내가 예상치 못한 갈목생의 움직임에 놀라 황급히 도를 들어 갈목생의 도를 막아갔다.

쿵!

둘 모두 도신이 도갑에 들어 있는 상태였으므로 묵직한 충돌음이 일어났다. 그리고 다음 순간 사내가 대여섯 걸음, 갈목생이 두어 걸음 뒤로 물러났다.

비록 갈목생이 기습을 했다고는 해도 둘 사이의 무공에 차이가 있음이 드러나는 순간이다. 일단 사내를 뒤로 물린 갈목생이 싸늘한 어조로 말했다.

"감히 일개 시위 따위가 끼어들 자리가 아니다. 더군다나 선의를 가지고 찾아온 손님에게 칼을 들어 위협하다니, 천중원의 그릇을 알 만하군. 필요없다면 거절하면 그뿐, 다시 한 번 도를 들었다가는 그대뿐 아니라 천중원의 뿌리를 뽑겠다."

갈목생의 기습도 예상치 못한 것이었지만, 갈목생의 말은 그의 기습보다도 더 야율령과 사내를 당황하게 만들었다. 그들은 설마 갈목생의 입에서 이렇게 무지막지한 말이 흘러나올 것이라고는 꿈에도 생각지 못했다.

그들이 아는 모가장은 비록 무가로 변신하였다고는 하나 표국의 뿌리를 가지고 있는 문파, 거래에 능한 이들이 이렇게 험악한 방식으로 자신들을 상대하리라 누가 예상이나 했겠는가.

"그만하시오."

타유가 짐짓 갈목생을 제지한다. 그러자 갈목생이 고개를 숙여 보이고는 뒤로 물러났다. 그러면서도 그는 천중원 무사를 노려보는 것을 잊지 않았다. 여차하면 당장에라도 목을 치고 말겠다는 의도가 내비친다.

갑작스런 충돌로 장내의 분위기가 싸늘하게 식었다. 그 와중에 타유가 마치 아무 일도 없었다는 듯 입을 열었다.

"천중원을 거래하자는 말이 물론 어떻게 생각하면 야율 대인의 체면을 크게 상하게 하는 말일지도 모르오. 그러나 다시 생각해 보면 우리 모가장이 야율 대인의 체면을 생각했기에 제안한 말이라는 것을 알게 될 것이오. 이대로 대인이 이곳에 머물러 있게 된다면 결국 천중원은 대인께 빚을 받을 자들에 의해 공격을 받고 멸망하게 될 것이오. 장원을 불타고 식솔들은 죽거나 뿔뿔이 흩어질 것이오."

타유의 말이 검보다 더 차갑고 싸늘하게 야율령을 압박했다. 야율령이 아무런 말 없이 타유를 응시한다. 반발의 기운이 느껴진다. 그러자 타유가 다시 입을 열었다.

"물론 이 천중원은 천혜의 요충지라 적의 침입을 막는 것은 어렵지 않을 수도 있소. 그러나 그렇다고 영원히 이 천중원에 갇혀 살 수는 없는 일 아니오? 결국에는 양식이 떨어질 것이고, 강호와 고립되어 원주의 큰 뜻은 펼쳐 보지도 못하고 소멸하게 될 것이오. 그보다는 이곳을 내어놓고 본장이 제공하는 재물로 천중원의 채무를 해결한 후 다른 곳으로 옮겨가 재기를 도모하는 것이 좋지 않겠소?"

타유의 냉혹한 설득에 야율령의 눈이 파르르 떨린다. 말인즉 모두 옳지만 사람의 마음이란 게 이성보다는 감성을 앞세울 수밖에 없다. 그런 야율령을 타유가 좀 더 몰아쳤다.

"거래가 싫다면 우리야 상관없소. 솔직히 말하자면 시간을 두고 기다렸다가 이곳이 천중원의 적들 손에 들어간 후 거래를 하여 얻는 것이 훨씬 이득이 되니까. 물론 그때는 이 아름다운 장원이 모두 불탄 후라 새로 지어야겠지만 말이오."

냉혹한 현실이다. 타유의 말에 야율령이 눈살을 찌푸린다. 언제나 현실은 이렇게 통렬한 것이다. 그러나 또한 현명한 자는 결코 현실을 부정하지 않는다. 자신의 처지를 알지 못하는 자는 결코 제대로 된 성취를 이룰 수 없다.

"조건이 있소."

'생각보다 뛰어난 자군.'

아프지만 그 마음을 참고 곧바로 거래에 응하는 야율령을 보며 타유는 야율령이라는 자가 보통 인물은 아니라는 것을 깨달았다.

"말씀해 보시오."

타유는 어떤 조건이라도 들어줄 용의가 있었다. 그가 직접 본 천중원은 예상보다도 훨씬 탐나는 장원이었다. 밀문에게도 그렇지만 타유 자신에게도 그러했다.

천중원은 절벽 위에 세워진 장원답게 그 주변에 기이하고 은밀한 수많은 절곡들을 가지고 있었는데 타유는 이곳에서라면 그만의 거대한 계획을 만들어 갈 수도 있을 것 같다는 느낌이 들었던 것이다.

"서역으로 갈 수 있는 행로를 열어주시오. 모가장이라면 충분히 가능한 일이라고 알고 있소."

"원주!"

갑자기 놀란 듯 갈목생과 일도를 겨루었던 사내가 소리쳤다. 그러자 야율령이 사내를 보며 말했다.

"서역에는 아직 요의 후손들이 살고 있다. 중원에서는 이제 희망이 없어. 그 기반을 완전히 잃었으니 어찌 이곳에서 재기를 하겠는가? 서역으로 가 처음부터 다시 시작한다. 그곳의 형제들이 도와줄 것이다."

타유도 들리는 소문을 알고 있었다. 과거 요가 금에 멸망할 때 그 일부의 사람들이 서역으로 가 서요를 세웠다. 그러나 그 서요 역시 대칸 철목진에 의해 무너지지 않았던가. 그런데 아마도 그 생존자들이 다시 서역의 어딘가에서 재기를 꿈꾸고 있는 모양이었다.

"원주……!"

사내가 깊은 시름에 빠진 듯, 상처 입은 호랑이처럼 목소리를 흐렸다. 그러나 야율령이 말했다.

"슬퍼 말게. 본래부터 우리 야율씨의 고향은 초원이 아니었던가?"

야율령의 말에 사내가 더 이상 말을 잊지 못한다. 그러자 야율령이 타유를 보며 물었다.

"해주실 수 있겠소?"

"그리하겠소."

타유가 고개를 끄덕였다.

"고맙소이다. 하면 이제 이 장원은 모가장의 것이오! 우탕가!"

야율령이 다시 사내를 불렀다. 타유 등은 그제야 사내의 이름을 알았다. 그러자 사내가 고개를 숙이며 대답한다.

"예, 원주!"

"식솔들에게 떠날 준비를 하라 하게. 자네들도 준비를 하고."

"…알겠습니다."

무사 우탕가가 고개를 숙여 대답했다. 그러자 야율령이 다시 타유를 보며 물었다.

"얼마나 걸리겠소?"

"이미 금자를 실은 마차는 이곳을 향해 오고 있소."

"역시 모가장, 용의주도하시구려."

야율령이 쓸쓸한 표정으로 중얼거렸다. 그 자신이 이들처럼 냉철하지 못했던 것이 후회가 되는 모양이었다.

"열흘 뒤면 떠나실 수 있을 거요."

"좋소이다. 그럼 그동안 떠날 준비를 하겠소. 아! 그리고……."

"말씀하시오."

타유는 야율령의 부탁이라면 가능한 뭐든 들어줄 생각이었다. 터전을 포기하고 떠나야 하는 그의 곤궁한 처지에 동정심이 일었기 때문이다. 그런데 야율령은 타유의 예상과는 전혀 다른 말을 했다.

"혹 지금 묵고 계신 곳이 계시오?"

"작은 객잔을 구해두고 있소."

"하면 아예 오늘부터 이곳에 머무시구려. 천중원은 복잡한 곳이오. 이곳을 제대로 알려면 시간이 좀 걸릴 것이오. 떠나기 전에 천중원에 대해 알려주고 가겠소."

타유로서야 마다할 이유가 없는 일이다. 또한 그가 생각하는 일이 진행하려면 그로서는 누구보다 더 천중원에 대해 자세히 알 필요가 있었다.

"그리해 주신다면야 우리로서야 고마운 일이오."

"그럼… 일단 선운각에 머물러 주시구려. 선운각은 본 장에 귀빈이 오셨을 때 모시는 곳인데, 물론 이제는 이 장원의 주인이 되시겠지만 떠날 때까지는 그래도 장원의 주인으로 머물고 싶소이다."

"당연히 그러서야지요. 그렇게 하겠소이다."

"고맙소."

야율령이 정중하게 포권을 해 보인다. 한바탕 풍파를 겪은 야율령의 눈에는 지친 기색이 역력했다. 설혹 그가 서역으로 나아가 서요의 후예들을 만난다고 해도 다시 재기할 수 있을지는 알 수 없었다. 그런 야율령을 무사 우탕가가 안쓰러운 눈으로 바라보고 있었다.

타유와 청풍이 천천히 숲을 따라 이어진 길을 걷고 있었다. 시원한 바람이 절벽 아래로부터 불어와 두 사람의 머리를 휘날린다.

"욕심을 내시는 것을 처음 봐요."

청풍이 문득 입을 열었다. 그러자 타유가 부인하지 않고 대답했다.

"욕심이 나더구나."

"왜죠?"

"넌 이 장원을 어찌 보았느냐?"

"글쎄요. 천험의 요지이기는 하나… 또한 세상과 동떨어져 있으니 고립되기도 쉬운 곳 아닐까요?"

"맞는 말이다. 그러나 그렇기 때문에 밀문에게는 최적지다. 야율령과 같이 세속의 왕조를 다시 세우려던 사람들에게는 그리 유리한 위치는 아니지. 세력을 넓힐 수 있는 곳이 아니라 외부의 침입을 막아낼 수 있는 수세적인 지형이니까. 그러나 밀문은 세속의 왕조를 이루려는 집단은 아니지 않느냐? 은밀하게 일을 도모하기에는 아주 좋은 장소지. 밀문에겐 적격이다."

"밀문을 위해서 이곳을 그리 욕심내셨다는 건가요?"

밀문은 두 사람에게 충성의 대상이 아니라 복수의 대상이다. 당연히 청풍으로서는 타유의 행동이 이해가 되지 않았다.

"밀문을 위해서가 아니라 우리 두 사람을 위해서지."

"무슨 말씀이세요?"

"이곳이 밀문에겐 최고의 근거지일 수 있으나 중요한 것은 밀문의 그 누구보다 우리가 먼저 이곳에 들어왔다는 것이다. 그리고 밀황과 밀문의 다른 왕들이 이곳에 들기 전에 우린 여러 달의 시간이 있다. 이게 뭘 의미하는지 모르겠느냐?"

순간 청풍이 탄성을 흘렸다.

"아!"

"이제 알겠느냐?"

"아버지는 이곳을 밀문을 사냥할 장소로 바꾸시려는 거군요."

"그렇다. 다행히 내게 시간과 재물이 주어졌으니 난 이곳을 천하에서 가장 복잡하고 위험한 곳으로 만들 것이다. 물론 그 사실은 오직 너와 나만이 알고 있겠지. 우리 두 사람에게 이곳은 완벽한 공간이 될 거야. 이곳에 드는 자라면 그 누구도 우리의 눈을 피할 수 없을 것이다."

"하지만 아무리 우리가 이곳을 우리 입에 맞게 고친다고 해도 그렇게까지 할 수는 없는 것 아닌가요?"

"후후, 처음에는 나도 그렇게까지는 생각지 못했구나. 그런데……."

타유가 품속에서 몇 장의 양피지를 꺼내 든다. 기름을 잘 먹여놓아 쉽게 변하지 않는 좋은 재질의 양피지다.

"이게 뭔 줄 아느냐?"

"무슨… 설계도 같은데요."

"맞다. 이것이 바로 이곳 천중원의 설계도다. 천중원은 지어진 지 아주 오래된 장원이지. 세월이 흐르는 동안 천중원의 원주들은 이 천중원에 자신들만의 비밀 공간과 미로들을 잔뜩 만들어 두었다. 아마도 이들이 요황실의 후손이기에 버릇처럼 이런 비밀스런 일들을 해온 것 같구나. 개중에는 원주들 자신조차도 이 설계도가 없으면 찾지 못하는 미로와 길이 있다고 하더구나."

"정말 위험한 장원이네요."

청풍이 복잡한 선들이 이어진 설계도를 보며 고개를 젓는다. 한참을 들여다보아야 겨우 장원의 어디를 가리키는지 알 수 있는 설계도다.

"설계도가 하나가 아닌 이유는 이것들이 같은 시기에 그려진 것이 아니기 때문이다. 역대의 원주들은 자신들의 시대에, 자신만이 알 수 있는 공간과 비도들을 만들어 놓은 후 죽을 때가 되어서야 후세를 위해 양피지에 그 설계도를 남겼다고 하는구나. 그러니… 이 중 몇 장이 없어진다고 해서 의심할 사람은 아무도 없겠지."

타유의 말에 청풍의 눈빛이 반짝인다.

"일부 설계도를 숨기실 생각이시군요."

"밀황 역시 이곳의 역사에 대해 관심을 갖지 않을 수 없을 게다. 그러면 당연히 이 설계도들의 존재도 알게 되겠지. 어젯밤 야율령이 나에게 이 설계도를 넘길 때 포상도 함께 있었다. 그러나 그는 이 설계도를 자세히 살필 수 없었다. 감히 내게 이 설계도들을 보여 달라는 말을 할 수 없었던 거지. 그러니… 한두 개가 사라진다고 해도 눈치챌 사람은 없다. 나는 이 중에서 여기 두 개의 설계도를 숨길 생각이다."

타유가 가장 오래돼 보이는 한 장의 양피지와 붉은색으로 그려진 선들이 빼곡한 또 다른 양피지를 청풍에게 내밀었다. 그러자 청풍이 그 두 장의 설계도를 받아들고는 유심히 살펴기 시작했다.

한참 동안 설계도를 살피던 청풍의 조금 걱정스런 표정으로 타유에게 물었다.

"이 비도들이 여전히 남아 있을까요?"

"나도 그게 걱정이기는 하다. 그러나 만약 그 비도들이 남아 있다면 우린 정말 커다란 이득을 얻게 될 것이다. 그곳에 나와 있는 다섯 개의 비도는 모두 천중원의 요처와 연결되어 있다. 각 비도 끝에는 밀실이 있어. 그곳에서 밖의 동정을 살필 수 있게 되어 있는 것이지. 그 말은 비밀리에 천중원의 모든 곳을 살필 수 있다는 의미다."

"맞아요. 하지만 역시 이 비도들이 실제로 남아 있을지는 모르겠어요. 설계도대로라면 초기에 천중원을 지을 때 기단의 아래쪽을 파고 만든 비도들인데……."

"그래서 오히려 지금까지 남아 있지 않을까 그걸 기대하는 거다. 기단 아래에 만들었으니 그 이후의 사람들이 손대기는 어렵지 않았을까?"

"그렇기는 하네요. 그런데 입구가……?"

"두 군데다. 원주의 거처와 동쪽의 천명각이다. 천명각은 역대 원주들의 위패가 모셔진 곳인데 역시 비도의 입구로는 적당한 곳이지. 오직 원주들만이 출입할 수 있는 곳이니까."

"그렇군요. 그런데 그럼 문제 아닐까요? 원주의 거처인 천룡각이야 당연히 밀황이 쓰게 될 터이고, 천명각은 사당이나 마찬가지니 우리가 출입하는 것이……."

"난 그래서 천명각을 삼전의 거처로 만들려고 한다."

"하지만 그곳은 사당이잖아요?"

"그건 야율가에게나 해당하는 일이지. 그들이 떠난 이상 사당이 무슨 소용이겠느냐?"

"그래도 사당으로 쓰던 곳이라면 사람들이 꺼려할 거예요."

"그러니 더욱 적당하지. 그 좋은 건물을 놀릴 수는 없고, 사람들이 들기를 꺼려하니 내가 삼전을 이끌고 스스로 그곳에 거처하겠다면 다른 사람들이 우릴 의심하는 대신 칭송하게 될 것이다."

타유의 말에 청풍이 잠시 생각에 잠겼다가 고개를 끄덕였다.

"그렇겠네요. 그런데 비도는 그렇다고 치고 이건 뭐지요? 아무리 보아도 뭘 뜻하는 건지 알 수가 없어요."

청풍이 다른 한 장의 양피지를 들고 타유에게 물었다. 그 양피지에는 천중원의 북쪽 담장 근처에서 아래로 길게 붉은 선이 그어져 있었는데 오직 그 선 하나만이 존재하는 양피지였다.

"도피로다."

"도피로요? 어디로 연결되는 거죠?"

청풍으로서는 아무리 보아도 이해할 수 없는 그림이었다.

"땅 속을 뚫고 들어가 아마도… 동쪽 절벽의 중간에 출구가 있을 게다. 그 아래로는 강물이 흐르니 뛰어내리면 최후의 순간 구명의 길이 될 것이다."

"동굴이라는 말인가요?"

"그렇단다."

"어떻게 이런 동굴을……."

"그 동굴이 생겨난 이유는 나도 모르겠다. 야율가의 선조들이 인력으로 판 것인지 혹은 자연적으로 생긴 것인지는 알 수 없다. 그러나 일단 그 동굴의 존재를 이렇게 표시해 놓았다는 것은 그들이 만약의 경우 그 동굴을 탈출로로 생각했다는 말이 된다. 글씨가 흐릿하지만 보이지?"

타유의 말에 청풍이 양피지 위에 쓰인 글씨를 살폈다. 과연 타유의 말대로 흐릿한 글이 눈에 들어온다. 단 두 자(字), 생로(生路)라는 글씨다. 한마디로 구멍의 비도라는 뜻이다.

"정말이라면 좋은 비책이군요."

"다행인 것은 동굴의 입구가 천명각에서 멀지 않다는 것이다."

"지금은 어떻게 되어 있죠?"

"지금 가보면 알겠지."

"아! 그곳으로 가고 있던 중이었나요?"

"이 길을 따라가면 나온단다."

그제야 청풍은 타유가 자신을 데리고 산책을 나온 이유를 알아챘다. 타유는 처음부터 양피지에 있던 생로의 입구를 살피기 위해 산책을 나왔던 것이다.

"원주는 알고 있을까요?"

"알고 있겠지."

"그가 알고 있다면 완전한 비밀은 아니군요."

"그가 떠나기 전 약속을 받아낼 생각이다. 그와는… 왠지 이야기가 제법 통해."

"그가 순순히 비밀을 지켜줄까요?"

"글쎄다. 그건 두고 보자. 일단… 입구가 어떠한지 살펴보고."

타유와 청풍이 서둘러 길을 재촉했다. 비록 절벽 위에 세워진 장원이라 해도 천중원과 그 주변 숲의 넓이는 제법 넓어서 오랫동안 자리를 비우면 밀문의 고수들이 두 사람을 찾아 나설 수도 있었다.

길이 점점 열어지기 시작했다. 예전에는 존재했을 길이었는지 몰라도 지금은 초목이 우거져 한 걸음 떼기 어려운 숲이다.

"오랫동안 사람이 다니지 않은 듯해요."

"그런 듯하구나. 관리를 하지 않았다는 말인데……."

타유가 검을 들어 앞을 가린 수목을 내려쳤다. 그러자 한순간에 십여 장의 길이 열린다. 그야말로 놀라운 검초로 누군가 보았다면 타유의 무공에 크게 놀랐을 터였다.

그러나 청풍은 타유의 검초에 놀라지 않았다. 최근 들어 청풍은 타유의 무공이 점점 더 심오한 경지에 접어들고 있다는 것을 알고 있었다.

아침에 일어나 운기를 할 때조차도 타유는 마치 선승이 깊은 묵상에 든 것처럼 일체의 잡념을 버리고 운기에 깊이 빠져

들곤 하였다.

그 모습에서 청풍은 타유가 점점 자신만의 세계로 나아가고 있다는 생각을 하곤 했다. 그리고 그때마다 청풍은 타유에게서 이질적인 느낌을 받았다. 그건 아마도 두 사람이 서로 다른 심공의 길로 나아가고 있기 때문일 터였다.

타유는 천살문주가 전수한 흑밀공에서 선승 묵철이 사기를 빼어내 바로잡아 준 신공을 연마하고 있었고, 청풍은 청담이 남긴 등천심공에 몰두하고 있었다.

두 사람의 길이 다르니 그 느낌 또한 달랐다. 비록 선승 묵철에 의해 사기가 제거되었다고는 해도 흑밀공은 무겁고 어두운 무공이었다.

반면 등천심공은 청명한 기운이 강한 무공이라 심공을 수련할 때마다 두 사람은 마치 한 공간에서 다른 세계를 사는 사람들 같은 모습이 되곤 했던 것이다.

그러나 그야 어쨌든 그렇게 두 사람의 무공은 최근에 들어 서서히 다른 사람이 알 수 없는 자신만의 세계를 형성해 가고 있었다. 그러니 타유의 이 놀라운 일초의 검공이 청풍을 놀라게 하지 않는 것은 당연한 일이었다.

"다 온 것 같구나."

문득 앞서 길을 열던 타유가 입을 열었다.

"이건… 묘(墓)군요."

청풍이 손으로 수풀을 헤집으며 말했다. 과연 그의 말대로 수풀 속에는 오래된 석묘가 있었다. 그동안 돌보지 않아서인지 석재들이 조금씩 틀어지고 어느 것을 멀리 나가 떨어져 있어 폐묘와 다름없었다.

"누구의 묘일까요?"

"글쎄다. 그런데 이상한 일이구나. 천중원이 위치한 이 절벽 위가 비록 넓다고는 해도 이렇게 가문의 묘를 방치할 정도는 아닌데……."

요 황실의 후예를 자처하는 천중원에서 조상의 묘를 소홀히 관리할 리는 없다. 그렇다면 이 묘의 주인이 천중원과 관련이 없거나, 혹은 죄인의 묘일 수도 있었다. 그러나 과연 죄인의 묘를 이렇게 석묘로 만들까를 생각하면 역시 천중원이 이곳에 터를 잡기 전 만들어진 묘일 가능성이 컸다.

"보자……."

타유가 다시 오래된 설계도를 꺼내 들었다. 그러고는 동서남북 방위를 맞추고 설계도를 살폈다.

"맞구나."

"이곳이에요?"

"그래. 이곳이 입구다."

"음… 그렇다면 묘가 아닐 수도 있겠군요."

"그럴 수도 있지. 일부러 가묘를 만들어 비도의 입구를 가리려 한 것일 수도 있다."

"들어가 볼까요?"

청풍의 말에 타유가 고개를 저었다.

"이곳에서 무덤 속을 살필 시간은 없다. 흔적도 남을 테고……."

"그럼 어쩌죠?"

"확실한 방법이 있지 않느냐? 야율령 그에게 물어보면 되지."

타유가 빙그레 미소를 지었다.

타유는 청풍에게 말한 대로 가묘에서 돌아오자마자 야율령을 찾았다. 야율령은 그가 수십 년 지켜온 원주의 거처 천룡전에서 천중원과 그 너머 절벽 위의 숲, 그리고 수백 장 절벽 아래로 펼쳐진 광활한 산야와 빼꼼이 보이는 먼 장안성의 끝머리를 응시하고 있었다.

시선에 회한이 묻어난다. 천하를 꿈꿨던 노영웅의 노년은 늦가을처럼 서늘하다.

끼이익!

침묵이 문소리를 유난히 크게 만든다. 그 문소리에 야율령이 고개를 돌렸다.

"어서 오시오."

야율령은 마치 기다리고 있었던 사람처럼 타유를 맞았다. 타유가 가볍게 고개를 숙여 보이고는 야율령에게 다가갔다.

"앉으시오."

야율령이 타유에게 맞은편의 의자를 권한다. 타유가 말없이 야율령이 권한 의자에 앉았다. 그러고는 동정 어린 시선으로 야율령을 바라본다. 그런 타유의 시선에 야율령의 표정이 씁

쓸해진다.

"떠날 때가 되니 지난날이 생각나는구려."

"죄를 진 것 같아 마음이 좋지 않소."

"후후, 그럴 리가 있소? 죄라면 나의 무능이지. 보시오, 아름답지 않소?"

야율령이 자신이 내다보고 있던 창을 가리켰다. 창 속으로 들어온 한 폭의 산수화가 타유의 눈앞에 펼쳐진다.

"아름다운 곳이오."

타유가 대답했다. 그러자 야율령이 고개를 끄덕였다.

"맞소. 나도 간혹 강호로 나가 천하의 절경을 제법 구경했소. 그러나 이곳만큼 아름다운 곳은 보지 못했소. 그런데… 그것이 가끔 나를 힘들게 했소."

"……?"

"이곳에서 이렇게 밖의 경치를 보고 있다 보면 이대로 모든 것을 포기하고 이 아름다운 장원에서 조용히 평생을 자연과 함께 살아갈까. 뭐, 그런 생각을 하게 되더구려. 포사나 서시에 빠진 옛 왕들처럼 난 천중원의 이 아름다움에 취해 있었던 것 같소. 만약 원이 여전히 강건했다면 난 강호로 나가지 않았을 거요. 이곳에서 장원의 아름다움을 느끼며 살았겠지. 그러나 원이 쇠약해지자 야율가의 혈손들이 나를 압박했소. 기회를 놓치지 말고 강호로 나가라고. 나로서는 황가의 정손으로서 어쩔 수 없이 강호로 나갈 수밖에 없었소. 그러니 일이 제대로 될 리가 있나. 평소라면 절대 속을 수 없는 속임수에 넘어가고 만 것이오."

타유는 야율령이 자신을 앞에 두고 넋두리를 늘어놓는 것을 참을성있게 들어줬다. 평소라면 그건 당신 사정일 뿐이오 하고 말았을 이야기들을 그렇게 진득하게 들어주는 이유는 하나였다. 타유도 그에게 묻고 싶은 말이 있기 때문이었다.

"한 번 무너진 황가를 다시 세운다는 것은 거의 불가능한 일이오. 그런데 황족들은 그걸 몰라. 예전 요를 세울 때 오직 황족들의 힘으로만 제국을 세운 줄 안단 말이지. 그 당시 숱한 사람들이 목숨을 걸고 황조를 세우는 것을 도왔다는 사실을 잊고 있는 것이지. 야율가의 충성스런 신하들은 이미 수백 년 전에 세상에서 사라졌는데 이제 와서 무엇으로……. 흥! 고집쟁이 늙은이들 같으니라고!'

야율령이 야율가의 원로들을 원망하는 소리를 해댔다. 타유는 여전히 그의 말을 듣고 있다. 그러나 야율령 역시 눈이 빠른 사람이다. 타유의 표정에서 지루함을 느끼지 못할 야율령이 아니다.

"이런, 내 대협을 앞에 두고 쓸데없는 넋두리를 늘어놓고 있었구려. 그런데 할 말이 있는 듯한데……."

역시 노련한 자다. 이런 자가 마음을 제대로 먹었다면 그런 얄팍한 속임수에 넘어가 가문을 절단 내지는 않았을 것이다.

"묻고 싶은 것과 부탁하고 싶은 것이 있소."

"말해보시오."

야율령이 고개를 끄덕였다. 그러자 타유가 한 장의 양피지를 그의 앞에 꺼내놓는다. 북쪽 무너진 석묘에서 이어지는 비도를 그린 설계도다.

"흐흠……. 역시 그 비도를 살폈구려."

짐작하고 있었다는 듯 야율령이 고개를 끄덕인다.

"석묘가 있던데… 비도가 폐쇄된 것이오?"

"모르겠소."

야율령이 고개를 저었다. 말을 해주지 않으려는 것이 아니다. 진심으로 비도의 사정을 알지 못하고 있는 듯 보였다. 타유의 생각이야 어떻든 야율령이 말을 이었다.

"그 비도를 살피지 않은 지 이미 오래되었소. 나에겐 기억하고 싶지 않은 비도요. 그 비도는 오직 천중원의 원주에게만 전해지는 비도요. 만약의 경우 천중원을 탈출할 수 있는 구명의 길이라오."

"그런데 왜 그리 방치한 것이오?"

타유가 이해할 수 없다는 듯 물었다. 그러자 야율령이 고개를 주억거리더니 갑자기 조금 노기가 섞인 목소리로 말했다.

"그 안에 말이오……. 내 첫 번째 부인이 있소."

"아… 그럼 그 무덤이……?"

"아니오. 그 무덤은 가짜요. 비도의 입구를 가리기 위해 이곳에 처음 터를 잡은 야율가의 조사께서 만든 가짜 묘라오."

"그런데 어떻게……?"

가짜 묘에 자신의 부인을 다시 묻는 사람은 없다. 그건 죽은 자에게 여간 불손한 행동이 아니기 때문이었다.

"후후, 그곳을 자신의 묘로 삼은 사람은 그녀 자신이오. 그녀는… 야율가의 고귀한 여주인으로 사는 대신 한 사내의 아내로 살기를 원했소. 그자는 나의 호위무사였는데… 음, 뭐 그자에 대해서까지 알 것은 없고."

야율령이 눈살을 찌푸린다. 이쯤 되면 능히 무슨 일이 있었는지 짐작할 수 있는 일이다. 야율령의 첫째부인은 정인과 함께 그 비도를 통해 천중원을 탈출하려 했었던 것이다.

"난 천성이 독하지 못하오. 그러다 보니 그 두 사람을 너무 깊이 신뢰했지. 해서 비도의 존재까지도 그들이 알게 된 것이오. 그러다가 그들 사이를 내가 의심하는 순간 두 사람은 그 비도로 탈출을 감행했소. 내가 어떻게 했을 것 같소?"

알 수 없는 일이다. 그의 성정으로 보아 독수를 썼을 것 같지는 않지만 그렇다고 자신을 배신한 두 연인을 황가 혈손의 자존심으로 그냥 놓아두었을 것 같지도 않다.

"어찌하셨소?"

타유가 궁금함을 참지 못하고 물었다. 그러자 야율령이 가볍게 한숨을 쉬며 말했다.

"그들의 운명에 맡겼소. 사실 난 그 두 사람을 무척 좋아했다오. 그래서 그들을 죽이고 싶지 않았지만 그렇다고 그냥 놓아둘 수도 없었소. 난 위대한 황실의 후손이니 날 모욕하는 일은 나 혼자만의 일은 아니지. 그래서… 예전에 벽력문의 후예에게 얻은 화탄을 그들의 머리 위에 쏟아붓고 불을 붙였소. 그래서 묘는 그 지경이 된 것이고. 사람들은 내가 그들을 석묘

안에 넣어 태워 죽였다고 믿었지. 나 외의 다른 사람들은 비도의 존재를 모르니까. 지금도 비도는 여전히 모든 사람들에게 비밀의 공간으로 남아 있소. 어떨 것 같소? 그들이 살아 있을 것 같소?"

야율령이 오히려 타유에게 물었다. 그러나 타유라고 비도 속에서 그들이 살아남았는지 아니면 화탄에 불타 죽었는지 알 수 없는 일이다.

"자, 이제 내게 부탁하고 싶은 것이 무엇인지 말해보시오."

알고 싶은 것을 말해줬으니 이젠 부탁을 들어보겠다는 야율령이다. 그러자 타유가 신중하게 입을 열었다.

"원주가 넘겨준 설계도에서 비밀스런 공간들을 찾았소. 그 비도 역시 마찬가지요. 난 이에 대해 원주가 함구해 주시기를 바라오."

순간 야율령의 눈빛이 반짝인다.

"이유는 무엇이오?"

"나만이 그 공간들을 알고 있고 싶소."

타유가 망설이지 않고 대답했다. 그러자 야율령이 묘한 표정으로 타유를 살피다가 물었다.

"그에 대한 대가는?"

팟!

한순간 타유의 단천마검이 움직였다. 채 눈 한 번 깜빡이지 못할 시간에 어느새 타유의 단천마검은 야율령의 목에 닿아 있었다.

"당신의 목숨이오."

타유가 대답했다. 그러자 야율령이 한참 타유를 응시하다 대답했다.

"이미 버린 장원에 목숨을 걸 필요는 없지. 그나저나 당신은… 참으로 위험한 일을 하려는 사람이군."

                        *   *   *

두 마리 말이 끄는 마차 위에 두 명의 남녀가 앉아 있다. 여우 털을 섞어 만든 옷을 걸친 여인이 건장한 청년의 품에 안겨 먼 하늘을 바라보고 있었다.

하늘은 끝없이 푸르다. 구름 한 점 없다. 비가 온 것이 언제인지 알 수 없었다. 그러나 가을날은 비가 없어도 풍요롭다. 마차 아래쪽으로 부드럽게 기울어진 초지가 펼쳐져 있고 그 위에서 이백여 마리의 양이 한가롭게 풀을 뜯고 있었다.

"아버지가 성화세요."

"응?"

여인의 말에 청년이 되물었다.

"언제 혼인식을 올릴 거냐고요."

말을 하고는 여인이 부끄러운 듯 얼굴을 붉힌다.

"혼인식이라……."

청년이 나직하게 중얼거린다. 그러자 여인이 걱정스레 물었다.

"생각이 없는 건가요?"

이미 부부나 다름없는 생활을 하고 있었으므로 여인은 혼인 말고는 다른 생각을 할 수 없는 상황이다. 더군다나 사내는 마치 바람 같아서 언제든 훌쩍 떠날 수 있다는 불안감이 항상 여인의 마음에 들어차 있었다. 아마도 그의 부모가 얼른 식을 올리기를 바라는 것도 여인과 같은 마음에서일 터였다.

"그런 건 아니야. 내가 보령과 혼인할 생각이 왜 없겠어."

"그럼 뭐가 문제죠?"

여인이 되물었다.

"음… 식을 올리는 것이 번거롭기도 하거니와 허락을 받아야 하는 일이 아닌가 싶어서……."

"허락이라뇨? 누구의 허락을 받아야 한다는 거죠?"

"아버지."

청년의 말에 여인이 화들짝 놀라 사내의 품을 벗어나며 물었다.

"부모님이 계세요?"

"난 하늘에서 떨어진 사람이 아니야."

"하, 하지만……."

여인은 사내에게 부모가 있을 거라고는 생각지 못했다. 그리고 부모가 있다는 말을 들으니 더욱 불안해지는 여인이다. 부모가 있다는 것은 고향이 있다는 말이고, 사람은 누구나 언젠가는 고향으로 돌아가게 마련이다.

그런데 여인은 한 번도 이 초원을 떠날 생각을 해본 적이 없었다. 여인이 사내에게 쉽게 마음을 준 것도 사내의 독특한 매력에 끌린 것도 있지만 그가 정처없이 세상을 떠도는 사람이라 생각했기 때문이었다. 그런 사람이라면 자신과 혼인을 올린 후에도 이 초원에서 그녀의 부모님을 모시며 함께 살아갈 수 있을 거라 생각했던 것이다. 그런데 사내에게도 돌아갈 고향이, 부모가 있었다.

"혼인을 하려면 당연히 부모님의 허락을 받아야지요. 그런데 부모님은 어디 계세요?"

여인이 기운 빠진 표정으로 물었다.

"그게 문제야. 나도 아버지가 지금 어디에 있는지 모르겠단 말이야."

"무슨 말이 그래요?"

"뭐, 우리 부자가 본래 좀 그래. 세상을 여행하던 와중이었거든. 그러다가 중간에 헤어졌지. 그러니 그 양반이 지금 어디에 있는지 알 수가 없군."

"아버님께 그 양반이라니. 이제 보니 가가는 나쁜 아들이군요."

"후후후, 그렇지. 나쁜 아들이지."

사내가 웃음을 흘리며 고개를 끄덕였다. 그런데 그때였다. 갑자기 멀리서 양을 몰던 개가 짖는 소리가 들린다. 그리고 곧이어 두 사람이 말을 타고 나타났다.

"누구죠?"

여인이 걱정스런 표정으로 물었다. 이곳은 가끔 마적들이 출몰하는 곳이었다. 그러나 여인은 굳이 걱정할 필요가 없었다. 초원에 나타난 사람은 겨우 둘이었고, 그마저도 말에 의지해 여행을 하는 늙은 사람들이었다. 그런데 그 늙은 여행자를 발견한 사내가 불쑥 마차에서 일어났다.

"왜 그래요?"

여인이 놀란 표정으로 물었다.

"참 이상한 일이지? 찾으려 하니 바로 눈앞에 나타나시네. 휴, 결국 벗어날 수 없는 운명인가?"

강검산이 훌쩍 마차에서 뛰어내렸다. 그러고는 육 개월 전 헤어진 방남산과 눈에 익은 노승 선승 묵철을 향해 걸음을 옮겼다.

『수선경』 6권에 계속…

요람 新무협 판타지 소설 FANTASTIC ORIENTAL HEROES

귀환병사

국내 최대 장르문학 사이트를 휩쓴 화제작!
여름의 더위를 깨트리며 차가운 북방에서 그가 온다.

『귀환병사』

열다섯 나이에 북방으로 끌려갔던 사내, 진무린
십오 년의 징집을 마치고 돌아오다.

하지만 그를 기다린 것은 고아가 된 두 여동생, 어머니의 편지였다.
그리고 주어진 기연, 삼륜공……

"잃어버린 행복을 내 손으로 되찾겠다."

진무린의 손에 들린 창이 다시금 활개친다.
그의 삶은 뜨거운 투쟁이다!

Book Publishing CHUNGEORAM

아르벤드 연대기
Chronicles of Arcbend

몽연 판타지 장편 소설

FANTASY FRONTIER SPIRIT

아르벤드 대륙의 진정한 역사가 시작된다!

『아르벤드 연대기』

골육상잔을 피하러 황궁을 떠난 비운의 황자 탄트라.
그러나 그를 기다린 건 어쌔신의 습격과 마수가 가득한 숲.

모든 것이 무너져 버린 그에게 악마가 찾아온다.

**고향으로 돌아가길 바라는 악마, 아크아돈.
자유를 꿈꾸는 황자, 탄투라.**

두 영혼이 하나가 되어 새로이 눈을 뜬다.

탄트라의 행보를 주목하라!

FUSION FANTASTIC STORY

HUNTER MOON

헌터 문

이훈 장편 소설

보름달이 떠오르면 밤의 사냥이 시작된다.
헌터문(Hunter-Moon), 사냥꾼의 달.

귀계의 밤이 열리며 저물지 않는 달이 떠올랐다.
실체 없는 힘을 좇아 명맥을 이어온 퇴마사들.

이제 그들로 인해 세상이 뒤바뀐다.
[마녀들과 귀신 탐험대]의 사이비 퇴마사 예웅종과
그의 가족들이 펼치는 좌충우돌 퇴마기.

"퇴마사는 얼어 죽을! 그거 다 쇼야!"
"저기 하늘에 구멍이 뚫렸는데요?"
"으잉?"

Book Publishing CHUNGEORAM

WWW.chungeoram.com

허담 新무협 판타지 소설

FANTASTIC ORIENTAL HEROES

水仙經

수선경

작은 샘이 바다로 모여들 듯,
만류의 법이 하나로 회귀하듯,
다섯 개의 동경이 드디어 하나로 모인다.

검을 만드는 사람과
검을 쓰는 사람,
그리고 검을 버리는 사람의 이야기!

천명을 타고 태어난 **청풍**과 **강검산**
그리고 혈로를 걸어온 살수 **타유**,
그들이 다섯 줄기의 피의 숙명과 마주한다.

Book Publishing CHUNGEORAM

유행이 아닌 자유추구 -
WWW. chungeoram.com